바람의 푸른 발자국

바람의 푸른 발자국

이대동창문인회 지음

다시 믿음과 사랑의 삶을 나누며

김현숙
이대동창문인회 회장

모든 생명이 뜨거움으로 들끓었습니다. 산과 들의 푸르름도 이 열기를 다 뿌리칠 수 없었지요. 대자연의 넓은 품에서 최첨단의 기계를 장착하고 내달리는 현대 문명을 제지할 방안이 없습니다. 자연히 인간이나 생명의 존귀함과 영혼의 가치가 기계의 속도와 물질에 밀리고, 그로 인한 국가 간의 이해(利害)나 이념 차이로 분쟁도 끊이지 않습니다. 그런데도 변치 않는 자연의 순환과 치유의 생명력은 막강합니다. 때 되면 소리 없이 찾아드는 계절 앞에서는 기계 문명도 숨을 죽입니다. 밤새운 어둠이 뜨는 해 앞에서 물러가는 것과 같습니다.

이번 여름에 프랑스, 수도 파리에서 개최된 올림픽은 프랑스의 유서 깊은 문화와 각국 선수들의 역동적 경기가 한 몸을 이루며 분출시킨 생명력은 폭발적이었습니다. 정말 꽃보다 아름다운 순간순간이었습니다. 단련된 기량과 함께 수련된 정신은 경쟁자의 승리를 축하하고 패배를 위로하는 진풍경을 낳으며, 현장의 관람객이나 시청하는 세계인의 가슴을 뭉클하게 했습니다. '꽃은 바람을 거역해서 향기를 보낼 수 없지만 어진 사람의 향기는 바람을 거역해서 사방으로 퍼진다'고 합니다. 어떤 상황에서도 믿음과 사랑으로 삶을 일군다면 우리는 언제든 희망 앞에 다시 설 수 있다고 생각합니다.

이문회 회원 여러분은 우리의 삶이 가장 힘차고 밝은 시절에 같은 곳에 뿌리를 내린 동문으로서, 졸업 후에도 문인의 길을 함께 걷고 있는 소중한 인연의 사람들입니다. 처음 입학식에서 바라보았던 우뚝한 위용의 대강당은, 문리대 채플이 있는 수요일에는 하늘과 땅 사이를 사랑과 믿음과 소망으로 채우는 기도의 산실이었습니다. 김활란, 김옥길 두 총장님께서 대한민국 여성교육을 기독교 정신인 인류애와 평등을 바탕으로 주도하셨고, 마경일 목사님이 그 곁에서 기도하시던 그곳, 이화는 우리 안에 자리한 늘 푸른 숲입니다. 그리고 우리는 현대시문학의 거목인 모윤숙, 노천명 시인과 문단을 주도했던 조경희(문협 부이사장 및 문교부 장관), 전숙희(국제펜 이사장) 두 분 수필가를 우리의 자산으로 둔 후배 문인이기도 합니다.

이번엔 회원 여든한 분의 귀한 옥고로 제37회 수필집 『바람의 푸른 발자국』을 묶습니다. 봄비와 봄바람이 헐벗은 대지에 푸른 새싹을 틔우는 은유 속에는 결국 불타는 여름 햇빛과 폭우를 견뎌내고, 드디어 풍성한 추수를 거두는 기다림이 숨어 있습니다.

이에 축사와 추천사로 격려해주신 모교의 김은미 총장님과 이명경 총동창 회장님께 깊은 감사를 올리며 모교의 무궁한 발전을 기원합니다.

그리고 아름다운 표지 그림을 주신 김정 화백님과 정성껏 책을 만들어 주신 출판사 최대순 사장님께도 심심한 감사를 드립니다.

원고를 모으고 정리하신 이예경 편집 이사님과 편집을 총괄하신 김영두, 이진화 두 부회장님과 이혜경 총무님, 이자숙, 박숙희 두 분 이사님 교정 보시느라 수고하셨습니다.

한 권 수필집을 출간하는 사이, 저 넓은 들판에서는 수재(水災)를 딛고 알곡과 단 열매로 익어가는 생명의 빛과 소리가 있습니다. 여러분의 글이 독자의 가슴에서 그러하기를 바랍니다.

2024년 가을 祥雲齊에서
김현숙

| 축사 |

대한민국을 넘어 세계 속 이화로

김은미
이화여자대학교 제17대 총장

이대동창문인회 여러분, 안녕하십니까? 이화여자대학교 제17대 총장 김은미입니다.

이대동창문인회의 37번째 수필집 『바람의 푸른 발자국』 발간을 축하드립니다.

1986년 이래 이화의 이름으로 함께 모여 유대를 이어 나가고, 감동적이고 아름다운 글로 이화의 정신을 전파하시는 이대동창문인회 여러분께 사랑과 존경의 마음을 표합니다.

이화의 후배 문인들을 위하여 이화재학생문예상을 주최하고 장학금을 지원하여 이화인들이 문학적 재능을 펼치도록 기반을 마련하여 주신 이대동창문인회 여러분께 감사드립니다. 이대동창문인회가 앞으로도 더욱 발전하시길 기원하며, 이화인의 지성과 진선미 정신이 깃든 작품으로 대한민국을 넘어 세계 속 이화로 빛내주시기 바랍니다.

『바람의 푸른 발자국』 발간을 다시 한 번 축하드리며, 이대동창문인회 회원 한 분 한 분께 하나님의 사랑과 축복이 항상 가득하시길 기도드리겠습니다.

새 희망의 푸른 길로

이명경
이화여자대학교 총동창회장

서른일곱 번째 '이대동창문인회 수필집' 출간을 축하합니다!

장맛비가 할퀴고 간 상흔들과 잦아들지 않는 무더위 그리고 크고 작은 안타까운 소식으로 인해 몸도 마음도 곤비해져 가는 이즈음에, 서른일곱 번째 수필집의 출간 소식을 들으니 속내가 시원해지면서 밝은 기운이 솟아납니다. 또한, '바람의 푸른 발자국'이 안겨주는 청명함으로 이 순간 감사함마저 물밀 듯이 밀려옵니다.

여러모로 분주하신 가운데도 이대동창문인회의 선후배님들이 각각의 삶을 통해 조심스레 조밀하게 채우신 '바람의 푸른 발자국'의 면면이, 수필집을 손에 든 모든 이들의 삶을 위로와 새 희망의 푸른 길로 이끌어 갈 것을 기대하고 확신하면서, '이대동창문인회'의 지속적이고 아름다운 연대에 큰 박수를 보냅니다.

다시 한번, 서른일곱 번째 '이대동창문인회 수필집' 출간을 축하드리고 축복합니다!

차례

1부

바람의 푸른 발자국

친구야, 우리 함께

3부

작가의 꿈

별이 쏟아지는 섬

5부

다섯 마당집의 기억

6부

이상한 장독

1부

바람의 푸른 발자국

영혼의 텃밭

임인진
아동, 국문 58

서녘 하늘에 노을이 타고 있습니다
고운 빛 지피던 나뭇잎이
한 잎 두 잎 자리를 비웁니다.

초저녁 하늘에 별 하나
실줄 그으며 하늘의 진수眞髓를 일러줍니다
땅 위에 떨어진 낙엽이
흙에 묻히며 삶의 정수精髓를 일깨웁니다.

영혼의 불 밝히는 서책
시렁 위에 얹어두고
마음자리 어두운 청맹과니로
두 팔 내저으며 허둥거렸습니다.

희부연 먼지 속

빛을 잃은 나그네로
영혼의 통로, 그 텃밭 찾지 못해
두리번거리며 울부짖었습니다.

갈등과 혼란 가운데
물질의 넉넉함을 허투루 날리며
내 잘못 덮어둔 채 남의 탓 후려치며
실줄 끊긴 꼬리연처럼 나부꼈습니다.

이제 마음결 곧추세워
잘못 치달은 허상虛像을 벗고
눈물보다 진한 회심悔心을 추슬러
새 발걸음 위한 신들메를 고쳐 맵니다.

거룩하신 이여!
사유思惟의 튼실한 열매 맺힐 때까지
영혼의 텃밭 가꾸게 하소서
해맑은 영혼의 빛 바라기 되게 하소서.

서녘 하늘을 붉게 물들이는 노을을 바라보노라면 가슴에 파문이 인다. 얼마나 더 지탱할 수 있을지 모르는 생이지만 저 성숙된 빛의 아쉬움과 맞물려 새롭게 깨어나고 싶은 충동에 사로잡힌다.

객관적 시선으로 지난날의 발자취를 일일이 되돌아보게 된다. 고독과 허무와 절망의 틈바귀에서 그립고 아쉽고 서러움을 안은 외톨이로 마냥 허우적거렸다.

잔잔한 행복의 실마리를 멀리 버려둔 채 추하고 악한 것에 대한 질시와 환멸을 안은 멍투성이 가슴으로 많은 시간을 흘려버렸다.

문학은 필생을 거치는 작업이라 여기면서 뿌연 안개 속을 더듬어 헤집듯 이곳저곳 기웃거리며 느릿느릿 걷다가 쉬다가 또 걷는다.

사유의 우물을 안으로 깊이 파고 들어가 본다. 사물과의 교감을 위해 파묻히다 보면 스스로의 한계점을 깨닫게 된다.

한계점을 극복할 수 있는 밝은 눈과 열린 귀, 스스로의 성찰省察로 눈과 귀를 제대로 밝히고 열리게 하는 일이이야 말로 창조적 질서의 아름다움을 찾는 더 없이 소중한 깨달음일 것이다.

티 없이 밝아진 눈과 귀
새로운 마음결 곧추세운 발걸음으로
유상대부 아닌 무상으로 일군
영혼의 텃밭에서
씨 뿌려 김매고 땀 흘려
진실을 가늠한 결실을 거두렵니다.

한 마리 학처럼

박순자
수필, 국문 60

부산에서 여고 재학 중일 때 우연히 이화여대 김활란 총장님이 제자와 함께 이화동산에서 찍은 사진을 보게 되었다. 흰색 바탕에 이화여대 로고인 연초록색의 배꽃무늬가 들어간 한복을 곱게 입으신 제자와 함께 담소하며 찍은 단아한 모습에서 나는 그대로 총장님을 짝사랑하기에 이르렀다.

그 뒤부터 대학 선택에 한 치의 망설임도 없이 이화여대를 점찍은 나를 두고 주위 친척들의 반대가 극심했다. 그때가 1950년대 중반이고 한국전쟁 직후로 사회 전체가 몹시 불안했고 특히 여고를 졸업만 해도 대단했었던 때였다. 이화여대는 사치스럽고 교만한 대학으로 알려져 주위 친척들이 이곳 부산에서도 국 · 공립 사립대학이 다 있으니 그리로 권하며 내 마음을 바꿔보라고 어르며 나를 종용했다. 당연히 어머니의 마음도 같으실 텐데 어머니는 한동안 조용히 나를 지켜보고 계시더니 내 마음이 이미 변함없음을 감지하시고는 드디어 그때부터 작심하신 듯 내 편이 되어 주시고 주위의 많은 힐난을 일축하여 주셨다.

어머니는 17살에 아버지와 결혼해서 나를 가운데로 5남매를 두셨으나 일제 치하에서 치료 한번 제대로 못 받고 8개월, 5살, 6살에 무려 셋이나 잃었고 아버지 역시 파란만장한 일생을 사시다 중년에 돌아가시어 우리는 오빠와 둘만 남게 되었다.

틀림없이 어머니는 우리 남매를 오래도록 품에 두고 싶어 하셨을 텐데 철없고 옹졸한 내가 무조건 이화여대만 가겠다고 하니 나의 속내를 아시고는 결국 내 손을 들어주시면서 나에게 다짐을 받으셨다. "네가 그토록 그 대학만을 고집하니 이 어미는 달러빚을 내더라도 너를 졸업시킬 테니 너는 엉뚱한 일 저질러 중퇴하는 불상사가 없도록 하라"는 약속을 받으셨다.

합격통지서를 받자 화통하신 어머니는 모든 외롭고 힘든 괴로움을 숨기고 오로지 나를 위한 준비에만 몰입하여 챙겨주셨다. 그때는 기성복 자체가 전혀 없고 오직 모든 옷을 양장점에서 맞춰 입던 시절이었다. 어머니는 서울 생활에서 기죽지 말라면서 여러 디자인으로 몇 벌을 준비해 주셨고 그 외에 필요한 것들을 세심하게 준비해 주셨다. 나는 무거운 가방을 가볍게 들고 서울행 열차를 탔다. 칙칙폭폭 검은 연기를 계속 내뿜으며 밤새 달려 서울역에 도착했을 때는 멋지게 차려 입은 양장 옷에 검은 석탄가루가 여러 곳 묻어 있었으며 내 얼굴 여기저기에도 석탄가루가 묻어 있었다.

학교에 가보니 총장님은 한결같이 예의 그 배꽃무늬의 한복으로 다니셔서 우리 재학생들도 한동안 비슷한 한복으로 과목마다 여러 강의실을 누빌 때라 비싸게 맞춘 양장 옷은 가끔 외출할 때나 이용할 뿐이었다.

해마다 5월 31일 학교 창립기념일에는 대강당에서 1부 집회가 끝난 후

2부 행사로 전교생이 이화동산에서 예의 그 한복 차림으로 매스게임을 했다. 학이 춤추듯 수많은 아이들이 동그랗게 작은 원을 만들며 움추려 있다가 교가가 울려 퍼지면 맞추어 태양 한가운데서 만물이 깨어나는 형상을 움추렸던 어깨를 펴고 훨~훨 사방으로 더 높게 더 넓게 날아오르는 그 순간의 모습은 가히 환상적이었다. 그럴 때는 이화동산을 가득 채운 하객들 모두가 기립박수로 오랫동안 화답을 했다.

살다 보면 빠르게 휘몰아치듯 돌아가는 내 삶을 지금 이 순간 되돌아보며 생각해본다. 나는 분명 젊고 아리따운 20대 초반의 멋스러운 한 마리의 학이었다.

굽이 높은 빨강 구두

김영애
수필, 국문 62

내가 어렸을 때에는 밖에 나가 친구들과 줄넘기도 하고 친구들 손잡고 이리저리 뛰어다니던 생각이 난다. 중고등학교에 다닐 때에는 단발머리에 너도 나도 교복 입고 선생님 말 잘 듣는 절대 순종하며 살았다. 이화여대 합격과 함께 화려한 옷으로 갈아 입고 운동화만 신고도 만족하던 발이 구두로 변화되어 가니 매일 학교에 갈 때마다 공부보다 더 중요한 것이 옷 입는 것과 신발에 많은 신경을 쓰게 되었다.

내가 다니던 1960년 전에는 큰길 버스에서 내려 대강당까지 가는 길은 험해서 높은 신을 신고 가려면 몇 번은 쉬었다 가곤 했다. 그래도 나는 굽이 높은 신을 좋아했다.

1960년 미국에 수련하러 갔던 남자친구로부터 굽이 높은 빨강 구두를 선물로 받았다. 이후로 나는 내 일생에 빨강색을 비롯하여 모든 원색을 좋아하게 되었다. 굽이 높은 빨강색 구두를 신으면 첫째로 키가 커 보인다. 내 키는 작은 키가 아닌데도 이 신발을 신으면 허리와 다리가 반듯하고 걸음걸이도 조심해서 걸어야 하기 때문에 항상 걷는 것에 신경을 쓰고 있다. 그래서인지 지금까지 나는 허리가 꾸부러지거나 노인처럼 다리를 벌리고 걷지 않는다. 높은 신을 신을 때에는 허리를 펴고 다리는 될 수 있는 대로 꼿꼿이 서고 어깨와 머리를 반듯이 하고 걷는 연습이 필요하다. 높은 구두를 신고 난 후로 나는 자존감이 많이 높아진 것 같다. 언제나 내 마음속에는 하면 된다는 생각에 새로운 것을 추구하게 되었다. 이화대학에서 가졌던 젊은 날에 자존감이 나의 일생을 좌우하는 것을 늘 생각하면 내가 이화대학을 다녔다는 것이 너무나 행복하다. 굽이 높은 빨강 구두로 인해 젊음은 생기가 나고 희망이 있고 소망이 있어서 좋다. 옷을 갈아 입거나 신을 새로 사서 색깔을 맞출 때마다 새롭고 자신을 거울 속에 비쳐볼 때가 많이 있었다. 어찌 보면 머릿속이 텅 빈 여성이라고 비웃겠지만 그래도 좋다. 여성이 여성 답게 가꾸는 것이 본성이 아닐까?

나는 교회에 갈 때에도 아름답게 차리고 가고 싶다. 그래서 별명이 화려한 여인이라는 말을 듣곤 한다. 목사님은 우리 부부를 소개할 때에 잉꼬부부라는 별명도 붙여주어서 내게는 별명도 많다. 그러나 나이는 속이지 못한다. 80 고개를 넘으면서 신발이 달라졌다. 80이 되던 해에 넘어져서 팔목을 다치기 시작하더니 자주 넘어지고 마침내 낮은 신으로 만족해야 할 때가 온 것이다. 어느 날 날짜를 정하여 신발장에서 그 화려한 모든 신을 꺼내었다. 납작한 신은 내가 좋아하든 안 좋아하든 신장 속에 들여놓고 조금이라도 굽이 있으면 따로 모아 쓰레기통으로 날라가 버렸다.

정리를 다하고 나면 시원해야 할 내 마음이 서글퍼지지만 한가지 안 버리고 간직한 것은 굽이 있는 빨강 구두다. 가끔씩 이 구두를 보면서 젊음을 되새겨 보고 짙은 원색을 좋아하던 때에 아이들을 기르고 영어도 잘 못하면서 미국 아이들에게 지지 않으려고 열심히 공부하던 열정을 계속하려고 모셔 놓았다. 정구와 골프도 남이 하는 것은 다해보았다. 그렇다고 내가 지금은 은둔 생활을 하는 것은 아니다. 비록 낮은 신을 신고 있지만 내가 할 수 있는 것을 골라서 다른 사람이 자는 시간에 일어나 책을 읽고 그림을 그리고 많은 일을 한다. 9월이면 증손녀 마르다가 3살이 된다. 시편

23편을 그림으로 그리고 하나님 말씀을 넣어 아이로 하여금 어려서부터 성경을 외우게 하는 작업을 하고 있다. 그림은 마음의 표현이다. 낮에는 매일 새벽 7시에 담임 목사님께서 영어로 성경을 읽을 때에 나도 같이 읽는다. 오후에는 그날 읽은 성경을 손으로 쓰고 있다. 80이 넘으니 글 쓰기가 힘이 든다. 그러나 하고 싶은 일을 하니까 재미도 있다. 나는 아직도 신을 수 없는 굽 높은 빨강색 구두를 마음속에 간직하며 살아 가고 있다.

파도야 파도야

이현명
시, 영문 64

타박타박 걷는다. 새로 산 연 핑크빛 계열의 운동화를 신고 나는 어제도 오늘도 걷고 있다.

모레도 계속 이렇게 걸을 생각이다.

둑방 층계를 오른다. 하나 둘 셋… 하나 둘 셋 넷 다섯 여섯…

와… 바다다!

드디어 나른한 나의 몸은 벤치에 앉아 멀리서 다가오는 푸른 바다를 바라보며 음악도 세상 소식도 모두 꺼 놓는다.

밀물

^^안녕? 오늘은 밀물인가 보다. 시간이 흐르고 저 아주 먼 곳으로부터 갯벌을 타고 들어오는 바닷물을 바라보면서 내 가슴은 반가운 마음에 벅차 출렁인다.

밀물이 저 멀리서 다가오며 내게 말을 건네고 있다. 잘 있었어요?

^^그래요. 잘 지내고 있어요. 나는 살아 움직이는 물방울, 하얀 방울꽃들을 만나러 이곳으로 거의 날마다 나온답니다.

시간이 흐르고… 철석… 철버덕 어느새 다가왔는지 내 발 저 아래쯤, 바닷물이 아주 가까이 있는 검은 바위 기슭에 부딪친다. 한없이 다가오며 부서지는 시원한 소리와 함께…

하이얀 물방울들이 살아서 움직인다. 하얀 방울꽃들… 크거나 작은 꽃들이 다가와 온몸을 다 바치며 부서진다. 그렇다. 나는 이렇게 살아서 움직이는 햐얀 물방울… 물방울 꽃들을 매일 만나러 나간다.

썰물

오늘은 썰물이다. 그는 떠났다. 몇 시간 전 아니 얼마 전, 나를 만나… 내게 다가와… 내 가슴도 몹시 일렁였는데 이제 그는 말없이 떠나갔다.

나를 만나러 오는 듯하더니 어느새 떠나갔다. 이별의 슬픔… 생각만 해도 괜히 눈물이 난다.

영원이란 없는 이승에서의 이별은 해 본 사람만이 알 것이다. 오랫동안 주변의 미묘한 눈빛에도 나의 몸과 마음은 수없이 깨지고 부서졌다.

지금 나는 아주 진한 갈색 벤치 — 긴 의자에 앉아 드넓은 바다의 속살, 짙은 잿빛 갯벌을 바라본다.

여기 이곳은 내가 이 세상에서 호흡을 하고 있는 한, 계속되는 만남과 이별의 광장이다. 새 인연은 늘 새롭게 계속된다. 이것도 끊임없는 밀물과 썰물의 연속이다.

오늘도 나는 걷고 또 걷는다. 갈색 벤치에 앉아 오가는 사람들을 바라본다. 아장아장 기쁨으로 내닫는 아기들의 발걸음을 따라간다. 그리고 유모차 안에 우유빛 아기와 그윽한 사랑 가득한 젊은 부모들….

살포시 두 손잡은 연인들, 그리고 활기찬 남녀 청년들을 바라본다. 또 휠체어에 아기처럼 모셔진 은은한 패션의 할머니, 그녀의 먼 눈동자를 따라가 보기도 한다.

날마다 나는 이곳으로 모여드는 모든 사람들과 여행한다. 수많은 사람들을, 수많은 인생을, 내 가까이에서 조금 떨어진 상태에서… 쉴 새 없이 만나고 떠나보낸다.

바닷가에서 때때로 말이 많은 갈매기들도 만난다. 갯벌에 나 홀로 햇살을 등에 받으며 서 있는데 누가 나를 부른다. 얘! 왜? 대답하는 마음으로 돌아보니 먹이를 쪼면서 하는 갈매기들끼리의 대화였다.

뻐꾹새들, 종달새들 소리도, 몸매 날씬한 갈색 무늬의 세련된 참새들도 만나고 두뇌가 좋다는 까마귀들과 혹시 자신의 둥지에 누가 가까이 가면 정신없이 깍깍대는 경계심 많은 까치들도 만난다.

오늘도… 가끔은 고개를 들어 천천히 구름 한 점 없는 파란 하늘을 바라다본다. 나만 이럴까? 눈과 마음이 한번에 정화되어 그 아래, 이 세상으로 돌아오니 이름모를 나무들에… 활짝 핀 해당화들에 둘러싸여 있다.

저 아래 제주도부터 장마가 시작됐다는 소식이다. 어제 이곳 중부에서도 비가 심하게 왔다. 그리고 아침에는 그친 거 같다. 궁금해서 밖으로 걸음을 옮겨갔다.

오늘은 썰물이다. 바다가 온통 자신의 속살을 들어내고 그 위로 갈매기들 몇 마리가 먹이를 찾으며 대화한다. 바람이 많이 분다. 나는 벤치에서 일어나 느긋이 걸으며 생각에 잠긴다.

나는 파도를 탈 것이다. 바람이 불면 부는 대로 물결치면 치는 대로 생의 파도를 탈 것이다.

한 치 앞을 모르는 나는, 호기심과 스릴을 한가득 가슴에 품어 안고 파도타기에 몸을 맏길 것이다.

길 위에서

이재연
소설, 독문 67

갯바람이 불거나 파도 소리가 들려오는 저녁이면 어머니의 얼굴엔 설레는 기운이 감돌았다. 나는 누구보다 어머니의 그 표정을 먼저 읽고 그녀의 주위를 맴돌았다. 집 앞 바닷가 선창가에서 목멘 유행가 소리가 들려오면 어머니는 새 공기를 마시려는 듯 한 발짝 집 밖을 향해 내딛었다. 짭짜름한 갯바람 속에서 의기양양한 병사처럼 집을 나서는 것이었다. 그 옆에 그림자 같은 꼬맹이 나도 따라붙었다.

갯바람 속에서 어둠을 깨며 공동 수돗가가 있는 모퉁이를 돌아 외등도 없는 큰 미창 창고가 나란히 있는 컴컴한 길로 들어섰다. 엄마는 발걸음이 빨라졌다. 누굴 만나러 가는 것도 아닌데 잰걸음으로 걸어갔다. 나는 무서워 엄마 옆으로 바짝 다가가 치맛자락을 꽉 잡았다. 삶의 허망을 풀려는 사람은, 무언가를 깊이 갈망하는 사람은, 그것을 빨리 풀고자 하는 일념으로 마음은 바쁜 것이다. 죽으려는 사람이 오직 죽고자 하는 일념으로 마음이 바쁘듯이, 사랑하는 연인을 만나러 가는 사람의 마음이 그러하듯이.

어머니에게 있는 것이란 돈뿐이었다. 낮 동안에 개처럼 수고해 번 돈을 정승처럼 마구 써버리는 것이다. 하루 빼빠지게 일해 수확한 돈을, 더 깊은 허무가 불어닥치기 전에 마구 뿌리는 것이었다.

어머니의 눈매는 예리하고, 입가의 표정은 외길로 향할 거친 운명 같은 의지가 서려 있었다. 자기 앞의 삶을 믿지 못하고, 불안에 떠는 안타까운 눈빛에 삶의 풍파 속에서 어쩔 수 없이 배어버린 허무의 그늘이 스며 있었다. 이 힘든 삶을 자나 깨나 혼자서 뚫고 나가야 한다는 배짱이나 오기 같은 강한 그늘도 입가에 뭉쳐져 있었다.

어머니는 그 외길의 의지, 꿈을 오직 자식들에게 퍼부었다. 균형과 조화에서 벗어난 히스테리컬한 사랑은 내일 당장 무슨 일이 일어날 것 같은 불안을 안겨주었다. 밤엔 갑자기 집 앞바다에서 폭풍이 불어닥칠지 모른다는 공포감도 나를 따라다녔다.

어머니는 부엌일을 하나도 가르치지 않았다. 공부하라는 말도 하지 않았다. 여자는 어떠고 남자는 어떠고 하는 말도 하지 않았다. 어떻게 살아야 한다는 말도 하지 않았다. 당신과 같은 좁은 삶의 테두리를 벗어나 더 넓은 세계, 자신의 가능성을 활짝 펴고 훨훨 날아다닐 수 있는 그런 어떤 환한 세계를 딸들을 위해 밀어주었다. 딸들이 성장하면 큰 대륙에 가서 자신의 꿈을 맘껏 펼치며 사는 삶을 바라지 않았을까.

결혼한 뒤 어머니가 바라는 꿈대로 이국의 문명한 나라에서 5년간 살았다.

스위스 국경도시 바젤은 비가 자주 왔다. 이 도시는 고도 제한이 있어 높은 건물을 짓지 못했다. 오래된 중세풍의 5층 건물들과 적요한 거리엔 음울한 공기가 감돌았다. 고향 항구도시의 공기처럼 뭔지 아련한 느낌을 불러일으켰다. 그러나 이곳의 회색 거리는 실존의 자각을 깨우쳐주는 공기가 감돌고 있었다. 내가 누구인지, 나의 정체성을 찾으려는 안간힘만큼 허무함도 따라다녔다. 나는 이중의 암시를 띤 암울한 공기를 마셔대며 어린 시절 선창가를 배회하듯 중세풍의 회색 거리를 헤매고 다녔다.

스위스 바젤의 파스나흐트 카니발이 열리는 2월 말경이었다. 화려한 카니발 의상 입은 가면쟁이들이 북을 치거나 피리를 불며 지나갔다. 사회적 이슈와 인물풍자를 패러디한 행렬이 지나가자, 그 뒤 퍼레이드 카들은 오렌지와 봉봉 사탕을 행인들에게 던져주며 붉은 벽돌의 시청 쪽으로 향했다.

사람들은 오렌지와 사탕을 받으려고 손을 내밀었다. 네 살 난 딸은 좋아라 뛰어다니며 사탕을 주웠다. 우리 가족은 인파 속에 휩쓸려 자유스러운 축제의 공기를 마시며 떠돌아다니고 있었다. 그때 딸 나이쯤으로 보이는 아시안 여자아이가 뛰어다니며 사탕을 줍다가 나 세 개 주웠어, 하고 저쪽 인파 속에 있는 부모에게 큰 소리로 말했다.

아이 부모가 다가왔다. 꼬마의 아빠는 남편처럼 라인강 가의 바젤대학의 학생이었다. 그는 철학과 미학을 공부한다고 했다. 그는 어딘지 이 도시의 우울한 공기와 잘 어울리는 인상이었다. 뭔지 그리워하며 꿈을 꾸는 듯한 감성적인 눈빛에 우울증의 기미가 회색 공기로 스며들어 뭔지 위태하게 보였다. 나는 무엇보다 그의 이마에 새겨져 있는 방황하는 자의 지표, 운명처럼 떠도는 자의 붉은 인 같은 흔적을 읽었다. 사방이 어둑어둑해지면 집을 나서는 어미의 발길, 그 딸에게 이어지는 운명과 같은 피, 대책 없이 떠도는 마음. 그런 흔적이 그의 이마에 새겨져 있었다. 이국에서 고국 사람을 우연히 만나 우리는 반가움에 금방 친해졌다. 고향 장터에서 만난 사람처럼 말을 나누었다. 같은 또래인 아이들도 금세 친해져 간단한 한국말을 주고받으며 좋아했다.

우리가 사는 프랑스와 독일 국경지대엔 차들이 많이 다녔다. 거리는 어수선하고 시끄러웠다. 우리는 자연히 소풍 가듯 동네의 칸넨펠트 큰 공원으로 자주 갔다.

우리가 공원을 한 바퀴 돌고 있으면 공원 가까운 데서 사는 유학생 부부도 맞은편에서 다가올 때가 많았다. 어떤 때 서로의 집에서 만나기도 했다. 철학도는 내 속의 어떤 우울한 흔적을 읽은 듯, 존재의 자각을 깨우쳐 주는 듯한 눈빛으로 나를 바라보았다.

꽃과 와인과 촛불이 켜진 실내에서 우리는 자주 이야기꽃을 피웠다. 고향이 같은 남도라 할 애기들이 많았다. 초대받아 간 교수들 얘기, 여행 얘기, 알사스에서 생선을 몽땅 사 간신히 국경을 넘은 얘기, 고국 얘기, 벼룩시장에서 물건을 싸게 산 얘기들을 했다. 꽃냄새가 실내를 감돌고, 희미한 촛불은 바로 지금 이곳에서 깨어나 앞날에 비상하라고 속삭여주는 듯했다. 그에게선 철학과 미학의 냄새, 인간을 해부하고 조명하면서 회색 인간이 되어가는 어떤 과정이 영상 속 화면처럼 스쳐 지나갔다.

어머니의 피를 이어받아 발화된 곳은 이국의 낯선 거리였다.

가랑비가 자주 오고 수시로 날씨가 바뀌는 이곳의 잿빛 날씨. 이 도시에서 깨어있는 정신으로 살려면 나를 고양시켜 주는 대상에게 다가가는 것이리라. 어머니의 저녁 어스름 나들이처럼 목마름이 솟구쳐 올라오면 나는 이방인의 그림자를 달고 돌아다녔다. 어떨 때는 어린 시절의 나처럼 어린 딸이 이 세상의 설레게 하는 것들을 수집하려는 듯 순례의 동반자가 되어 함께 돌아다녔다.

'변화하고 또 변화하라!'

괴테의 말이 그림자처럼 따라다니고 있는 것을 증명이라도 하듯 그런 조짐이 보이는 대상에게 다가갔다. 그와 애기하면 그가 속한 앎의 세계, 학문의 아름다운 세계가 한 단계 더 높은 곳으로 이끌어주는 듯했다. 어릴 적 엄마를 따라 어두운 길을 갈 때의 설레는 느낌, 뭔가 새로운 경험이 펼쳐지리라는 예감이 바닷바람처럼 가슴을 스쳤다. 섬에서 또 다른 새로운 섬을 건너야 꿈꾸는 대륙에 닿을 것이다.

언젠가 사람을 이상하게 외롭게 만드는 회색 날씨가 폐부를 찌르는 듯한 날씨였다. 트램을 타고 시청 광장 마켓에 가기 위해 스파렌 성문을 향해 가고 있을 때였다. 창밖 미션스트라센 거리에서 익숙한 실루엣이 눈에 들어왔다. 젖은 회색 공간에서 축축한 날씨와 어울리는 이미지의 한 남자가 눈에 띄었다. 그 사람이었다. 학교에 가는지, 그는 밤색 손가방을 들고 허리를 약간 구부정한 채 바삐 걸어가고 있었다. 자신 속에 푹 파묻혀 뭔가 골똘히 생각하는 모습으로 빠르게 걸어갔다. 어쩌면 그는 미그로스로 쇼핑하러 가는 길인지, 유치원으로 딸을 데리려 가는 길인지 모르겠다. 나는 앎에 대한 목마름으로 트램에서 내리고 싶었다.

어느 땐 목적 없이 거리를 떠돌고 있을 때 길 건너 쪽에서 걷고 있는 익숙한 모습이 보였다. 그였다. 그는 왜 그토록 거리를 떠돌아다니고 있는 것일까.

가랑비가 그치고 사방이 촉촉한 흐린 어느 잿빛 날이었다. 리헨으로 가는 트램이 지나가고 있었다. 언뜻 창가로 그의 모습이 비쳤다. 자신 속에 빠져있는 몽상적인 모습이었다. 나는 무엇에 홀린 듯 트램을 따라가다 갑자기 돌아섰다. 그는 따뜻한 보금자리를 향해 가고 있는지 모른다. 어머니의 피를 이어받은 내 목마름은 이제 다른 것으로 적시라고 누군가 속삭여 주는 듯하다. 나는 '보리밭'을 흥얼거리며 습관적으로 뒤를 돌아보았다.

'돌아보면 아무도 뵈지 않고
저녁놀 빈 하늘만 눈에 차누나'

그 무렵의 어느 날이었다. 나는 트램 안에서 제이를 만났다. 딸이 나에게 한국말로 뭐라고 말하자, 우리 뒤에 앉아있던 젊은 아가씨가 말을 걸었다.

어마, 한국 사람예요? 나도 한국 사람인데.

아이의 한국말 때문에 우리는 같은 나라 사람이라는 동질감을 느꼈다. 제이는 고아 출신으로 초등학교 때 스위스 페스탈로치 고아원에 와 기본적으로 한국말을 할 줄 알았다. 나는 제이의 어디에도 매이지 않는 황량한 들판 같은 야성적인 마력에 빨려 들어갔다. 막막한 세상에 홀로 살아가는 제이를 돕고자 하는 마음이 생겼다.

제이와 나는 독서클럽을 만들었다. 우리는 헤르만 헤세의 〈데미안〉을 읽었다. 제이는 나에게 독일어를 가르쳤고, 나는 그에게 한국어를 가르쳤다. 제이는 물어보는 것도, 대답하는 것도 엉뚱하면서도 도발적이었다. 나는 세상물이 안든 푸른 영혼 같은 그녀가 마음에 들었다. 책을 읽으면서 제이는 조금씩 달라졌다. 삶의 미로 같은 수많은 길 중에서 지혜의 길을 찾아가는 희열감에 싸이곤 했다. 언어의 힘이었다.

시간이 지나면서 나를 비춰 주는 한글과 독일어로 허기가 가시는 듯했다. 언어엔 혼魂이 숨 쉬고 있다. 제이는 한국어를 배우면서 고국의 정서를 알아갔고, 나는 독일 교양소설 속 두 개의 세계에 빠져들었다. 어머니는 항구의 어둑한 불빛 따라 헤매며 가슴속 한恨을 풀어 날렸다. 나는 이국의 낯선 길에서 길로 헤매며, 현재의 곤고한 자신에게, 앞날의 나에게 희망의 말을 속삭였다.

성스러움과 세속은 안팎의 얼굴이고, 탈출과 성숙은 서로 가까이 붙어 있었다. 나는 글을 쓰는 여자이다. 언어 속에선 먼 과거의 사람이 지금 나에게 살아있는 존재처럼 나타나고, 나의 꿈은 언어의 날개를 타고 먼 앞날로 날아간다.

제이나 철학도나 먼 이역의 땅 어느 길 위에서 우연히 만났다.

인생 만년에 시골집 툇마루에 앉아 언제 올지 모르는 자식들을 기다리고 또 기다렸던 울 엄마. 살아 생전에 어머니는 딸들에게 어떤 인생을 바랐던 것일까. 둘째 딸은 이제 새롭게 엄마를 만나고 싶다. 갖가지 체험 끝에 찢어지고 터지고 갈라진 상처투성이 육체로 더 깊게 깨닫고 이해하게 된 여자가 같은 여자인 당신을 새롭게 만나고 싶다. 길 위에서 떠돌다 새롭게 인식한 이 육체와 정신으로 당신을 한번 껴안아 보고 싶다. 사랑으로 조그마해진 그림자 같은 당신을.

내 평생에 잘한 일 한 가지

유소영
동시, 도서관 65

얼마 전에 여학교 동기들 14명이 모였는데 4명 만이 아직 남편이 살아 있고 나머지는 모두 하늘나라에 보내버린 과부들이었다. 모임이 진행되는 동안 아무도 남편 이야기를 하지 않았다. 여편네들의 과거 현재 미래에 관한 이야기들만 했다. 우리 모두는 그렇게 즐겁고 기분이 풀리는 시간을 보내고 돌아갔다. 그러나 남편을 떠나보낸 열 명의 과부들 마음속에 남편의 그림자가 없을 수가 없는 것. 사별한 지 오래될수록 희미하겠지만, 그것은 정도의 차이일 것이다.

나는 남편이 사라졌다는 것이 안타깝고 억울하여 매일매일 한두 차례씩 울먹인다. 이 글에서 하려는 이야기는 내 남편이 살아있을 때는 한 번도 떠올린 적이 없었다. 아예 잊어버리고 살았다. 그런데 이상하게 그가 떠나간 이후 자주 생각나고 지금 여기 그가 없는 서러움을 곱씹는 빌미가 되고 있다.

나는 지방대학 선생으로 근 30년을 살았다. 그동안 어머니와 남편은 서울에 두고 지방학교에서 멀지 않은 곳에 사과밭이 있는 초막에서 살았다. 주말과 농사가 없는 겨울방학 때만 서울 집에 와 있었고 늘 시골에서 강의에 나가고 사과나무를 돌보며 지냈다. 사과밭을 돌봐야 할 철에는 주말에 내가 서울에 오지 않고 남편이 시골로 내려와 밭에 풀을 베기도 하고 사과나무에 소독하는 일을 도왔다.

어느 월요일 아침, 주말을 서울에서 보냈으므로 일찍이 오전 수업에 맞추어 장거리 길을 떠나야 했다. 공교롭게도 비가 억수같이 쏟아졌다. 남편과 나는 아파트 1층 현관 앞에 서서 쏟아지는 비를 바라보고 있었다. 비는 그치거나 뜸해질 기세가 없었다. 남편은 그 폭포 같은 빗줄기 속을 조그만 여자가 운전해 간다는 것이 미덥지 않았던 모양이다. 한참을 생각하는 듯했다. 남편은 그가 다니는 대학에 보직이 있어서 전문 운전기사가 딸린 승용차로 출퇴근하고 있었다. 나를 그 차에 태워 보내면 안심이 될 것 같았는지 모른다. 젊고 탄탄한 운전 전문가라면 폭포 같은 빗줄기 속이라도, 커다란 트럭이 질주하는 고속도로 속에서라도 가볍고 작은 승용차를 잘 이끌고 갈 것이라고 생각했을 것이다.

이윽고 그가 입을 열었다. "조심해서 가." 나는 내 모습을 뒤에서 바라보는 그를 아파트 현관 앞에 남겨두고 내 프라이드 자동차 운전대를 잡고 시동을 걸었다. 사실 보통 때 같으면 시간은 넉넉한 시점이었다. 아무 생각 없었다. 10시 수업에 맞추어 가야 한다는 것밖에는. 나는 뒤를 돌아보고 그에게 손을 흔들지도 않고 떠났다. 그럴만한 마음의 여유가 없었던 모양이다.

왜 그때 그의 모습, 표정이 지워지지 않고 가끔 떠오르고 그가 생각나는지! 공용차를 부인을 위해 쓸 수 없다는 결론에서 나를 보내면서 얼마나 염려했을까? 내 남편은 사사롭게는 내게 더없이 고마운 사람, 사회적으로는 자기 맡은 일에 충실한 직업인, 모범적인 시민이었다. 인간적으로는 자기가 처한 위치에서 친구들을 비롯한 주변의 사람들에게 최선으로 협조적이고 성실한 사람이었다.

내가 이 세상에 떨어져 나와서 한평생 사는 동안 한 일 중에 가장 잘한 일이 그를 만났다는 것이다. 하느님께 감사한다.

흐르는 사람들

서숙
번역, 영문 68

도심에 있는 시니어 하우스 입구에 들어서면 로비 한쪽에는 붓글씨, 사진, 수채화, 유화 등이 전시되어 있다. 지인들이 보내온 조촐한 난 화분들도 놓여 있다.

이곳 입주민 중에는 거동이 약간 불편한 이들도 있고, 간혹 경증 기억상실증을 보이는 이들도 있다. 어떤 이들은 지갑을 찾아달라 하고, 자기 방에 CCTV를 설치해 달라고 보채기도 한다.

어느 노인이 데스크에 전화한다. 까랑까랑하고 높은 목소리. 오늘 나한테 택배 배달온 거 있지요? 전화받는 이는 옆에 있는 여직원에게 눈짓한다. 최근 들어 부쩍 이 노인의 전화가 잦아진다. 그는 천천히 수화기에 대고 말한다. 어머니, 아직 도착 안 했나 봐요. 이상한데. 누가 가져갔나.

사무실 직원들은 말한다. "그런 직원들은 그런 증세를 보이는 분들이 많은데, 전문직에 계셨던 분들의 특징인 것도 같습니다."

왜? 평생을 두뇌를 많이 쓰면서 살아왔는데.

또 다른 병동. 70대 후반의 남성, 환자복을 입고 침대에 앉아있는 그는 건강하고 편안해 보인다. 그런데 잘 보니 그의 앞에 마른 빨래들이 수북이 쌓여 있다. 바지, 티셔츠, 수건, 양말. 그는 빨래들을 하나씩 찬찬히 개더니 자기 옆에 가지런히 쌓아놓는다. 무표정하게 두 손으로 쉬지 않고 빨래들을 집어 들고 차분하게 갠다. 그 일을 반복한다.

옆에 서서 부인이 물끄러미 바라보더니 말한다. "행정고시 붙은 뒤 평생 고급 공무원으로 살았어요. 어느 날부터 이런 증상이 나타났어요. 삼 년째 이렇게 아무 말도 못하고 하염없이 빨래만 개고 있어요."

그러더니 한숨을 길게 내쉬며 덧붙인다. "평생을 책상에 앉아 허연 서류 뭉치만 들여다봤기 때문인가 봐요."

또 한 사람, 칠십대 중반의 여성. 그의 남편이 말한다. "나는 괜찮은데 반신불수로 누워 있는 아내와 함께 있으려고 입원했어요."

남편은 아침저녁 시간 맞추어 아내가 누워 있는 병실로 온다. 멍하게 누워 있는 아내에게 이런저런 말을 건넨다. 아내는 그의 말을 알아듣는 듯하다. "이따 또 올게."

그가 손을 잡자, 아내는 침묵의 벽을 힘겹게 밀어내는 듯 입을 움직인다.

"도오원."

남편은 알아듣는다. "괜찮아 걱정할 거 없어." 그리고 말한다.

"내가 팔 남매 맏이예요. 초등학교 졸업하고 온갖 궂은일을 다 했어요. 동생들 학교 보내고 결혼시켰어요. 이 사람이 엄청나게 고생했어요. 지금 우리 두 사람이 입원해 있으니, 아내는 돈 걱정을 하는 겁니다."

자. 또 한 사람 팔순을 넘은 듯한 남성 그는 낮게 차근차근 말한다. "서울에서 최고의 공과대학을 나왔어요. 유학 가서 자리 잡고 잘 살았어. 내 병이 나으면 다시 미국으로 갈 거요. 집사람, 아들, 딸, 사위, 며느리, 손주 다 있어." 침묵이 흐른다.

그런데 이상하다. "집사람, 아들, 며느리, 손주 다 있어." 라는 그의 말들이마치 주렁주렁 보따리들이 그의 어깨에 매달려 있는 것처럼 들린다. 그들은 다 잊었는데 노인 혼자 움켜쥐고 있는 짐들처럼 보인다.

그래, 손을 놓지 못하는 것은 남는 사람이 아니라 떠날 사람인가 보다.

바람의 푸른 발자국

김현숙
시, 영문 69

별안간 늪에 떨어지나 보다
저 엇서는 목소리
자꾸 밖으로 불러내는
불러내어 끝없이 떠돌게 하는

가슴으로
웬 물결이 소용돌이치고
어느 날은 꿈속까지 밀려들어
며칠이고 며칠이고 적시더니

북어같이 깡마른
한목숨의 가뭄도 끝나
꼬깃꼬깃 접어둔
살(肉)마저 풀어놓는가

금방 무너져 내릴 듯
꽃가지의 저 휘청거림
가지 끝
하늘의 흔들림
— 졸시 「봄비」 전문

몇 년 코로나를 겪으면서, 필요한 볼일 외에는 외출을 부쩍 삼갔다. 문 앞에서 기다리는 기(氣) 센 한파나 폭설의 겨울엔 더욱 그러했다. 그러나 코로나의 그 대단한 위세도 의술에 점차 밀리다가 한풀 꺾이고 그저 독감 수준으로 기세를 떨군 이 마당에, 침묵하던 대지가 보슬보슬 내리는 봄비에 푸른 입을 열고 화답할 때, '맨발로 내달리는' 반가움을 어찌 가두랴.

삼일절을 맞아 대문에 걸린 태극기를 보며 '푸른 하늘 가만히 우러러보면/ 유관순 누나가 생각납니다' 입속으로 흥얼거리다 보면, 어느새 어린 봄은 슬며시 곁에 와 앉는다. 유관순은 이화학당 학생이었다. 그 어린 소녀가 아우내장터에서 태극기를 흔들고 만세를 외치며 백의(白衣)의 군중을 모으고 그 심장에 뜨건 피를 끓여 함께 구국을 위해 목 터지게 외쳤으니.

일본 경찰에 잡혀 끝내 순국하면서 애국에 충정을 바친 일생이었다. 거친 무력 앞에 굴하지 않은 순정한 애국심은 그들의 총칼을 단숨에 짓밟고 무너뜨렸다. 손에 든 태극기를 휘날릴 때, 분명 그것은 천문(天問)을 찍었을 것이다. 동시에 떠오르는 얼굴이 있다. 시를 쓰는 우리로서 잊지 못할 시인 중 한 분이시다.

바로 윤동주 시인으로 지난 2월 16일은 그가 후쿠오카 감옥에서 운명한 지 올해 79주년이 되는 날이다. 조국의 해방을 반년 앞두고 당시 불과 27

세의 나이로 1945년 옥사하였다. 시를 쓰는 청년이었을 뿐인데 일본 도시샤 대학 재학 중 1943년 7월 사상범으로 체포되어 일본 형무소에서 생체실험 중이었다. '하늘 우러러 한 점 부끄럼 없기를~' 하늘에 맹세한 그는 오늘날에 위대한 시인으로 세계인의 추앙을 받고 있다. 시는 시인의 삶에서 우려낸 정신 아니던가.

이어받은 후예들이 4.19 의거로 당시 독재정권을 물리치고 민주주의를 바로 세웠다. 당시 서울대 법학과 신입생이던 기완(基完) 오빠는, 어깨동무한 친구가 총알에 쓰러진 현장에 있었다. 오빠의 깨알 같은 기록으로 날아온, 그 순간을 읽으시는 아버지나 우리 가족 누구도 잠들지 못했다. 나는 교정의 꽃그늘에 숨어서 우는 중학생이었다. 이 모두는 봄에 일어난 대란이었지만, 곪은 상처를 도려내고 희망의 새 불꽃을 쏘아 올린 민주정신의 승리였다.

오늘 국회의원들은 무엇을 위해 몰려다니며 별별 시위를 하는가. 잃어버린 나라를 찾으려는가? 흐려진 정치의 기강을 바로 세우고 민생을 위해 고군분투하자는 염원인가.
어르신들은 왜 그토록 아픈 다리를 이끌고 광화문으로 나와, 폭염 아래서 오랫동안 태극기를 흔들었는가. 그들은 후예의 미래가 잔뜩 염려스러운가?

3월은 봄비를 데려와 딱딱하게 굳은 흙을 풀어주고, 뿌리에서 물을 올려 풀과 나무의 새순을 올리면 바람은 부지런히 옮겨 다니며 푸른 발자국을 찍는다. 설한에 주저앉은 이 땅에 새 생명을 피우려는 손길이 바빠진다. 오랜만에 맘 놓고 밖으로 나다니면서 봄날에 눈과 귀를 적시며 가슴이 두근거린다. 나는 무엇으로 사람됨을 말하며, 무엇을 위해 살아야 하는가.

코로나 덕분

육미승
수필, 초등교육 69

나는 어려서부터 음악을 그냥 좋아했다. 첫 입학식 날 악대부가 축하 연주를 하는데 마음이 뛰고 울렁거렸다. 다음날, 악대부를 찾아가서 선생님을 만나 악대부에 넣어 달라고 부탁을 해서 학교 다니는 동안 내내 소북을 치는 아이로 활동을 했고 중고등학교에서는 음악반에서 합창과 지휘를 해가며 음악 활동을 했다. 대학에 들어 와서도 채플 합창단에 들어서 활동을 했다. 졸업 후에는 피아노 학원을 경영했다. 음악은 내 친구였다.

초등 시절 집에서 학교까지 걸어 다니는 거리가 어린 나이로는 엄청나게 멀었었다. 오고 다니면서 들려오는 피아노 소리에 귀를 기우렸었고 그 덕으로 어려운 곡들을 다 외워서 입으로 또 머릿속 건반을 쳐가며 즐겁게 다녔었다.

나 혼자 걸을 때가 거의 전부였다. 넓은 길에 나 혼자 양쪽으로 플라타너스가 심어져 있는 대로를 갈지자로 왔다 갔다 하면서 걸어 다녔던 기억이 난다. 너무 추울 때는 똥구루마길이라고 부르는 언덕 아래로 내려가서 걸었고 여름에 너무 더울 때는 나무 그늘 아래서 공기를 하면서 땡볕을 피하기도 했다. 가을에는 메뚜기를 잡아 잔뜩 바랭이를 뽑아 주렁주렁 매달았고 봄에는 뒤집어 놓은 논에서 올말댕이라는 작은 동그란 걸 주머니에 가득 챙겼었는데 어쩌다가 운이 나쁘면 앙카라 고아원 나쁜 오빠들에게 몰수당하기도 했다. 억울하고 아까워했지만 인정사정없이 몽땅 뺏어 가곤 했다. 그대로 중간쯤에는 미군들의 빵공장이 있었는데 거의 검둥이들이었다. 새하얀 이빨과 두꺼운 입술은 정말 징그럽고 무서웠었는데 그 흑인들은 나만 보면 번쩍 안아 부대 안으로 데리고 가곤 했다. 마구마구 울며 앙탈을 부렸지만 소용없이 안겨 들어가곤 했다. 커다란 창고로 데리고 가서는 이것저것 과자랑 초콜릿을 안겨 주고는 손을 흔들어 보이곤 했다. 그 순간 나타나는 그 못된 오빠들에게 다 뺏기는 게 다음 순서였지만 일단 밖에 나온 것만으로 즐거웠었다. 그래도 순순히 보내주는 게 어딘가? 하며 노랠 부르며 집으로 가곤 했다. 그런 추억들을 소환해가며 지내는 코로나 강제 강금 시간에 지쳐가고 있었다. 그 무료함을 달래주며 해소해 주는 멋진 방법을 드디어 발견하게 되었다.

나는 트롯 같은 대중음악은 별로 즐겨 듣지 않고 살아왔다. 유행가라는 이름하에 속해있는 모든 가요는 이 나이가 되도록 잘 부르지도 않았고 듣지도 않으며 살아왔다. 특별한 이유는 없었고 그냥 학교에서 배운 노래들을 만족스럽게 부르며 안일하게 살아온 것이었다. 그런데 어느 날 코로나로 무료한 생활을 집에서만 계속 이어가는 속에 이리저리 채널을 바꾸다가 우연히 가요 프로에 뭐지? 하며 채널고정을 하게 되었다. 꼬마들이 어른 뺨치게 불러 젖히는데 그만 눈물까지 동원되는 감동을 내 마음 한 구석에서 끌어내기에 충분했다. 모든 출연자들의 피눈물 나게 연습을 하고 정성을 다해 부르는 모습들에도 감동받았다. 매력도 있었다. 갑자기 묘한 가사가 절절하게 들려오며 감동이 전염되어 왔다. 코로나가 내게 연말선물을 준 거 같았다. 깊게 숨어 있는 가사들의 참의미가 전해지기 시작했고 삶과 연결되어 있는 정서들에 웃음 눈물 콧물까지 동반시키며 콧노래에 멜로디 흥얼거림까지~~ 생활에 활력소로 묘한 변화가 오기 시작했다.

바이올린 협주곡을 듣고 오페라를 감상하게 했던 중고등학교 음악 선생님의 영향으로 전연 대중음악에 노출되어 본 적이 없었다. 내가 하는 노래는 언제나 가곡들이었고 무대에 서면 한껏 자랑스럽게 뽐내며 불렀던 기억이 전부였다. 지금은 그마저도 목소리에 문제가 생겨 못 부르지만…다른 사람들이 곱게 노래하는 걸 보면 부럽기만 하다. 코로나란 녀석으로 방구석에 처박혀 살아가는 속에 답답했던 날들이 트롯으로 마감되는 기분이 들었다. 모두 함께 박수를 보내며 희망을 찾는 속에 우연히 나도 끼게 된 것이다. 정말 뜨거운 삶의 감동적인 얘기들이 가사로 홍겨워지고 아리랑이 주는 감동과 같은 우리 민족의 흥겨움이 가슴을 타고 흘렀다. 살아 생전에 아버지도 할머니와 할아버지 시아버님께서도 춤을 추시며 흥을 내던 모습들이 생각나며 알 수 없는 눈물이 볼을 타고… 그 끼를 몽땅 물려받고도 펼치지 못하고 젊은 나이에 가버린 아들 녀석의 환하게 웃는 얼굴이 스쳤다.

잊혀졌던 모두가 그립고 다시 다 같이 웃으며 춤과 노래를 같이 추고 부를 수 있으면 하는 바람까지 생기는 묘한 약으로 나에게는 효과 만점인 무료함의 치료약이 되었다. 재능을 가지고도 썩히고만 있었던 참가자들의 애환도 나를 울렸다. 성공하기까지의 애환을 듣고 느끼고 얘기해가며 모든 우리 시니어들의 지나온 얘기 같다는 느낌도 드는 게 그냥 좋았다. 그런 중에 나훈아 쇼를 보고 그의 가수라는 자기만의 색깔과 고집 그리고 철학과 노력에 나 자신에 대해 많은 반성을 했다. 그러는 속에 이번에는 이미자 씨가 출연하니 중학교 시절이 떠올랐다. 동백 아가씨를 부르던 특유한 목소리가 귀에 쨰지게 들려온다는 묘했던 그 아련한 느낌과 듣기에 버겁다는 생각을 했던 게 되살아났다. 이제야 노랫말을 되새겨 들어 보며 그 특이한 창법과 목소리에 대해 그녀만의 독특했던 목소리였다는 것을 깨닫게 되었고 속좁았던 나의 모습을 비판해보는 기회를 가졌다. 이게 바로 생활과 마음을 그린 가사들이었구나 하며 때늦은 감동 속에 스며들었다. 저 놀라운 연륜 속에서 변치 않고 노력하며 살아온 빛나는 인생들인 것에 감동하며 박수를 보냈다. 코로나가 준 감동 선물이다.

매미가 7년을 땅 속에서 굼벵이로 살다가 태어나 갈고 닦은 목소리를 고작 7일을 부르고 간다지? 명성은 그냥 얻어지는 게 아닌 거다. 더군다나 욕심만으로는 절대 안 된다는 것을 새긴다. 이렇게 늦게나마 인생을 노래하는 가사를 음미해가며 트롯의 참맛을 알게 된 것에 진심으로 내게 축하해주고 있다. 민요는 그런대로 즐겼는데 내게 트롯은 저 멀리에 던져 놓은 고무신 한 짝처럼 아무것도 아니었었던 것이었다. 아직도 이 세상 속에는 배울 것이 산처럼 쌓여 있다는 생각이 든다. 마음속을 몽땅 보여 주는 거 같은 두려움에 듣는 것도 부르는 것도 편치가 않았었던 그냥 거부했던 내 마음이 너무 부끄러워졌다. 이제는 그 모든 것에서 자유롭게 해방된 느낌이 든다. 다정하게 슬픔도 기쁨도 함께 해 주는 친구들도 갑자기 많아진 느낌이 든다. 정말 인생을 살아가는 속에 작지만 빤짝이는 보석을 하나 주워든 느낌이 내 마음을 가득 채워서 참 좋다. 늦게 온 깨달음이지만 코로나 덕분이란 생각이 슬쩍 들었다.

닭이 있는 집

조한숙
수필, 국문 69

우리집에는 닭이 20여 마리 있었다.

아버지가 손수 만든 닭장에는 장닭부터 병아리까지 여러 종류의 닭들이 함께 어울려 살고 있었다. 흰색 레그혼, 붉고 누런색을 띈 토종닭, 할머니가 국수닭이라고 혼자서 그렇게 부르시던 검은색에 흰색이 희끗희끗 섞였던 얌전한 닭, 종류도 크기도 다양했다.

나는 닭들에게 모이도 주었고 배춧잎도 썰어서 뿌려주곤 했었다. 배춧잎을 어찌나 좋아하던지 빨리 달라고 내 손을 쪼기도 했다. 닭들은 잠도 안 자는지 새벽이 되면 어김없이 홰를 치면서 목청껏 울어 제쳤다. 우리 식구들은 장닭들 성화에 늦잠을 잘 수가 없었으나 나는 새벽을 알리는 소리가 싫지 않았다.

그때 우리 식구들은 충주로 피난을 가서 피난살이를 하고 있을 때였고 나는 초등학교 2학년쯤 되었을 것이다.

우리가 살던 집은 앞마당이 제법 넓었다. 마당 한쪽에 닭장이 있었고 집 앞으로 배추밭이 있고 그 앞으로 목행리로 가는 긴 신작로가 뻗어 있었다. 배춧잎을 쪼아 먹던 닭들은 저녁이 되면 누가 시킨 것도 아닌데 매달아 놓은 긴 막대 위에 올라가 앉아 나란히 잠을 잤다.

어느 날 암탉은 알을 부화시켜서 병아리 몇 마리를 이끌고 다녔다. 계란을 매일 꺼내오는 것이 내 일인데 그 숙제를 안 하고 잠시 한눈을 팔고 못 꺼내 올 때 암탉은 어느새 알을 품고 있었고 얼마 후에는 병아리들을 데리고 다니는 어미 닭이 되는 것이다.

나는 그 시절이 참 즐거웠다. 닭들은 피난살이하는 나의 유년 시절을 풍요롭게 해 주었고 매일매일 내 손에 따뜻한 계란을 선물했다.

닭은 나에게 정겨운 이미지로 다가온다.

강원도 고성에 가면 닭이 여러 마리 있는 집이 있다. 그 집 뒷 뜰에 갔더니 고즈넉한 장독대가 있었다. 장독대 항아리 위에 닭 몇 마리가 올라가 있었다. 너무 반가워서 다가 갔더니 꼬꼬댁거리며 도망갈 기색도 없이 그대로 앉아있었다. 당황스러워서 가까이 갔더니 생명이 없는 도자기 닭이었다. 어찌나 섬세하게 빚었던지 색감도 형체도 생동감 넘치는 살아있는 닭처럼 보였다.

멀리 울산바위가 바라보이는 고성에 있는 그 집은 내가 좋아하는 조각관이다.

그 닭들은 집주인, 조각관 관장이 손수 빚은 닭들이었다. 조각관 저쪽 전시실에도 큰 닭, 작은 닭, 닭들이 여러 마리 있었다. 거기에서 눈을 끄는 한 쌍이 있었다. 하늘색, 회색, 밤색이 조화롭게 섞인 수탉과 자그마한 암탉이 전시실 한쪽 끝에 우두커니 서 있었다. 수탉은 갈색 벼슬을 달고 있었고 암탉은 노란색 벼슬을 달고 있었다.

그 한 쌍을 구입해서 우리집 현관 쪽 복도 장식장 위에 올려놓았다. 그곳을 지날 때마다 한 번씩 만져보면 좀 울퉁불퉁한 질감이 좋았고 닭 날개를 만지는 듯한 느낌을 주었다.

금년 봄에 친구들과 강원도 속초 쪽으로 여행을 했다. 물론 고성에 있는 조각관도 들렀다. 아름다운 뜰을 보기 위해 많은 관광객들이 와 있었다.

전시실에 들렀더니 흰색 레그혼 한 쌍이 모든 이들의 시선을 받으며 뽐내고 거기 서 있지 않은가. 활기차게 포물선을 그리며 뻗어있는 수탉 꼬리가 날아갈 듯이 아름다웠다. 수탉의 벼슬도 옆에 다소곳이 서 있는 암탉의 벼슬도 진홍색을 띄고 있었다. 두 마리를 집으로 데려오겠다고 했다. 관장은 조각품이 손상될까봐 몇 겹으로 두르고 또 두르고 어찌나 정성껏 포장을 했던지 푸는데 시간이 한참 걸렸다. 먼저 있던 닭은 저쪽 거실 쪽 탁자로 보내고 있던 자리 현관 복도 장식장에 흰색 레그혼 두 마리를 올려놓았다.

우리집에 있는 닭 4마리와 나는 교감을 한다.

그 속에는 닭장을 짓던 젊은 아버지가 있고 엄마가 있고 걸음마하던 어린 동생이 있다. 피난 시절을 함께 했던 닭들이 있었기에 지금의 닭들도 정겨움으로 내 가슴으로 다가오는 것이다. 때로는 푸드득거리며 수선스럽고, 때로는 촌스럽고 소박한 그 닭들을 나는 좋아한다.

조각관 관장은 내 마음을 아는지 그런 이미지의 닭들을 아름답게 조화롭게 재현했다

관장에게 물어보았다. 도자기 닭들을 어떻게 만드느냐고.

도자기라기보다 쎄라믹이라고 했다. 흙으로 빚어서 속을 일정 두께로 파내고 말려서 섭씨 1000도에서 구워낸 것을 '테라코타' 라고 했고, 여기에 유약을 발라서 1250도로 다시 구워 내는 것을 '쎄라믹' 이라고 했다.

우리집 닭 4마리는 김 관장의 정성과 손맛으로 빚어내어 1000도가 넘는 열 항아리 속에서 참아내는 단련을 거쳐서 훤칠한 닭으로 탄생한 것이다.

나는 우리집 건강한 닭 4마리와 가족처럼 잘 지내고 있다.

강가에 살며

신필주
시, 국문 73

세계의 모든 나라는 큰 강을 중심으로 이루어졌다. 큰 강을 끼고 문명이 형성되어 민족이 번성했다.

우리나라의 서울은 한강을 끼고 발전하였고, 내가 사는 울산은 태화강을 끼고 발전하였다. 바다가 서양적이라면 강은 동양적이다. 바다는 파도가 크게 굽이치고 물의 폭도 넓지만, 강은 한 글자로 고요하고 면연하게 흐른다. 강가에 사는 나는 큰 축복을 받았다. 오늘 새벽에도 강으로 운동을 나간다.

일찍 일어나 세수를 하고, 간편한 운동복에 모자를 쓰고, 발 편한 운동화를 신고 경쾌하게 집을 나선다. 종이 울리는 유리문을 열고, 블랙홀을 밟고, 골목을 빠져나가 큰길의 건널목을 건너 강 언덕의 계단을 내려간다.

오! 눈앞에 광활한 풀밭이 펼쳐진다. 한낮이면 중년 부부들이 이 풀밭에서 게이트볼 연습을 하는 모습을 볼 수 있다.

부드럽고 푸른 풀밭을 걸어가 이윽고 강에 이른다.

나는 새벽강을 좋아한다. 하늘에는 아직 해가 뜨지 않고 회색으로 흐린 강물은 고요하게 넘실거리며 시민들이 아침을 출발하는 마음의 설레임을 안겨준다. 한참을 강을 끼고 걸어가다가 등받이가 없는 나무 의자에 앉아 강기슭에서 느끼는 풋풋한 물내음을 마신다.

가만히 명상에 잠기며 푸른 갈대가 서걱이는 갈숲 속을 들여다본다. 갈숲 속에는 물새들이 알을 낳고 숨기고, 귀한 갯부용꽃을 본다. 갯부용은 나팔꽃 모양의 연분홍 갯꽃이며, 향기를 맡으면 그 내음이 코에 스며들듯 말듯하여 한결 운치를 더한다.

눈을 들어 강을 살피니 문득 커다란 재두루미 한 쌍이 강 위를 날아 울산다리 위로 지나간다. 이제 막 떠오르기 시작한 동대산의 아침 해를 향하여 큰 몸짓을 휘저으며 두 마리가 기세 좋게 날아가는 모습이 가관이다.

그야말로 새 아침을 여는 활발한 기상이다. 울산다리는 오래전부터 차가 다니지 않고, 사람들이 평화롭게 걸어다니되 나도 이 다리를 간혹 걸어가면 콧노래가 절로 새어나온다.

풀밭을 조금 걸어가다가 회색의 커다란 너럭바위에 앉아 저만치 강바람에 가득히 나부끼는 노란 코스모스 꽃밭을 바라본다. 샛노란 꽃물결이 차가운 강물결에 자유자재로 흔들리는 모습은 강변 동경을 한층 더 풍요롭고 아름답게 보여준다. 꽃밭을 지나가는 한 할머니가 앞서 걸어가고 하얀 강아지 한 마리가 할머니에게서 뒤쳐져 제 혼자 꽃밭 속에 놀며 주인이 아무리 불러도 아랑곳하지 않고 꽃밭에 취해 마음껏 자유를 누리고 있다.

내가 앉은 너럭바위는 다소 차갑기는 해도 단단하고 넓어서 한참을 앉아 있어도 마음과 몸이 편안하다. 저만치 키가 큰 소나무가 서 있다.

한국 나무의 대표적인 소나무는 어디서나 민족의 기상을 자랑한다. 소나무 밑둥에는 키 낮은 민들레, 솜바귀, 망초꽃이 하늘하늘 춤추며 피어있다.

나는 본다. 작은 생명들이 모여 큰 생명을 받들어 키우는 모습을, 얼마나 대단한 저력인가, 생명의 존엄을 새삼 깨닫게 된다. 소나무 꼭대기에는 아침의 새들이 드높고 명랑한 목소리로 지저귀며 강가의 신명나는 합창곡을 들려준다.

아침은 이렇듯 선선하다. 내 온몸이 새 기운을 얻어 힘차게 움직인다.

해가 떠오른 지 한참이 지나 강변의 길이 밝아진다. 남녀 운동 나온 사람들이 많아졌다. 중년 남성은 자전거 앞에 라디오를 달고 음악을 들으며 달린다. 얼마나 낭만적인 운동인가. 중년 여성들은 모자를 쓰고 흰 장갑을 끼고 운동화를 신고 둘씩 짝지어 이야기를 나누며 씩씩하게 걸어간다. 젊은 여성들이 가벼운 차림으로 자전거를 타고 앞으로 앞으로 외길을 달리는 모습은 청춘을 자랑하는 것 같아 매우 아리땁게 보인다. 그들에게는 넘쳐나는 꿈이 있다. 미래를 열고 나아가는 희망찬 슬기가 있다.

하늘이 점점 흐려진다. 오늘 아침은 강기슭을 좀 더 멀리까지 걸어본다. 저만치 십리대밭이 나타난다. 푸르른 갈댓잎이 강기슭을 자욱히 에워싸고 있다. 갈대 서걱이는 듣기 좋은 소리를 귀에 담으며 강물 가까이 내려가서 풀밭에 살포시 앉아 보았다. 상긋한 풀내음이 온몸에 상쾌한 기운을 돋운다. 강물 위로 펄쩍펄쩍 붕어와 잉어가 뛰어오른다.

흐린 날에는 강물 위로 고기들이 기세 좋게 솟아오른다. 내가 앉은 주변을 살피니 온통 쑥밭이다. 갓 돋아난 쑥들이 탐스럽게 풀밭을 덮고 있다. 나는 반사적으로 쑥을 뜯어 캡모자에 담았다. 한참 몰두하여 쑥을 캐고 있는데, 내 곁에 한 여인이 살며시 다가와 앉는다.

여인은 친근감 도는 목소리로 나에게 이야기를 건넨다.

"아휴, 쑥을 잘 캐시네요. 나는 해마다 이맘때면 이곳에 와서 쑥을 뜯습니다. 미국에 유학 가 있는 딸아이가 쑥떡을 좋아해서 떡을 만들어 비행기에 싣고 딸에게 가서 쑥떡을 함께 먹곤한답니다."

내가 그녀에게 물었다.

"따님의 전공이 무엇입니까?"

그녀는 자랑스러운 듯 얼른 대답을 했다.

"연극을 전공해요. 남들은 내가 뒷바라지하느라 힘이 많이 들겠다고 말하지만, 딸은 스스로 노력해서 장학금을 타고 아르바이트를 해서 학비를 벌어요. 차도 자기가 벌어서 사고요."

"대단하군요. 외국에서라도 열심히 노력해서 좋은 성적을 거두어서 공부를 마치면 고국에 돌아와 기여할 수 있기를 바랍니다."

자립심이 강한 딸이 유학을 해도 부모에게 부담을 드리지 않고 스스로의 삶과 공부에 성심을 다하는 이 가정의 행복을 나도 감동으로 느낀다.

여인이 떠난 뒤, 나는 쑥이 가득 담긴 캡모자를 안고, 풀밭에서 일어났다. 쑥냄새 물씬 나는 즐거운 만남이었다. 상쾌하고 즐거운 새벽 산책을 마치고, 이제는 집으로 돌아갈 참이다. 흙길을 걸으니 보드랗고 따뜻한 흙의 감촉이 쑥 향기와 어우러져 잠시 시골에 살던 옛날의 추억이 떠올랐다.

조금 걸어가서 길 안쪽에 여러 가지 운동기구가 놓여있다. 스텐레스로 만든 단란한 운동기구들에 의지해서 전신운동을 한다. 머리 · 목 · 가슴 · 어깨 · 등 · 허리 · 무릎 · 다리 순서로 근육을 오무렸다 폈다 반복하며 운동을 해보니 온몸에 혈액순환도 잘되고, 땀이 흘러 노폐물도 빠지니 금방 몸이 가벼워지고, 마음까지 개운했다.

이제 천천히 여유있는 마음으로 풀밭 위를 걸어 가까운 집으로 돌아간다. 몇 시간 산책을 해도 지치지 않고 오히려 온몸에 활기가 생긴다.

강을 다시 한번 돌아보며, '강이 내 인생에 어떤 의미를 주는가' 깊이 생각해본다.

"서두르지 마라, 면면히 흘러가도 자연의 역사와 묘미를 충만하니 보여주지 않느냐."

이 도시의 시민들은 이구동성으로 말한다.

저 태화강이 우리 곁에 변함없이 함께 있어주니, 우리의 마음이 얼마나 평화로운가. 강의 이름 그대로 큰 마음을 한데 모아 새해만년 화목하게 살아가자. 산과 바다가 아름다운 이 땅에서 평생 동안 예술혼을 지키는 예술인들도 강물처럼 흐름이 끊어지지 않고, 영원히 맥을 이어갈 수 있기를 영원하며 새벽강을 떠났다.

까치집과 까치밥

이혜경
시, 초등교육 83

어느 날부터 나는 새로운 취미가 생겨났다. 지난겨울이었다. 바로 우리 집 앞에 있는 높은 나무의 까치집 짓는 것을 구경하는 것이었다. 우연히 까치가 집을 짓는 그 과정을 보게 되었다. 그날은 까치들이 처음 집 짓는 날이었다. 나는 까치가 집 짓기를 처음 짓는 날을 보게 된 그날이 나에게는 큰 행운의 날이라고 생각하였다. 무척 신기하여 시간 가는 줄 모르고 한참을 바라보았다. 그 작은 입에 가느다란 나뭇가지 하나 물고 천천히 나르며 조금씩 둥지를 만들며 쌓아갔다. 나는 너무 높은 나무를 올려다보느라 어떤 날은 목 디스크가 걸릴 정도로 목이 아팠다. 매일 조금씩 천천히 관찰하기로 하고 그 다음날 또 나와서 구경을 계속하였다.

까치는 시끄러운 곳보다는 조용한 곳의 나무 위치로 집 짓는 자리를 잡았다. 사람들 눈에 덜 띄는 것 같았다. 하루하루 바라볼수록 까치집의 둥지는 원형으로 되어갔다. 거칠고 딱딱한 돌무더기 아파트 속에서 높은 나무 위에 순수한 자연의 재료를 이용하여 만드는 집이다. 이렇게 자연 속 까치와 대조되는 상황 속에서 살고 있는 나는 많은 생각을 하게 되었다.

어떤 나무 위에는 2층으로 만든 까치집도 있었다. 아마 그 집은 가족이 늘어나 대가족이 되었으리라 생각하였다.

그렇게 열심히 집을 지어 나가면서 제대로 모양을 갖춘 집이 되었고 까치는 깍깍거리며 부지런히 활동하였다. 마치 집으로 들어가고 나오고 하는 모습이 출퇴근을 하는 모습이었다. 날렵하게 날았다가 나뭇가지에 앉을 때는 꽁지 깃털이 맵시있고 멋지게 보였다. 그러면서 어느덧 봄이 찾아왔다.

어느 날 나는 까치집을 바라보고 소리 지를 뻔하였다. 봄꽃이 피어나면서 나무들이 아기 연두 옷으로 갈아입고 있었다. 까치집은 연둣빛에 둘러싸여 연두색 인테리어로 도배한 집 같았다. 너무 신기하여 얼른 사진을 찍어 친한 친구들에게 보냈더니 어떤 친구가 그 사진을 보고 초록 펜트하우스에 사는 까치라고 답변이 왔다.

펜트하우스! 펜트하우스는 사전적인 의미로 옥상가옥을 뜻하며 아파트나 호텔의 고층에 위치한 고급 주거 공간을 의미하는 용어이다. 까치집은 정말 초록 펜트하우스가 맞는 것 같다. 게다가 연둣빛에 둘러싸여 있으니 완전 남들이 부러워하는 훌륭한 숲세권이다.

맨 위층에 한 세대밖에 없는 고급주택인 펜트하우스는 사생활 침해도 없고 층간소음도 없다. 최고층이라는 장점으로 전망도 좋고 통풍과 채광도 좋다.

부동산을 통하여 거래 흥정할 필요도 없는 까치만의 펜트하우스를 바라보다가 계절의 시간은 구름같이 흘러 시간이 또 쏜살같이 지나갔다.

단풍잎이 물드는 아름다운 가을이 찾아오고 곱게 물들었던 나뭇잎이 하나둘 땅에 떨어졌다. 까치집은 그새 조용한 듯 보였다. 점점 날씨가 싸늘해지며 추위가 다가오는 것이다. 우리집 앞의 감나무는 동네 사람들이 아예 손도 대지 않는다. 늘 까치가 와서 먹도록 한다. 그래서 나는 아침에 일어나 창문을 열면 참새와 까치들의 고급진 생음악의 합창 소리를 듣고는 한다. 까치가 앉아서 까치밥을 먹는 모습도 너무 이쁘다. 까치집을 짓는 모습을 늘 경이롭게 바라보았지만, 어느새 나무 위로 날아와 남아있는 감을 쪼아먹는 모습은 그도 역시 우리처럼 배고픈 생물임을 같이 느끼는 마음이 든다.

장편소설 『대지』로 1938년 노벨 문학상을 받은 '펄벅' 여사의 한국 사랑은 워낙 유명하다. 그녀는 중국에서 선교 활동을 했던 부모님을 따라 약 40년을 중국에서 보냈음에도 평생 한국을 가슴 깊이 사랑했다.

그녀는 자신의 작품 「살아 있는 갈대」에서 다음과 같이 한국에 대해서 예찬했다는 이야기가 있다.

'한국은 고상한 민족이 사는 보석 같은 나라다.'

또 그녀가 남긴 유서에는 '내가 가장 사랑한 나라는 미국이며, 다음으로 사랑한 나라는 한국'이라고 쓰여 있을 정도였다. 그녀가 이렇게 한국에 대한 애정이 생긴 계기는 1960년 처음으로 한국을 방문했을 때 있었던 몇 번의 경험 때문이었다. 그중 하나가 '짐은 서로 나누어지는 것'이라는 소재로 편리함과 합리성을 따지지 않고 오히려 소와 함께 짐을 나누어지고 가는 농부의 모습에 감탄한 것이고 또 다른 내용은 '까치밥'에 얽힌 일화이다.

어느 날 그녀는 따지 않은 감이 감나무에 달린 것을 보고는 통역을 통해 근처에 있던 사람에게 물었다.

"저 높이 있는 감은 따기 힘들어서 그냥 남긴 건가요?"

"아닙니다. 이건 까치밥이라고 합니다. 겨울 새들을 위해 남겨둔 거지요."

그녀는 그 사람의 말에 너무도 감동하여 탄성을 지르며 말했다 한다.

"내가 한국에 와서 보고자 했던 것은 고적이나 왕릉이 아니었어요. 이것 까치밥 하나만으로도 나는 한국에 잘 왔다고 생각해요!"

이런 작은 것들의 소중함을 통하여 우리는 얼마나 고개가 숙여지는가…

까치집을 짓는 모습, 까치밥을 남겨놓은 모습 등… 작은 것들이 더욱 아름답다. 우리는 무조건 아파트 큰 평수에 살고 싶어 집착할 필요도 없으며 음식에 탐닉하며 자기만 배불리 먹겠다고 인정머리 없는 사람은 되지 말아야 한다고 생각한다. 나는 까치처럼 스스로 집 짓는 기술은 없지만 내 쉴 곳인 작은 내 집이면 족하고 오늘 하루 삼시 세끼를 먹었다면 까치밥처럼 충분히 감사할 이유가 있는 것이다.

지구 정복자

이봉주
수필, 체육 85

가끔, 우주에서 날아온 행성과 충돌하여 지구가 멸망한 시간으로 현재 사람들이 시공간을 넘어 불시착하는 스토리의 SF 영화를 본다. 대부분의 그런 영화에서는 황량한 모래와 폭파된 자유여신상의 잔해들이 배경을 이루고 있다. 그러나 그런 설정은 틀렸다. 아니 틀렸다기보다는 영화 감독이 진정한 지구의 정복자를 모르고 만든 영화이다.

수년 전 홍천 산골짜기에 땅을 샀다. 머리 복잡할 때 내려가 쉴 수 있는 촌집만 사고 싶었지만 주인이 집 옆에 붙은 밭을 같이 사지 않으면 집을 팔지 않겠다고 했다. 말로는 농사를 지을 줄 모르니 땅은 필요 없다고 했으나 속으로는 백 년된 북방식 촌집도, 그 넓은 밭도 다 갖고 싶었다.

내가 밭을 산 날짜가 3월 중순이었는데 밭에 풀이 거의 없었다. 일부 풀들은 로제트 형태로 겨울을 나기 때문에 아무리 추운 지역이라도 겨울을 이겨낸 풀들이 있기 마련인데 내가 산 밭에는 그 흔한 냉이조차 보이지 않았다. 전에 농사를 지으시던 할머니가 자연과 인간을 생각하지 않고 무분별하게 제초제를 남용해서 땅이 죽었다고 생각했다. 많이 안타까워 했었다.

평생 농사는 지어본 적도 없고 화분에 상추나 길러봤던 내가 용감하게 농사를 시작했다. 집의 왼쪽에는 300평, 오른쪽에는 120평, 까짓 거 못할 것도 없다고 생각했다. 첫해에는 전년에 제초제를 뿌려 잡초가 하나도 없었던 큰 밭에 메밀 씨앗을 뿌렸다. 장마 지나고 심어야 하는 메밀을 봄에 심었으니 수확은 전혀 없었으나 아름다운 메밀꽃을 즐겼으니 그걸로 족했다.

두 번째 해에는 유채 씨앗을 뿌리고 밭 주변으로 옥수수 씨앗을 심었다. 장마가 오기 전에 유채꽃들은 시들어 갔고 어느새 유채 사이사이로 개망초가 자라기 시작했다. 작년에 밭 귀퉁이에 싹이 나는 걸 미쳐 뽑아내지 못했던 그 개망초가 씨앗을 날려 가을에 거짓말 조금 보태서 약 수백만 개의 싹을 냈다. 로제트 형태로 혹한에도 얼어 죽지 않고 살아 남아 때가 되니 맹렬하게 자라기 시작했다. 개망초 사이에 자라던 몇 개 안되는 환삼덩굴은 아직 다 자라지도 않은 옥수수를 타고 올라가 광합성 작용을 못하게 해 결국 말라버린 옥수수대를 기둥 삼아 환삼덩굴 텐트를 쳤다.

세 번째 해, 바로 올해. 작물을 수확하는 건 애저녁에 포기했고 일년 내내 꽃이라도 보자는 생각으로 꽃씨를 꽤 많이 샀다. 대부분의 꽃씨는 광발화를 하기 때문에 흙과 섞어서 뿌리기만 하면 된다. 로타리를 친 밭의 구석에서 흙을 퍼담아 꽃씨와 섞어 밭에 뿌렸다.

밭에는 수억만 개의 씨앗이 담겨 있다. 로타리를 치면 땅속 깊이 있던 씨앗들이 땅 위로 들어 올려져 해를 보게 되고 약간의 수분만 닿으면 곧 싹을 낸다. 올해는 내가 한번도 뿌린 적이 없는 콩과 덩굴식물들이 꽃씨보다 먼저 싹을 냈다. 설상가상으로 꽃씨를 뿌릴 때 섞었던 흙 속에는 작년에 영글어 땅에 떨어진 환삼덩굴과 바랭이 씨앗이 가득했고 꽃씨와 함께 밭 전체에 뿌려져 꽃씨들과 함께 환장을 하고 싹을 내었다. 300평 밭이 허리만큼 올라온 잡초들로 빈틈이 송곳만큼도 없다.

사계절 번갈아 피는 꽃을 보면서 우아하게 차를 마시겠다는 나의 바람은 산산이 깨어졌다. 그러나 모든 일에는 플랜 B가 있는 법! 장마가 되기 전에 가을이면 아름다운 정원을 연출할 뿐만 아니라 수세가 커서 잡초를 이긴다는 여우꼬리보리사초를 심기 위해 예초기로 잡초들을 베어냈다. 그러나 장마가 벌써 시작되었다. 장마가 시작되면 잡초들은 행여나 물에 빠져 죽을까봐 최선을 다해 위로 자란다. 예초기로 풀을 베어내도 단 3일이면 말짱 도루묵이 된다. 보란듯이, 더 빽빽이, 더 높이 자란다. 호미로 잡초를 뿌리째 뽑아 멀리 던져버리면 떨어진 그 자리에 자리잡고 싱싱하게 잘 자란다. 심지어 잡초를 뽑으면서 앞으로 가다가 뒤돌아보면 잡초 때문에 해를 보지 못했던 씨앗들이 해를 보자마자 좁쌀만한 싹을 내고 있다.

전에 사시던 할머니가 지구 환경과 인간의 삶을 살피지 않고 땅에 제초제를 뿌려 땅이 죽었다고 생각했던 내가 어리석었다. 땅은 어떤 상황에서도 죽지 않고 씨앗을 품고 있다가 때가 되면 싹을 낼 수 있게 해준다. 씨앗도 땅속에서 절대 썩지 않는다. 경주 유적지 연못에서 진흙 속에 박혀있던 신라시대 때 연꽃 씨앗이 발견되고 발아에 성공했다는 기사도 있었다. 어쩌면 올해 나의 밭에 추호도 없이 자란 잡초들도 조선시대에 떨어진 씨앗이 발아한 것일지도 모른다.

도시는 온통 시멘트로 발라져 있다. 잡초가 자라지 못하게 하기 위해서다. 만물의 영장이라는 인간이 잡초와의 싸움에서 이기기 위해 비겁하게 시멘트를 사용한 것이다. 그러나 이것도 인간이 진정한 승리를 한 것은 아니다. 시멘트 길바닥 밑에는 수백 년 동안 켜켜이 쌓인 수억만 개의 씨앗들이 언젠가는 싹을 내기 위해서 도사리고 있기 때문이다. 부천 소사동 재개발 지역에 사람들이 모두 이사 나가자 마당에 발라져 있는 시멘트 틈에서 자란 잡초가 집 담장을 넘는 것을 보았다. 잡초들은 길바닥으로 늘어져 자라면서 마치 에어리언처럼 번져 나갔다. 아마 1년만 그대로 둔다면 사람들이 걸어 다닐 수 없을 정도로 우거진 잡초들이 집과 길을 모두 점령해 버릴 것이다.

그래서 SF 영화에서 미래의 배경으로 무너진 자유여신상만 보여 주는 게 틀렸다고 말하는 것이다. 미래의 지구가 어느 행성과 충돌하면 땅을 덮고 있던 시멘트는 깨질 것이고 그 밑에 잠들어 있던 씨앗들이 얼씨구나 하고 싹을 낼 것이다. 싹들은 시멘트를 비집고 나와 자유여신상을 뒤덮고 무너진 건물들을 기둥 삼아 잡초 텐트를 치면서 빠르게 지구를 점령해 버릴 것이다. 그들을 괴롭히던 인간들이 없으니 점령자들은 마음껏 지구를 정복하여 습지도 만들고 그곳에서 새로운 생물을 만들어 내고 또 새로운 인류를 만들어 낼지도 모른다.

그러거나 말거나 오늘도 잡초와의 전쟁을 해야 한다. 오기가 난다. 그렇다고 밭을 시멘트로 덮어버릴 수는 없으니 확 잡초 매트를 다 깔아버릴 것이다. 마을 안에 있는 교회에 손바닥만한 텃밭을 선거 현수막으로 한 틈도 없이 덮어버린 목사님을 흉봤던 걸 반성하면서 내년에는 잡초와의 전쟁에서 소소하게나마 이기고 싶다.

서혜정 _ 시간에 기대어…
신도자 _ 빗속에서 만난 천사
권은영 _ 감사의 부드러운 바람
박정순 _ 평화를 빕니다
이연숙 _ 소중한 삶의 향기가 배이도록
허숭실 _ 점화플러그
홍경자 _ 친구야, 우리 함께 즐거운 영생을
김선주 _ 불도화에 어린 인연
송영숙 _ 희망의 부활을 향한 영적순례
신정희 _ 세상의 마지막 밤과 꽃씨
권민정 _ 세로의 가출
남금희 _ 바람의 속말을 묻다
박미경 _ 나라야마 부시코

2부

친구야, 우리 함께

시간에 기대어…

서혜정
수필, 국문 60

어릴 때부터 나는 혼자 지내는 것에 익숙했다.

동생들 셋은 모두 아들이라 넓은 일본식 다다미방에서 함께 지내고, 누나인 나는 늘 독방에서 보냈다. 대학생이 되어 기숙사에 입주하니 작은 방에 네 명이 사용하고 1학년 두 명, 3, 4학년 각각 한 명씩 배정이었다.

1학년은 문간 쪽 3, 4학년은 안쪽 창가에, 햇볕이 잘 들고 난방이 먼저 들어가는 곳에 침대가 놓여있다. 방 정리 청소는 1학년이 담당이다.

네 사람이 그것도 상급생 언니들과 같이 지낸다는 것이 조심스러웠지만 어쩔 수 없었다. 공동생활을 통해 규칙, 예절을 익히게 되고 사회성 독립심도 생기게 되었다.

하지만 휴일이면 기숙사 여직원의 힘차고 야무진 목소리에 신경이 쓰였다. 아침부터 쉴 새 없이 누구누구 면회 왔으니 면회실로 내려오라는 마이크 소리는 한나절이 지나도록 온 기숙사를 흔들었다.

당시 지방학생들 대부분이 기숙사 생활을 했으니 아마 삼백 명은 되었을 것이다. 찾아올 사람이 없는 나는 울적하고 갑갑했다. 어느 날 책 한 권을 들고 무작정 밖으로 나와 본관 왼쪽에 있는 도서관으로 갔다. 큰 홀 벽에는 책이 빼곡했다. 빈 의자에 앉아 가득 찬 책들을 쳐다보니 머리가 맑아졌다.

쉬는 날이면 도서관으로 향했다. 딱히 공부하러 간 것이 아니라 도피처이자 쉼터였다. 하루는 도서관 가는 길에 있는 숲길로 가보았다. 드문드문 학생들이 보였다. 나무 향기를 맡으며 한쪽에 앉아보았다. 햇빛에 바람에 일렁이는 나뭇잎들 사이로 푸른 하늘이 보였다.

별천지였다. 나만의 공간이 생긴 것이다. 초록으로 물드는 때는 금아 시인(피천득 시인, 1910~2007)의 "오월은 무엇보다도 신록의 달이다. 전나무의 바늘잎도 연한 살결같이 보드랍다…"는 「오월」의 시를 읊었고, 낙엽 지는 가을에는 이브 몽땅(Yves Montand, 1921~1991)의 〈고엽(枯葉)〉이란 샹송을 흥얼거렸다.

이화동산에서 처음으로 계절의 흐름을 통해 자연의 힘과 정신의 소중함을 느낄 수 있었다.

도서관과 나는 인연이 깊다. 십여 년 전에는 집에서 두 정거장 거리에 있는 국립중앙도서관에 틈나는 대로 갔다. 본관 앞에는 탁 트인 광장이 있었다. 사람들은 그곳에서 운동을 하고 담소를 나누거나 무언가를 소리 내어 외우기도 했다.

자료실에서는 귀한 장서를 마음대로 꺼내볼 수 있었고 경로석이 지정되어 있어서 언제 가도 한두 자리는 비어 있었다. 그때 읽은 『장자』 양생주(莊子 養生主).

"吾生也有涯 而知也無涯 以有涯隨無涯 殆已.(오생야유애 이지야무애 이유애수무애 태이) 우리의 삶은 끝이 있지만 배움에는 끝이 없다. 끝이 있는 삶을 살면서 끝이 없는 지식을 추구한다면 위태로울 뿐이다." 라는 구절을 마음에 새겼다. 사람은 자연을 따르고 사물을 거슬리지 않고 적당한 선에서 자족하며 사는 것이 생명을 기르는 것이라는…

가족이란 울타리가 있어 우리는 평온과 안정감을 느끼며 일상을 살아간다. 한때 같은 공간에서 배우며 푸른 날을 함께한 벗들, 내가 선택하여 참여한 단체에서 활동하며 사귄 사람들 속에서 성숙해왔다.

결혼을 하고 부모로서 해야 할 일을 나름으로 힘껏 하고 자식을 길러 성혼시키고 뒤돌아보니 어느새 해질녘이 되었다. 부모님의 은혜를 생각할 때는 이미 계시지 않고… 남편과 둘만 남아 살아가다가 어느 날 남편은 한바탕 북풍에 나무가 꺾이듯 갑자기 멀리 떠났다. 가까운 사람들이 하나, 둘 풀잎이 쓰러지듯 눕는다. 휘어진 가지 틈새로 몸을 추스르며 나는 일어선다. 그나마 감당해야 할 책임이 따로 없고 걸을 수 있어서 감사하다.

내 삶의 의미는 무엇인가?

평생을 학문이나 예술에 뜻을 둔 사람은 끝없이 자기 세계를 추구하고, 병과 더불어 고통 속에 사는 사람들은 외롭고 막막하게 하루하루를 지내며, 종교인들은 자기만의 종교를 믿고 따르며 영생을 꿈꾼다.

대학 4학년 여름방학 때인지 나는 어머니께 종교에 대해 여쭈어보았다.

"저는 채플 시간에 찬송가 부르는 것은 좋은데, 교리나 설교는 귀에 들어오지 않아요. 엄마는 종교를 어떻게 생각하세요?"

우리 학교는 기독교 신앙에 기초하여 설립된 학교지만 교인이 아닌 학생들도 적지 않다. 그 당시 원불교 부산교당 신도회장으로 열심히 신앙 생활을 하시는 어머니 생각이 궁금했다.

"한평생 살아가는 것이 고해란다. 누구나 좋은 날이 있으면 궂은 날도 있다. 그것을 알고 마음공부를 하는 것이다." 라고 말씀하셨다.

내가 원하는 답은 아니었지만 종교에 대한 편견이 없다는 것을 알았다.

나이가 들수록 홀로서야 한다고 한다. 좋아하는 일이 있어야 되고, 그

것을 남의 도움 없이 해낼 수 있어야 한다. 물론 여건이 따라야 되고 건강도 장담할 수 없다. 요즘은 과학의 발달로 편리함을 누리지만 급변하는 사회 환경에 나이든 사람들은 두려움이 앞선다. 어쨌거나 평생학습의 시대이고 뇌 활동을 촉진시켜야 노인성 질병을 예방한다고 한다. 움직일 수 있는 한 시도해보는 것이다.

근래 들어 지역마다 크고 작은 도서관이 생겼고 프로그램도 다양하다.

몇 년 전에 이사 온 우리 동네는 금토산 자락에 도서관이 있다. 가는 길은 좋은 산책로이다. 두 정거장만 걸으면 성인들의 삶과 사상, 위대한 학자, 예술가, 별 같은 스승들을 만날 수 있는 곳이다.

다시 봄이다. 순간이 소중하다.

시간에 기대어 나는 지금 도서관으로 간다.

침묵의 소리를 들으려…

빗속에서 만난 천사

신도자
수필, 국문 60

추적추적 내리는 가을비 사이로 버스는 사당을 향해 신나게 달리고 있었다.

거리는 혼잡하고, 날은 어느덧 뉘엿뉘엿 어둠이 가까이 오고 있었다.

볼일로 서울 시내에 나갔다 집으로 돌아오는 길이었다.

버스가 드디어 사당역 가까이에 다가왔을 때 퇴근시간 무렵이던 버스 정류장은 그럴 수 없이 혼잡하고 어수선했다.

비가 내리고 있는 궂은 날씨였음에도 젊은 버스기사는 인도 가까이에 버스를 정차시키지 않고 인도와 다소 거리가 있도록 차를 세우는 것이었다. 버스와 인도 사이에는 제법 많은 빗물이 고인 채 천천히 흐르고 있었다.

짐을 들고 있는 내가 버스에서 인도까지 건너 뛸 자신은 도저히 없었다.

하지만, 그 순간 선택의 여지가 없었기에 나는 마음을 다잡으며 "껑충" 하고 버스에서 몸을 날려 인도를 향해 힘껏 뛰어내렸다.

그러나 몸은 내 마음을 따라주지 않고 인도에 발이 닿자 그만 "미끄덩" 하고 빗물이 가득 고여 천천히 흐르고 있는 차도로 미끄러져 떨어져 내리며 턱이 있는 인도에 그만 나의 이마를 "꽝" 하고 짓찧고 말았다.

저녁 무렵 그곳에는 제법 많은 사람들이 버스를 기다리며 서성이고 있었으나 누구 하나 나를 도와 인도로 끌어올려 주려는 사람은 없었다.

옷은 모두 진창에 빠져 엉망이 되었고, 버스에서 뛰어내리며 인도 턱에 짓찧은 이마가 얼얼하게 아파왔다.

그때 마침 젊은 아가씨 하나가 나를 부축해서 인도 위로 끌어올려 주며 내 짐도 받아주는 것이었다. 그렇게 그녀는 나를 도우며 내 곁을 계속 지켜주었다.

내가 우리집 방향의 버스를 기다리는 동안 내내 몇 대의 버스가 지나가도록 그녀는 자기의 갈 길을 가지 않고 나를 부축하며 내 곁을 떠나지 않는 것이었다.

마침내 우리집 방향의 502번 버스가 도착하자 그 아가씨는 내 짐을 들고 나와 함께 그 버스에 오르는 것이 아닌가? 내가 그에게 집이 어느 방향인가를 물어보자 그는 나를 바래다 주기 위해 나와 동행한 것이었다고 하였다.

버스가 우리 아파트 앞에 정차하자 그는 나를 따라 나와 함께 버스에서 내려 우리집 현관까지 나를 데려다 주는 것이었다. 그리고 내가 집으로 들어서도록 나를 지켜보아 주었다.

경황없는 중에 나는 그의 집도, 전화번호도, 아무것도 알아보지 못한 채 그를 떠나보내고 말았다.

내가 그녀를 위해 한 것이라고는 고마움의 표시로 압구정동에서 산 모시떡과 백설기를 그의 손에 쥐어주었을 뿐이었다.

요즈음처럼 인간의 정이 아쉽고 메말라 있는 세상에서 만난, 배려와 사랑이 가득한 낯모를 그 아가씨를 보면서 나는 마치 아름답고 향기로운 한 송이의 백합화를 만난 듯, 모처럼 따듯한 인간의 향기를 느낄 수 있었다.

"아직도 이 세상은 따듯한 온기가 남아있는 살만한 곳이구나." 하고.

감사의 부드러운 바람

권은영
시, 국문 62

새벽에 창을 열면 부드러운 바람이 가슴을 시원케 하는 상쾌한 계절이다. 창으로 비친 햇살 속으로 푸른 신록 사이사이 능소화 접시꽃 금계국이 화사하다. 우리나라는 사계절의 아름다움을 접할 수 있도록 하나님께서 특별한 축복을 내려주셨다. 이 축복을 누리고 사는 우리는 감사를 드려야 함이 마땅하다고 생각한다.

봄에는 한겨울 한파에 종적도 없이 죽었던 자리에 새싹이 눈을 놀라게 하리만큼 신비하게도 땅을 비집고 솟아오른다. 더욱 놀라운 것은 시멘트 바닥 틈 사이나 돌담 틈 사이에도 파아란 싹이 머리를 내밀고 솟아난다. 이 얼마나 생명의 신비스런 모습인가. 그 생명을 볼 때마다 가슴을 뛰게 하는 섭리에 놀라움과 감사를 드리지 않을 수 없다. 여름은 여름다움에 감사하고 특별히 거둠의 계절 가을에는 나의 삶을 돌아보게 된다. 나의 인생 추수의 시기에 나는 무엇을 거두어 드릴 것인가를 깊이 생각하고 돌아보지 않을 수 없다.

가을 들녘에 나가 보면 얼마나 풍성한 아름다움인지 모른다. 잘 익은 벼이삭은 무엇이 수줍은지 고개를 숙여 농부의 손길을 기다리고, 허수아비는 아직 할 일이 남은 듯 어깨를 바람에 맡기고 흐느적거리고 있다. 멀리 산 밑의 감나무도 땀에 젖고 비에 더러워진 그간에 입었던 옷을 훌훌 벗어버리고 이제는 알몸으로 수줍어 빨갛게 달아오른 모습으로 까치들을 불러 자기 몸을 먹이로 내어주고 있다. 가을은 한 해 동안 비 바람 속에서도 알뜰히 키운 열매를 우리에게 아낌없이 주는 풍성한 아름다움에 차있다. 이 기쁨의 계절에 감사함을 모를 수는 없는 것, 주신 은총에 감사를 드리지 않을 수 없다.

기독교에서는 가을의 결실을 거두어 하나님께 감사 예배를 드리고 이웃에게 나누는 절기로 지킨다. 그 절기가 추수감사절이다. 이 절기는 영국의 전통이었던 추수행사에서 유래했다. 미국의 경우 영국 성공회 교도들의 박해를 받던 청교도들이 1620년경 메이플라워호를 타고 오랜 항해 끝에 아메리카 대륙에 정착한 후 그 이듬해 첫 수확으로 하나님께 감사 예배를 드리므로 시작되었다.

오랜 항해 중에 많은 사람들이 죽었고, 정착 후에도 굶주림과 질병으로 사망 인원이 늘었다. 드디어 그들은 그곳에 살던 원주민인 알곤퀸족이나 모히칸족들의 도움으로 옥수수 농사를 지어 연명하게 되었고, 그것을 감사하여 추수 후 하나님께 예배를 드리고 그들 원주민을 초대하여 칠면조를 잡아 나누어 먹은데서 유래한다. 그 후 1789년 11월 26일 조지 워싱턴 대통령이 이날을 국경일로 제정하였다.

그 후 변화가 있다가 1864년 에이브러햄 링컨 대통령이 11월 네째 주간을 추수감사절로 정하였고, 다시 변경, 폐지되는 등 변화를 거쳐 1941년 프랭크린 루즈벨트 대통령이 11월 네째 목요일을 추수감사절로 정하고 이날을 국경일로 다시 지정하여 지금까지 지키고 있다.

수년 전 우리가 미국 미시간 칼빈대학교가 있는 그랜드레피즈에 몇 년 사는 동안 추수감사절에 함께 다니는 미국 북미개혁교단 CRC(Christian Reformed Church in North America) 교회 장로님 댁에 초대를 받은 적이 있다. 식탁에는 며칠 전부터 구운 잘 익은 칠면조 고기가 소담스리 담겨 있었고 갓 구운 옥수수빵과 설탕을 친 감자, 호박파이, 시금치 요리 등 추수

감사절 전통 음식이 가득 놓여 있었다. 우리 가족 외에 몇 분의 장로님 부부가 초대되어 화목하고 즐거운 시간을 보냈다. 나에게 미국에서 느끼는 소감을 말해 달라고 하여 내가 우리말로 하면 사위가 영어 통역을 해주었다. 우리를 초대한 장로님은 링컨 대통령을 가장 존경하는 분이셔서 링컨 대통령에 대한 많은 자료를 수집하여 서재에 소장하고 있었다. 서로 간 대화 내용은 우리나라처럼 모이면 정치 이야기를 많이 하는 것이 아니었다. 각자 취미와 믿음 생활에 대한 이야기들, 그간의 소소한 정담들이다.

우리나라는 추수감사를 일반적으로 추석으로 대신하고, 다만 교회에서 추수감사를 예배로 드릴뿐이지만, 미국인들은 감사 예배 후 이웃이나 친구를 서로 초대하여 즐거운 나눔의 시간을 갖는 것이 참 아름답게 보였다. 더구나 우리와 같은 외국인을 초대하여 함께 자기들의 전통 음식을 나누고 서로 교류하는 것은 의미 있게 느껴졌고 그들의 사랑을 나누는 모습에서 넉넉한 베풂의 모습을 볼 수 있었다.

감사를 드리는 것은 우리가 사는 동안 어느 시간 어느 장소가 필요치 않다. 감사를 모두 모아 두었다가 날을 잡아 드리는 것도 아니다. 삶 그 자체가 감사로 이루어진 것이다. 감사는 우리의 영혼 속에 심오한 변화를 가져온다. 평범함은 비범해지고 겉보기에 보잘것없어 보이는 것들도 의미 있게 빛난다. 그리고 우리에게 욕망과 두려움 너머를 볼 수 있게 하는 힘을 준다. 심지어 우리의 가장 어둡고 어려운 시간에도 희망의 빛이 있다는 것을 일깨워 준다.

역경에 처했을 때일지라도 감사는 회복의 힘을 주고 새로운 지혜를 얻을 수 있도록 힘을 준다. 감사를 느낄 때 우리의 마음속에 부드러운 바람이 일어 영혼이 맑아지고 행복감을 갖게 된다. 그리고 축복을 깨닫게 된다. 아침에 일어나 눈을 뜰 수 있음에 감사하고, 볼 수 있고 움직일 수 있고 먹을 수 있는 지극히 사소한 일상이 가장 소중한 감사이다. 이렇게 감사한 마음으로 우리가 산다면 삶은 훨씬 가볍고 행복해지리라 생각한다. 이 추수의 계절에 주신 은혜를 깊이 생각하고 감사를 드리는 복을 함께 누리면 좋으리라 믿는다.

평화를 빕니다

박정순
소설, 국문 62

힘든 삶 속에서 사람들은 평화를 갈망하며 살게 된다. 예비자 교리반에 온 사람들에게 성당에 오게 된 동기를 물어보면 대부분 평화를 얻기 위해서 왔다고 한다. 예수님께서 부활하신 다음 불안에 떨고 있는 제자들 앞에 처음 나타나셔서 하신 말씀도 "평화가 너희와 함께"였다. 그렇다면 우리 구원의 모습, 부활의 모습은 평화인지도 모른다. 그런데 지금 신자인 우리는 주님의 평화를 얼마나 참으로 누리고 사는가? 질문해보지 않을 수 없다.

한 여인이 하도 간곡히 부탁해서 대모를 서준 적이 있다. 그런데 세례를 받고 얼마 안 가 냉담을 했다. 이유를 물으니 남편에 대한 불만과 고부갈등 같은 얘기를 좀 비치며 죄를 많이 져서 그런다고만 했다. 그 정도는 누구나 겪는 일이며 흔한 일이어서 고해성사를 해보라고 했다. 고해성사를 한다는 것이 상당히 부담스럽고 어려운 일이지만 하고 나면 죄 사함의 은혜를 받아 마음이 깨끗하고 행복해진다고 권했다. 대녀는 우울한 얼굴로 고해성사를 해봐도 잠시 위안이 될 뿐 똑같은 죄를 또 짓고 또 계속 짓게 돼서 더는 못하겠다고 했다. 그런 죄는 누구나 모두 짓고 대부분 그렇게 살아간다고 여러 번 위로의 말을 해주었으나 끝내 깊은 속내는 말하지 못하는 것 같았다. 결국 한참 냉담한 채 지내다 스스로 저 세상으로 가버리고 말았다. 소식을 듣고 나는 너무 놀라고 두려운 나머지 속이 상해서 어쩔 수 없이 자존심이 센 불쌍한 여인이라고 화를 냈다. 다시는 대모 같은 거 하지 않겠다고 다짐했다.

인간은 주로 자기 입장에서 보고 자기 잣대로 재는 경향이 있어 결코 네 탓이지 내 탓은 아니라고 한다. 하지만 미사 때 우리는 구원의 신비를 합당하게 거행하기 위하여 먼저 '내 탓이요, 내 탓이요' 가슴을 치고 참회를 한다. 어쩜 참 거짓 같고 난센스 같은 일이다. 그런데 이게 참으로 난센스일까? 깊이 성찰해보면 알게 된다. 우리가 상처받은 일로 '네 탓이요'를 끊임없이 하는 동안 생기는 분노 고통은 이루 말할 수 없는 것이다. 때문에 "아무래도 상대의 입장에서도 한 번 생각해 봐야 할 것 같습니다." 하고 고백하게 유도하는 것이 바로 '내 탓이요'가 아닌가 싶다. 하여 '내 탓이요'는 사태를 바로 관망할 수 있는 평화 속에 머무르게 되는 것이다.

나는 대녀가 못마땅하고 속상해도 불쌍해서 연미사는 봉헌해줘야 할 것 같았다. 연미사를 봉헌하는 동안 대녀 입장에서 생각을 많이 하게 됐다. 얼마나 괴로우면 죽었을까? 내가 대모 노릇을 제대로 못한 것이 아닌가? 그때 주님께 진정으로 솔직히 자신을 고백하고 모두 맡기는 기도를 하게 해봤으면 어땠을까 하는 후회가 들었다. 후회해도 이제 무슨 소용이 있는가? 그래도 불쌍한 영혼이 안식을 누리도록 기도하고 나니 좀 마음이 가볍다.

예수님께서는 부활하신 후 죽음의 공포와 분노 좌절에 빠져 숨어 있는 제자들에게 나타나셔서 복수하러 가자 하시지 않고 "평화가 너희와 함께" 하고 말씀하셨다. 이는 내가 십자가 위에서 죽어 가면서도 "저들은 자기들이 무슨 일을 하는지 모릅니다. 용서하여 주십시오." "아버지 제 영을 아버지 손에 맡깁니다." 하고 평화로 기도하였더니 "성부께서 나를 부활시켜주셔서 이처럼 영광을 누리지 않느냐? 그러니 너희도 그렇게 하여라."
는 말이 함축되어 있는 것이 아닐까? 그렇다면 우리도 죽도록 고통스런 삶 속에서 주님께 믿음으로 모두 맡기는 기도를 하면 구원해주고 평화롭게 해준다는 말이 아닌가 싶다.

사람들이 모두 가고 조용한 성당에서 주님께 진실로 모든 것 다 들어내여쭙고 아기처럼 푹 안기니 한없이 평화롭다. 당신에게도 진정 평화를 빕니다.

소중한 삶의 향기가 배이도록

이연숙
수필, 정외 62

〈인생을 재미있게 산다는 것은 바로 행복을 만들어 가는 과정일 것입니다. 목적도 중요하지만 과정도 그에 못지않게 중요하다는 것을 알면 어느 것 한 가지도 소중하지 않은 것이 없을 것입니다. 우리의 인생도 그림을 그려 가는 것처럼 하나하나 만들어 가는 과정일 것입니다.〉

이제 그림 그리는 그 모습 자체가 아름다운 나이가 되었습니다.

마음으로 그리는 이 세상의 모든 것에는 향기가 있다지만, 그 중에서도 사람의 향기는 그 무엇보다도 소중하고 아름답다는 것을 아내의 그림을 통하여 알게 되었으니 얼마나 다행한 일인지 모릅니다.

해를 거듭할수록 무게를 더해 가는 나이만큼이나 화구의 이력도 늘어가는 것은 무엇 때문일까요?

언제인가 이런 글을 읽은 적이 있습니다. 이 세상 사람들은 동서고금(東西古今)을 통하여 인생을 정리할 때 이런 후회를 한다더군요. "좀 더 베풀고 살걸, 좀 더 참고 살걸, 좀 더 재미있게 살걸."

인생을 재미있게 산다는 것은 바로 행복을 만들어 가는 과정일 것입니다. 목적도 중요하지만 과정도 그에 못지않게 중요하다는 것을 알면 어느 것 한 가지도 소중하지 않은 것이 없을 것입니다.

우리의 인생도 그림을 그려 가는 것처럼 하나하나 만들어 가는 과정일 것입니다. 변하지 않는 것이 있다면 오늘 이대로는 다시는 오지 않는다는 것입니다. 오늘 하루만이라도 소중한 삶의 향기가 배이도록 최선을 다했으면 좋겠습니다. 바람이 하나 더 있다면 아내의 그림에 대한 애정과 정성만큼 더 많은 성장과 발전이 있기를 바랍니다.

사람의향기가 더 아름다운 전시회가 되기를 바라면서…

〈제6회 단성 갤러리 작품전에서. 2002 3월 27일 국회의원 김태호〉

서두는 남편의 「사람의 향기가 꽃향기보다 더 아름답습니다.」라는 제하의 프롤로그(prologue)이다. 그 후 남편은 넉 달 뒤에 본향으로 돌아갔다.

남편은 서울대 법대 행정과를 나와 인천시장, 경기도지사, 내무부 장관, 4선의 국회의원을 지낼 만큼 참으로 분주한 삶을 살다 애석(哀惜)하게도 향년 68세로 생의 일기(一期)를 마쳤다.

사실 남편은 처음 내가 미술에 접했을 때는 그리 탐탁하게 여기지 않았다. 그러나 2001년 5월과 8월 울산과 서울 전시회 모두에서 남편은 이런 말을 하였다.

"어려운 여건 속에서도 3남 1녀를 반듯하게 키우고 정치인 남편의 힘든 고비를 한마디의 불평도 없이 뒷바라지해준 아내에게 여섯 번째 개인전을 통하여 더욱 더 깊은 고마움을 느낍니다.

어떨 때는 정열적으로 작품 활동에만 전념하는 아내가 밉기도 했지만, 이제는 오히려 내가 그림에 더 많은 관심을 가지게 되었습니다. 투박한 삶의 편린(片鱗)들이 배어있는 우리들의 일상사에서 메마르기 쉬운 마음을 넉넉하고 촉촉하게 적셔줄 수 있는 작은 텃밭을 함께 일궈나가려고 합니다."

그런 탓으로 남편의 그림 사랑은 날로 가속(加速)이 더해 갔고, 나 역시

이에 용기를 얻어 1인 3역의 고된 중노동을 감내할 수 있었다.

나는 가정주부로, 태연특수학교와 재활원 이사장으로, 조계사 신도회장으로 다망(多忙)한 일을 하는 가운데서도 붓을 놓을 수는 없었다. 어떻게 보면 나의 작품 생활은 내 나름의 불심(佛心)을 바탕으로 키워갈 수 있지 않았나 싶다.

"분향묵좌 염화미소(焚香默坐 拈華微笑)"라는 말이 있다.

이는 해탈의 최초 단계를 갖는 법열(法悅)의 세계로 들어가는 과정일 것이다. 나의 신앙 생활에서 결코 잊을 수 없는 말씀이 곧 "염화미소"이다.

부처님께서 영취산의 설법 가운데 문득 연꽃을 들어 대중에게 보였을 때, 오로지 제자 마하가섭만이 그 뜻을 깨닫고 미소를 지었다. 그래서 부처님은 그에게 불교의 진리를 전했다는 말씀이다.

이는 이심전심(以心傳心)이라는 말과도 상통한다. 그런 탓으로 나의 작품 가운데 연꽃을 테마로 한 것에 제목은 "축복"이라 했다.

원시 불교성전에서 이상적인 성자의 모습을 연화로 비유했다. 혼탁한 물에도 더럽혀지질 않고, 그 수면 위로 아름다운 연꽃을 피운다 하여 법화경(法華經 妙法蓮華經)에서 '세간의 법에 물들지 않는 연화의 고상함'을 상징하였다.

즉 흙탕물에서 사는 연꽃을 대승경전(大乘經典)에서 보살(菩薩)이 살아가는 법으로 표현했다. 그리고 혼탁한 세속에서 살면서도 맑은 모습을 지켜가는 연화에 비유한 것이다.

역시 "신앙은 인생의 힘이다."라는 톨스토이의 명언에 새삼 수긍이 간다.

병고에 시달린 남편이 세상을 떠나실 때도 나는 믿으려 하질 않았다. 그러나 생자필멸(生者必滅), 생명이 있는 것은 반드시 죽음이 있다는 말이 그토록 절실하기만 했다. 아쉬움이 뼈저리도록 아프고 막연했지만 마음을 굳게 하고, 다시금 이젤 앞에 앉아 보고는 한다.

지금도 "투박한 삶의 편린들이 배어 있는 우리들의 일상사에서 메마르기 쉬운 마음을 넉넉하고 촉촉이 적셔줄 수 있는 작은 텃밭을 함께 일궈나가려고 합니다."라는 남편의 말을 다시금 되새겨 본다.

비록 유명을 달리했지만, 남편은 계속 나와 우리 가족을 지켜보고 있을 것이다.

그리고 나는 분향묵좌하면서 고인의 명복을 간절하게 빌 뿐이다.

점화플러그

허숭실
수필, 불문 64

인간에게는 양심의 점화플러그가 있어서 선악에 자동으로 반응하는 공명판이 울린다. 아무도 모르는데, 왜 감추고 싶고 부끄러울까? 강아지도 잘못을 저지르면 고개를 숙이고 눈을 맞추려 하지 않고 몸을 움츠린다. 날마다 공명판의 울림 때문에 깜짝깜짝 놀란다. 이렇게도 부끄러운 일들을 많이 저질렀는지 놀라고 또 놀란다.

여름 나무처럼 푸르청청하던 시절에 고시 공부를 하듯 성경 공부를 하고, 교회 섬기는 일에 시간과 몸을 바쳤다. 그 모든 일들이 하나님의 영광을 위해 했다고 믿으며 보람도 느꼈었다. 그런데 그 모든 행위가 나를 위한 거짓 자아의 삶이었음을 이제 비틀거리면서 깨달았다. 그래서 오늘도 부끄럽고 또 부끄럽다.

아기가 첫걸음마를 하던 날, 앞으로 뒤로 흔들흔들하다가 겨우 한 발짝을 떼어놓는다. 뒤뚱뒤뚱 넘어질 것같이 또 한 발짝을 내딛고선 드디어 해냈다는 듯 웃음꽃이 피어난다. 이제 걷는 것쯤은 자신 있다는 듯 더 빨리 걸으려 한다. 어느 날 무엇을 잡으려고 뛰어간다. 그리고 무리에 묻혀서 걷고 또 걷고 뛰고 또 뛰다가, 어느새 저기 종착역을 향해 한 발짝씩 가고 있다.

척추를 다치고 고관절을 수술하고 나서부터 무언가를 붙잡거나 몸의 한 부분을 어디에 기대야만 안심이 된다. 이제 혼자서는 할 수 없는 일들이 많아졌다. 다시 아기로 돌아갔다. 계단을 오르거나 내려갈 때도 벽을 짚으며 걷는다. 혼자 일어설 수도 없고 뛸 수도 없게 되었을 때, 태어나면서부터 붙잡고, 기대며 살아온 모든 벽이 하나님이었음을 새삼 깨달았다.

아버지는 내가 기댈 수 있는 벽이었고 붙잡을 수 있는 기둥이었다. 따듯한 등에 업히면 그곳이 천국이었다. 넘어지지 않게 손을 잡아주고 바른길로 가도록 이끌어 주는 보호자였다. 나의 잠언서였고 백과사전이었다. 시집살이하며, 직장 생활하던 시절엔 마음을 다독여 주고 위로해 주는 쉼터였다. 아버지의 손길이 하나님의 손길이었음을 다시금 느끼며 감사의 파동이 손끝까지 흐른다.

돌아다닐 수 있는 공간이 줄어들고 움직일 수 있는 능력이 오그라들었다. 보이는 시야도 좁아져 안경을 써야 사물을 분별할 수 있다. 귀도 예전처럼 정확하게 알아듣지 못해서 중요한 어휘를 놓치기도 한다. 그러자 막힌 공간으로부터 새로운 세상이 열렸다. 시야에 들어오지 않는 것들이 더 많이 보이고, 파장이 없는 소리도 들린다. 가슴은 세상 슬픔으로 흥건히 젖어 있으면서도 감동의 따듯함이 함께 감돈다.

창밖으로 보이는 하늘로부터 금빛으로 부서지는 햇살은 눈이 부시다. 우르릉거리며 지나가는 헬리콥터의 소음도 반갑다. 한국전쟁 때는 B29가 뜨면 집으로 뛰어들어가 이불을 뒤집어써야 했다. 깜깜한 이불 속에서 포탄이 떨어지는 소리, 무엇인가가 터지는 소리, 무너져 내리는 소리를 들으면서 몸을 움츠리고 가슴은 무서움으로 콩닥콩닥 뛰었다. 오늘, 저 하늘을 날고 있는 헬리콥터는 위급한 환자를 응급실로 데려다주는 구원의 동아줄이다. 헬리콥터의 소리를 들으면서 단국대병원 응급실이 떠오른다. 고관절이 골절되어 119에 실려 그 응급실로 갔었다. 통증을 참으며 코로나 검사를 받기 위해 복도에서 기다리던 시간은 6월이었는데 한겨울처럼 춥고 길었다. 이제는 두 다리로 걷지도 못하게 되겠구나, 생각하며 스르르 의식을 잃었다.

사람 인(人)자를 다시 음미한다. 기둥 둘이 서로 기대어 서 있다. 안정감이 느껴진다. 서로 교감하고 있다. 사람은 혼자서는 아무리 많은 것을 가져도 외롭고, 행복을 느끼지도 못한다. 행복은 누군가와 나눌 때 느낄 수 있다. '서로서로'라는 어휘는 동그라미를 만든다. 외로움은 덜어내고 따뜻함을 전달한다.

자연과 함께했던 그리운 날들이 떠오른다. 나에겐 에덴동산이었던 동인재를 찾아가고 있다. 아침에 눈을 뜨면서 강아지를 쓰다듬는다. 밤새 느리게 뛰던 맥박이 벌떡벌떡 뛰기 시작한다. 손끝이 따듯해진다. 자녀, 손들은 멀리 있으니, 곁에 있는 강아지와의 교감이 오늘을 열어주는 사랑의 점화플러그다. 일어나 창을 열고 새벽 공기를 들여 마신다. 모과나무에 벌써 직박구리 두 마리가 앉아서 삐유루르 인사를 건넨다. 강아지를 데리고 산책하던 공원길, 녀석이 달리면 끈을 단단히 쥐고 같이 달리던 날들, 이른 아침 이슬 머금은 이파리를 보면 머리가 맑아지던 시간, 잡초를 뽑아놓으며 천연비료로 써야지 하던 마음, 촘촘하게 솟아오른 싹들을 솎아내고 모종하던 손길, 웃자란 가지는 잘라내고 담장 밖으로 뻗어나간 가지도 잘라낸다. 잔디밭에 떨어진 씨앗이 싹을 틔웠다. 뽑아낼까? 그것도 생명인데 그대로 두고 볼까? 망설이던 순간, 시든 꽃잎 속에 맺히기 시작한 씨앗들이 신기하여 들여다보던 눈길. 봉선화 씨방은 살짝 건드리기만 해도 톡 터지며 씨를 쏟아내던 모양에 입꼬리가 올라갔었다.

아름답고 분주하던 시간을 뒤로 하고 종착역을 바라보고 있다. 그곳은 시간도 공간도 없는 곳, 영원이라는 표지판이 보인다. 하늘에선 은하계의 무수한 별들이 빗금을 그으며 떨어지고 있다. "푸른색 별은 뜨거운 젊은 별이고, 노란색 별은 평범한 중년기의 별이다. 붉은색 별은 나이가 들어 죽어가는 별이며, 작고 하얀 별이나 검은 별은 죽음의 문턱에 이른 별이다." 칼 세이건이 말했다.

점화플러그가 모든 작동을 멈추는 날 영원한 쉼을 얻을 것이다. 죽음도 하나님이 주신 선물이다. 생성과 소멸의 순환이 없다면 지옥이다. 죽지 않는 생명들이 쌓이고 쌓여 은하계를 가득 채운다면 그곳은 영생이 아니라 숨조차 제대로 쉴 수 없는 지옥일 것이다. 삶과 죽음의 순환이 하나님의 선물임을 깨달으며 내딛는 발걸음이 가볍다.

친구야, 우리 함께 즐거운 영생을

홍경자
시, 약학 64

한 주 간격으로 대학동창 두 사람을 떠나보냈다. 대장암과 폐암의 힘든 항암치료 과정을 잘 이겨낸 지 오 년, '암 지수癌指數가 제로가 되었다' 하여 모임에서 '오뚝이' 라며 축배를 들어 주었었다. 그리고 몇 년 후 급성골수성백혈병으로 입원한 지 한 달 후 문병이 허락되어 평상시처럼 반갑고 즐겁게 수다를 떨었는데 이틀 만에 극락왕생極樂往生의 길을 떠났다.

다른 친구는 관절질환으로 모임에 참석을 못하더니 뇌출혈로 쓰러져 넉 달 동안 요양병원에서 연명치료를 받으며 의식 없는 날들을 보내다가 병자성사와 전대사를 받고 몇 시간 후 천국으로의 여행길에 올랐다. 이 두 친구의 지상에서의 마지막 모습을 본 것이라 할 수 있다. 한 사람은 웃고 떠들며, 한 사람은 간절히 기도하며…

부고를 접하니 이 세상에서의 고통이 끝났음에 감사하는 담담한 마음으로 이들이 가는 길을 동창들과 웃으며 배웅하고 싶었다. 영정影幀으로라도 얼굴 마주보고 이야기하게 하고 싶었다. 동창회 근조기 배송을 의뢰하고 동기 단톡방에 부고를 전달하곤 빈소로 향했다.

빈소에는 고인과 자녀들의 학벌, 특히 자녀들의 사회적 활동 범위와 지위를 가늠하게 해 주는 근조기와 조화가 그득하였다. 통로에 조화를 놓을 자리가 부족하였다. 고인을 위한 기도와 독경 소리가 끊이지 않는 가운데 접객실은 문상객들의 수다와 웃음으로 떠들썩하고 상주들은 표정관리하며 손님 사이를 누빈다.

우리 곁을 떠나 영생永生으로 가는 친구를 배웅하러 모인 동창들이 제일 궁금하게 생각한 것은 어떻게 현세의 삶을 마무리했느냐 였다. 우리들에게도 곧 닥칠 일이기에 궁금한 것이다. 젊은 시절에 인생을 잘 살아내려면 설계를 함이 필요하고 그 주제는 신계身計, 생계生計, 가계家計, 노계老計, 사계死計가 있다는 말을 들어본 적이 있다. 요즈음 유행하는 "잘 살기well-being, 잘 나이들기well-ageing 잘 죽기well-dying"와 일맥상통一脈相通한다. 이 세상에 태어난 모든 생물체에게 자연스러운 생로병사生老病死란 단어의 의미를 깨닫고, 이를 만물의 영장이라는 인간이 그답게 살아가는 방향을 제시하려는 것이다. 실천 방법은 각자가 처한 시대적, 사회적, 가정적, 종교적 환경에 따라 달라질 터이다. 이러한 관점에서 두 동창의 삶은 어떠했는가. 그동안 쌓아놓은 추억들을 퍼올려 아름다웠던 사건을 되살려 본다.

인생설계를 어떻게 하였는지 모르나 결혼 후 전업주부로 여러 남매를 잘 키워내며, 노후에 자식에게 손 벌리지 않도록 자기에게 주어진 환경에 맞게 재테크도 하였다. 팔십여 년 동안 자신을 지탱하느라 마모되어 불편하다는 육신에게 '수고한다, 고마워'하고 잘 달래며 지냈다. 성장해가는 손자들의 모습을 지켜보는 즐거움과 행복도 누렸다. "병은 자랑하랬다"라는 말이 있지만 친구들과 어울리며 자랑도, 아픈 척도 안 하고 즐겁게 웃으며 긍정적인 모습만을 보여주었다. 그리곤 이 세상에서의 마지막 때가 이르매 미련 없이 육신의 옷을 벗어버리고 자신의 종교에 따라 영생의 길로 떠나갔다. 어려서부터 삶에 최선을 다하라고 배운 대로 진인사대천명

盡人事待天命하는 마음으로, 신앙인답게 well-being, well-ageing하였기에 well-dying하는 은혜도 받은 것이 아닐까. 동창同窓이란 인연으로 맺어져 나이 팔십이 훌쩍 넘도록 함께 우정을 나누도록 허락받은 삶이 고맙고 또 고맙다. 그래서 어느 친구도 이별이 서럽다고 회한悔恨의 눈물을 훔치지 않는다.

오늘 저녁에라도 이 세상을 떠날지 모르는 나의 삶은 어떠한지 조용히 자신들의 삶을 되돌아본다. 언제 어떻게 부르실지 그 때와 시를 모르니 주변정리 깔끔하게 해놓고 기다리다 '네' 하련다. 〈99 88 234〉라는 말이 왜 생겨났겠는가. 건강하게 노후를 즐기다가 식구들에게 오랫동안 고생 안 시키고, 가족들은 물론 친구들과도 마지막 인사를 나누고 자는 듯이 예쁘게 떠나고 싶은 마음들이다. 오늘이 내 생애의 첫날인 듯 마지막 날인 듯 감사하며 최선을 다하고, 친구들과도 자주 만나 즐거운 시간 보내겠다고 다짐들을 하며 각자 집으로 향한다.

친구야, 잘 가거라. 긴 세월 즐거움과 희망의 메시지 함께 나눌 수 있어서 고마웠다, 수고 많이 했다. 여러 친구들이 단톡방에 너의 영복永福을 기원하며 올린 글들을 너의 아이들에게 전달하였다. 이제 뒤돌아보지 말고, 너의 신앙에 따라 진인사대천명을 실천해 왔기에 너에게 마련된 자리를, 감사드리며 잘 찾아가라. 그리고 영원한 안식을 누리렴. 그리고 우리 친구들이 가면 기쁘게 환영해주렴. 우리 함께 즐겁게 감사드리는 영생을 누리자꾸나.

불도화에 어린 인연

김선주
소설, 불문 65

여름이 한창 무르익어가면, 나는 목마르게 만개하기를 기다리는 꽃이 있다. 그것은 선홍빛 꽃송이들을 조롱조롱 매달고 활짝 웃고 있는 배롱나무이다. 그 꽃은 여러 가지 이름을 갖고 있다. 부처과에 속하며 한문으로는 자미목(紫微木), 백일 동안 피어있다고 해서 목백일홍이라고도 하고, 수피를 긁으면 잎이 흔들린다고 해서 간지럼나무라고도 한다. 또 연세 드신 분들은 무슨 연유인지 모르지만, 부처에 이르는 길이라는 뜻의 불도화(佛道花)라고 부르기도 한다.

내가 그 꽃을 좋아하는 이유는 첫 번째로 색깔이 선홍색으로 화려하고 아름답기 때문이다. 두 번째로는 송이송이 어우러지며 피어나서 서로 껴안은 것처럼 무척 사랑스럽기 때문이다. 세 번째로는 7월부터 9월까지 거의 백일 동안 한결같이 피어 있는 지조와 절제와 끈질김 때문이다. 배롱나무에 꽃이 활짝 피어나면 나는 비로소 여름이 절정에 이르렀음을 감지하면서 아득한 과거의 기억 속으로 추억여행을 떠난다.

활짝 핀 꽃송이에는 언제나 할머니와 백 살이 넘으신 스님의 모습이 번갈아 가며 어른거린다.

여학교 때, 여름방학이면 나는 충청도 옥천에 있는 할머니 댁으로 달려가곤 했었다. 팔십이 넘은 할머니는 대지가 천 평이 넘은 유서 깊은 대갓집에서 본채는 큰아들네가 살고 별채에서 홀로 사셨다. 할머니의 방 앞에는 오래된 배롱나무가 꽃을 담뿍 피우고 후원을 화사하게 장식하고 있었다. 나는 그 자태를 보면 전래동화 속의 이야기가 떠오르곤 했다. 마치 아득한 전생에서부터 피어 있던 것처럼 환상적인 풍경 속에서 꽃구름을 타고 어디론가 훨훨 날아가는 것만 같았다.

훗날 결혼을 결정하지 못하고 망설이던 내게 활짝 핀 배롱나무 아래 선 할머니가 꿈에 나타나신 것은 정말 놀라운 일이었다.

"진정 바람직한 결혼은 널 진심으로 사랑하고 성실하고 성격이 온화한 사람과 함께 사는 것이다. 그게 참다운 행복이란다."

할머니의 말씀대로 나는 진실한 인간다움을 으뜸으로 생각하며 결혼 상대를 택할 수 있었다.

결혼하여 만난 시모는 독실한 불교 신자였다. 왕보살로 통했던 시모는 존경하는 스님을 도와서 절을 세우실 정도였다. 나는 시모를 따라 그 절에 종종 가곤 했다. 그곳에는 백발이 성성한 수염이 가슴까지 덮은 신선 같은 노인이 주지스님으로 계셨다. 도인 같은 위엄이 풍기는 스님을 시모는 지극히 조심스럽고 정성을 다해 모시고 있었다. 그분은 이미 백 살이 넘으셨다고 했다. 법당에 있던 그 스님은 나를 보더니 반갑게 맞이하며 방으로 들어오라고 손짓을 했다.

그때 나는 그분의 방 앞에 서 있는 배롱나무 아래 목석처럼 서서 선뜻 들어가지 못하고 엉거주춤 서 있었다.

여인의 펑퍼짐한 엉덩이같이 실하게 자란 배롱나무는 할머니의 후원에 있던 나무와 너무나 닮아있어서 나는 무조건 친근감이 들며 마음이 편안해지는 듯했다. 나는 그 나무에 기대어 넋을 잃고 마냥 바라보고만 있었다.

스님은 일어나서 나에게 오시더니 배롱나무와 내가 참으로 잘 어울린다고 말하면서 나를 뚫어지게 바라보셨다. 그리고 내 관상이 범상치 않고 훌륭하다면서 나를 스님 방으로 이끌었다. 시모와 함께 나는 스님의 방에서 차를 마시며 그분의 심오하고 유려한 법문을 듣게 되었다. 그분의 말에는 해박한 철학이 가득 담겨 있어서 감았던 눈이 번쩍 떠지는 것 같았다. 스님은 나와 이야기를 계속 나누고 싶어 하시며 인간의 깨달음이 듬뿍 담긴 말씀을 쉴 새 없이 이어가고 계셨다. 평소에는 정말 듣기 힘든 소중한 말씀이었다. 하지만 나는 상대방을 뱃속까지 꿰뚫어 보며 심오한 불교 철학을 설파하시는 도통한 스님을 보면서 점점 이상하게 두려워지기 시작했다. 아무리 나를 좋게 평가하셔도, 내 가슴 깊이 자리 잡은 오묘한 속마음을 적나라하게 들킬 것 같은 불안감에 휩싸여 나는 스님과의 대화가 자꾸만 불편해지기 시작했다. 한참을 듣던 나는 대웅전에 가보겠다는 양해를 구하고 나서 재빨리 일어나서 밖으로 나왔다. 그리고 경내를 혼자서 배회하며 다시 들어가지 않았다. 그 뒤로도 나는 될 수 있는 대로 스님과의 독대를 피하곤 했다.

백열 살이 넘은 스님이 신도들과 잔치를 열어 학춤까지 추시고 나서 홀로 방에 들어가 앉은 채로 입적을 하셨을 때, 나는 비로소 스님과 좀 더 많은 대화를 나누고 깊은 깨달음을 얻지 못한 것을 후회하곤 했다.

그래서 살면서 난감한 일이 있을 때면, 나는 스님이 계셨던 절을 찾곤 했다.

더없이 소중한 아들이 수능시험을 볼 때, 나는 그곳을 찾아서 내 생애에 처음으로 간절한 기원을 하며 108번의 절을 올렸다. 그저 마음의 위안을 갖기 위해서였다.

절을 마치고 대웅전을 나왔을 때, 하늘에서 눈발이 난분분 흩날리고 있었다. 10월에 눈이라니! 내가 지금 꿈을 꾸고 있는 것이 아닐까.

나는 아득한 창공을 향해서 수없이 눈을 깜박거렸다. 그래도 여전히 눈이 펄펄 흩날리고 있는 것이 아닌가. 나는 그때 비로소 깨달았다. 아! 스님이 이곳에 오셨구나. 나는 두 팔을 벌려서 스님을 가슴 가득히 품어 안았다.

아들은 수능에서 좋은 결과를 얻어서 나를 놀라게 했다.

나는 감사의 눈물을 흘렸다. 그리고 눈으로는 보이지 않지만, 이승에서 맺은 인연이 질긴 끈처럼 이어있음을 알았다. 그리고 베롱나무가 불도화라는 말로 이어져 내려오는 뜻을 비로소 터득할 수 있었다.

나에게는 불도화를 통해서 할머니와 스님이 질긴 인연으로 이어있는 것이 아닌가. 이것은 정녕 나만의 생각인가. 삼생의 인연은 과연 있는 것인가.

아! 삶은 인간의 힘으로는 어쩔 수 없는 불가해(不可解)할 뿐이 아닌가.

희망의 부활을 향한 영적순례

송영숙
아동, 도서관 70

2024년 사순절은 내게는 특별한 영적순례의 시간이었다. 사순절 기간 동안 목사님의 설교말씀과 새벽기도에서 많은 것을 배우고 느꼈음을 깊이 감사하는 시간이었다. 사순절 동안 고난의 예수를 이해하고 회개하는 시간이 되도록 인도하여 주시기를, 아울러 40일 동안 회개와 참회의 시간이 되어 부활을 기쁘게 맞이하는 준비의 기간이 되기를 바라며 사순절을 맞이했다.

내가 올해의 사순절을 특별하게 맞이하게 된 이유는 아마도 50여 년을 함께 동고동락하던 옆지기가 죽음의 문턱에서 기적적으로 살아 돌아온 직후에 맞이하는 사순절이어서 더욱 절실했을지도 모르겠다. 중환자실에서 3주 동안 의식불명 상태로 있는 동안 일상으로의 회복이 거의 절망적일 정도였고, 일반병실로 내려와서 거의 석 달간의 병원생활도 참 힘이 들었었다. 그러나 온 교인들과 이웃들의 기도가 힘든 시간을 잘 견디고 회복되게 하는 기적을 일으켰다는 믿음이, 너무나도 감사하게 다가왔던 것이다. 마치 예수님의 부활과 함께 나의 옆지기도 부활의 은혜를 입은 듯했다. 그러나 두세 달의 시간이 흐르고 일상생활에 허덕이며 살다 보니 그때의 뜨거웠던 마음이 식어버린 것 같아 '희망의 부활을 향한 영적순례'를 되돌아 보며 다시 한 번 되새겨보고 감사하고 싶은 마음이다.

사순절 기간 동안, 주일예배와 수요예배에서는 〈역경의 때를 주님과 함께 건너다〉라는 주제로 열두 번의 목사님의 설교가 있었고, 이 말씀은 내게 믿음에 대한 많은 것을 깨닫게 했었다.

예수님은 우리보다 더한 역경을 당하고도 그 어려움을 극복하셨다. 우리가 역경을 당했을 때 예수님이 어떻게 역경을 넘어가셨는지를 보고 배워서 신실한 믿음, 구원에 이르는 온전한 믿음을 가질 수 있게 된다는 말씀이다.

첫 번째 역경은 "유혹"이다. 역경이나 시험을 당할 때에 그 시련을 견디는 반응 여하에 따라 구원의 변화가 따른다. 역경을 이겨낼 수 있는 힘을 주님이 준비해주신다는 확신이 있으면 주님의 넉넉한 은혜로 두려움이 사라지고 유혹을 이겨낼 수 있다. 유혹을 이겨내는 힘은 쉽지는 않으나 예수님의 '40일 금식'을 통해 받았던 마귀의 유혹을 생각하며 물리쳐야 한다. 돌이 떡이 되게 하라는 마귀의 시험에는 떡이 아니라 말씀으로 살아야 한다는 것, 높은 데서 뛰어내려 보라는 마귀에게 하나님을 시험하지 말라, 마귀에게 절하면 세상의 모든 것을 주겠다는 유혹에 모든 권력과 힘의 근원은 하나님 한 분뿐이라는 믿음으로 예수님은 모든 유혹을 물리쳤다. 우리의 삶에는 항상 지속적인 유혹이 있으므로 늘 이를 이길 준비가 필요하다.

두 번째 역경은 "불안"이다. 불안은 마음을 불편하게 하고 웃음을 앗아가며, 영적인 죽음에 이르게 한다. 예수님의 불안에 대한 해석은 가시밭의 비유로 이해할 수 있다. 불안과 근심은 가시덤불 속에서 말씀과 함께 자라나므로 때때로 말씀에서 얻는 기쁨을 막는다. 예수님의 말씀을 인간적인 관점으로 보게 되면 정신적으로 분별력을 잃게 되어 두려움과 근심이 쌓여 바로 불안해진다. 그러면 점점 부정적이 되고 두려움과 혼란이 찾아오게 된다. 이러한 불안을 치유하려면 하나님의 예배자리로 나아가야 한다. 하늘을 나는 새, 들판에 핀 들꽃이 아름다운 건 긴장을 풀고 근심을 내려놓고 모든 것을 창조주에게 맡기고 순종하기 때문이다.

세 번째 역경은 "수치"다. 예수님은 공생애 기간 중 수치와 수모, 온갖 모욕을 당했을 뿐 아니라 최악의 수치인 죽임까지 당하셨다. 수치심이란 인생의 어느 한 구석에 있다가 불쑥 드러나기도 하고 쉽게 통제할 수도 없다. 이러한 수치심의 역경을 벗어나게 한 예는 개처럼 끌려온 간음한 여인을 수치심에서 벗어나게 한 이야기이다. '너희 중에 죄 없는 사람이 처음으로 돌로 치라'는 말씀, 우리에게 죄 없는 사람이 누구인가? 우리는 어느 누구도 정죄할 자격이 없고, 정죄할 자격을 가진 예수님은 언제나 우리가 죄를 짓지 않기를 기다리신다.

네 번째 역경은 "오해"다. 예수님은 많은 오해를 직접 받으시며 그 처리하는 방법을 가르치셨다. 소통이 안되는 바리새인들의 오해, 지인이나 친족인 고향 사람들의 오해 등이다. 이러한 오해와 갈등을 해결하는 방법은 먼저 자신을 돌아보라, 자신을 성찰한 후에 외부의 원인을 찾으라, 오해의 경험에서 교훈을 찾으라, 나에게 영향을 끼친 오해를 용서할 줄 알아야 한다는 것이다. 용서하지 못하는 냉소는 마음의 평화를 앗아가고 병들게 한다.

다섯 번째 역경은 "의심" 의심이란 불확실의 괴물이고 절망의 복음이지만, 정직한 의심은 절망적인 신앙의 고백보다 더 많은 믿음이 숨 쉬고 있다. 믿음과 의심 사이에서 갈등하며 질문했던 심사숙고형 그리스도인, 도마를 주님은 도와주셨다. 의심과 신앙이 만나는 교차점에 서 있는 우리가 굴곡과 역경을 지날 때 의심의 파도에 휩쓸리지 않도록 예수님은 우리를 도와주신다. 도마의 정직한 의심을 자세히 이해시켜주시는 자상한 예수님이 가르쳐 주신 말, "나는 길이요 진리요 생명이니 나를 말미암지 않고는 하나님 아버지께로 갈 수가 없느니라."

여섯 번째의 역경은 "지적"이다. 올바른 지적을 잘 받아들이려면 하나님의 관점으로 이해해야 한다. 지적을 잘못 이해하면 상처와 고통을 주는 언어폭력이 될 수 있다. 예수님의 본을 따르는 지적은 사랑을 가지고 상처가 되지 않도록 말해주므로 바람직한 변화를 가져온다. 이는 이유가 분명하고, 구체적이고, 영적으로 민감하기 때문이다. 지적은 배려의 과정이어야 하며 기도로 성찰의 시간을 가진 후에 적절한 시간과 장소를 택하여 진심어린 사랑으로 해야 한다.

일곱 번째로 잘 넘겨야 할 역경은 "위선"이다. 경건해 보이지만 세속적인 사람은 물론, 신뢰와 존경받는 사람도 위선의 함정에 빠지기 쉽다. 성경말씀은 거짓된 경건을 엄격히 금지하고 있으며, 영성과 진실을 입으로만 말하면 위선의 도구가 되기 쉽다. 위선을 극복하려면 우선 위선을 직시하고 숨기지 말며 정면으로 맞닥뜨려 해결해야 한다. 또한 위선은 신앙의 가장 추악한 것이므로 위선에는 저항해야 하며, 기도와 성령의 도움으로 극복해야만 한다. 위선의 금단현상을 잘 견디면 신실한 성격을 선물 받는다.

여덟 번째 "무력감"의 역경을 이겨내야 한다. 연약하고 한계를 가진 인간이 흔히 느낄 수 있는 무력감, 능력가인 사도 바울조차도 주어진 사명을 충분히 감당하지 못한다는 무력감을 많이 느낀 사람이다. '우리의 만족은 오직 하나님으로부터 나온다' 그러므로 하나님의 사명을 잘 감당하려면 하나님께 의존해야 한다. 무력감도 하나님이 주신 것, 사명을 감당할 수 있는 능력도 주신다는 약속의 말씀도 함께 주셨다.

아홉 번째 이겨야 할 역경은 "편견"이다. 편견은 인간의 존엄성을 파괴한다. 예수님은 편견당하는 사람과 늘 함께 하시고 극복하게 하신다. 바로 예수님은 많은 다양한 편견을 겪었으므로 우리의 편견을 이해하시고 극복할 수 있게 도우신다. 지역적인 편견(사마리아—유대), 정치적인 편견(로마—

유대), 종교적인 편견(십자가의 죽음) 등 예수님은 모든 면에 대한 편견을 겪었다. 그러므로 주님의 도우심은 우리들이 가진 편견의 마음을 부드럽게 해 주신다. 모든 편견을 주님 앞에 내려놓아야 한다.

열 번째의 역경은 "영적파산"이다. 우리의 인생은 건강, 물질, 관계 속에서 갑작스런 사고를 당하면 인간의 한계성과 마주하게 되어 절망과 삶의 포기(영적파산)에까지 이르게 된다. 이를 돌파하기 위해서는 하나님께 기도하여 받은 응답으로, 하나님이 역사하시는 소망의 통로를 찾아가는 것이다. 하나님의 자녀로서의 자격을 박탈당하지 않고 영적파산에 이르는 두려움을 만나지 않으려면, 하나님을 향한 경외심을 가지고 하나님의 진리에서 벗어나지 않도록 기도해야 한다. 구체적인 결단이 따르는 기도, 주님의 마음과 방향을 같이 하는 기도, 주님의 뜻과 일치되는 기도의 응답이 영적파산의 위기에서 우리를 구할 수 있으며 하나님의 자녀된 권세를 회복시켜 주신다.

열한 번째 "고통"은 고난주간에 당하신 예수님의 역경이다. 예수님은 우리들이 당할 수 있는 모든 고통을 당하셨다. 우리가 겪을 고통을 대신 담당하신 어린 양으로 우리의 죄를 짊어지셨다. 관계의 고통, 심적 고통, 육체적 고통, 하나님과 단절되는 고통 등 지옥의 고통을 겪으신 예수님이다. 예수님은 모든 고통을 겪고, 이해하고 극복하는 힘으로 우리에게 영원한 빛과 소망을 주시는 분이시다.

마지막으로 예수님은 "죽음"의 역경을 어떻게 해결하고 견디셨는가? 예수님은 나사로의 죽음을 통해 '죽음의 극복'을 보이셨다. 죽음이 끝이 아님을 보여주셨다. 죽음에서 새로운 생명으로 나올 수 있음을 보여주시고 부활에 대한 약속을 하셨다.

사순절 기간이 끝나는 날, 부끄럽지만 나는 이렇게 기도했다.

"희망의 부활을 향한 영적순례를 마감하는 이 시간, 설교말씀에서 많은 것을 배우고 느꼈음을 감사합니다.

예수님의 행적을 보며 믿음의 확신을 가지고 예수님이 가신 길을 따라 가야겠다고 다짐도 해 보았습니다.

길다면 길게 느껴졌던 영적순례, 많은 것을 결단하고 다짐하고 회개하였다고 생각했으나 되돌아보니 마음이 연약하여 무엇을 결단했는지, 또 진정한 회개를 했는지 잊어버린 것이 너무나도 많습니다. 이러한 저의 약함을 붙들어 세워주옵소서. 그러나 단 한 가지, 마음속에 깊이 새겨진 것이 있다면 죽기까지 우리를 사랑하셨던 예수님, 그리고 끝까지 사랑하시리라는 예수님의 사랑에 매달려야 한다는 믿음의 확신입니다.

우리는 예수님이 십자가에 매달려 돌아가시기까지 베푸신 끊임없는 사랑으로 큰 은혜를 받은 믿음의 일꾼들입니다. 예수님께서 가르쳐주시고 베푸신 사랑을 이웃에게도 전하며, 진리의 말씀과 함께 진실된 예수님의 사랑이 널리 퍼져나갈 수 있도록 실천을 행하게 하옵소서.

마지막 고난주간, 십자가에 못 박히기까지 예수님의 고난과 고통을 자세히 보았습니다. 예수님께서는 인생의 역경을 경험하고 이해하며, 우리의 삶에서 겪을 역경의 고통을 극복하고 승리할 수 있는 길을 보여주셨습니다. 예수님을 믿으면 구원을 받게 되고 죽음 뒤에 오는 부활의 영광을 믿게 해주셨습니다.

지나온 삶을 성찰하여 잘못된 것은 회개하고 오로지 예수님의 십자가만을 만나도록 저희들을 붙들어 주옵소서.

절대 믿음으로 하는 기도는 반드시 응답받는다는 기도응답의 원리를 깨닫게 하옵소서.

계산을 초월하는 헌신을 하게 하옵소서.

헌신의 기회가 주어졌을 때 전심과 전부로 하게 하시고, 참 신앙인으로 하나님 나라에서 천국을 이루고 축복받는 저희가 되게 하옵소서.

거듭남과 구원의 상징이 된 예수님의 십자가와 진정한 만남을 통해 저희들의 삶이 변화되는 은혜를 주옵소서.

주님, 십자가 앞에 섰을 때 올바른 믿음을 선택함으로 주님의 구원의 능력과 은혜의 선물을 받기를 원합니다.

예수님의 고난의 십자가를 통해 수난의 영성과 부활의 영광을 차곡차곡 채워나가는 저희들의 삶이 되게 하옵소서.

우리에게 이웃사랑의 실천을 명령하시는 예수그리스도의 이름으로 기도합니다. 아멘."

세상의 마지막 밤과 꽃씨

신정희
시, 기독교 71

한국에도 널리 알려진 세계적인 영문학자 C.S.루이스는 수십 권의 책을 낸 바 그중에 작은 책자인(『세상의 마지막밤』, 2014. 홍성사 간)을 나는 종종 읽는다.

기독교 신앙은 그리스도인들은 거부감 없이 수용하지만, 비신자의 입장에서는 어찌보면 황당무계하고 거짓말 같고 그래서 동화 같은 내용들이 많이 있다. 성경을 연구하는 신학자나 목회자들은 이의없이 받아들이는 종말론도 비신자들 입장에서는 도저히 수용하기가 불가능할 것이다.

세상이 완전을 향해 진보 진화하는 것이라고 배워온 사람들에게 세상이라는 것이 서서히 쇠퇴하는 것이 아니고 머지않아 재난이 닥쳐 역사가 종결되리라는 즉 외부세력의 개입으로 갑작스럽게 폭력적으로 끝나다니 무슨 소리일까!

우리 보통사람의 개념으로는 2024년 후로도 2040, 2060…… 하는 식으로 계속해서 이어질 것 같지 않는가 말이다.

세상이 끝나다니? 참으로 해괴한 동화 같지만 세계 역사의 중심이 있는 신구약 성서는 놀랍게도 언제든지 막은 내려올 수 있다고 하니 동심이 아니고서는 받아들이기가 쉽지 않다.

다음달 결혼할 사람도 승진을 앞둔 자도 눈부신 과학 발전도, 우주개발도, '정지!' 라는 호령 앞에 정지해야 한다는 것이다.

내 개인적으로는 약혼자들 보다도 출산 앞두고 진통이 시작되는 산모가 제일 안타깝다.

루이스에 의하면 재림에 대한 가르침은 ①예수님은 분명히 돌아오신다.
(나는 재림보다는 돌아오신다는 표현이 훨씬 좋다. 재림하면 삼림도 있나 싶어서이다.)

②그때가 언제인지 결코 알 수 없다.

③그러므로 항상 그분을 맞을 준비를 해야 한다.

하루하루 살아가는 것도 힘들어 죽겠는데 거기다가 예수님 맞이할 준비까지 하려니 정말이지 등골이 빠근하다.

미국만이 아니라 한국에서도 재림 날짜를 말했다가 조롱거리가 된 적이 있어 함부로 예측하는 건 비합리적이고 어리석은 일임에 분명하다.

루이스는 한 제국이나 문명도 일시적인 것을 기억하고 모든 성취와 승리도 결국 허사가 될 것이니 지구가 영원히 생물체가 사는 곳이 아님을 명심하여 "이 순간이 세상의 마지막 밤이라면 어떻게 하지?" 질문해야 한다고 강조한다.

온갖 재난이 터지고 큰 전쟁이 있을 때라도 우리는 오류 없는 심판이 있을 그날을 대비하며 깨어있어야 한다는 것이다.

인생이 끝나는 순간 함께 끝나 버릴 것들에 맘을 다 바쳐서는 안된다는 루이스의 권유는 나에게는 막강한 설득력이 있다.

성경을 읽고 은혜받는 일은 신학 공부한 사람들과 목회자들 수도사들 성자의 반열에 오른 사람들이나 가능하지 우리 같은 평신도들은 쉽지 않다.

기독교의 종말론은 세상이 서서히 쇠퇴하리라 말하지 않고 갑작스럽게 폭력적으로 임할 거라고 예언하기에 기후 위기로 인한 대재앙의 징조가 날로 분명해지는 이때 늘 깨어있으면서 각 사람에 대한 정확한 평결이 있을것을 믿고 지구가 영원히 생물체가 살 곳은 아님을 인정하는 것이 필요할것이다.

도둑처럼 오신다는 주님을 기쁘게 맞이하려는 신자는 맡은 일을 소홀히 할 수 없는데 난 며칠 전 어느 동화작가가 주변 사람들을 위해 히야신스 꽃씨를 비롯 다른 꽃씨를 많이 심어주었다는 말에 큰 감동을 받았다.

고인이 된 그 작가의 여동생이 들려준 말은 너무 아름다운 이야기였다.

나는 무슨 꽃씨를 선물할 수 있을까? 조만간 재난이 닥쳐 역사가 종결될 거라는 예수님의 믿음은 과연 실현될 것인가? 실현된다면 꽃씨 선물은 무슨 의미를 가져다 줄 수 있을까?

현대의 진보 또는 진화 개념은 신화에 불과하며 그것을 뒷받침하는 증거는 전혀 없다는데 지구라는 곳이 생물체가 영원히 살 수 있는 곳이 아님을 우리는 어떻게 받아들여야 하나?

나가서 돼지를 먹이는 일이 건 100년 후에 닥칠 거대한 악에서 인류를 구해낼 훌륭한 계획을 세우 건 자신의 소명을 열심히 감당하다가 심판을 맞는 사람은 복되다는 루이스의 이론에 기대는 수밖엔 길이 없는 것 같다.

세로의 가출

권민정
수필, 사회사업 75

검고 흰 줄무늬가 선명한 얼룩말 한 마리가 서울 거리를 달리고 있다. 8차선 도로를 달리고, 골목을 누빈다. 얼룩말이 달리면, 달리던 차는 멈춘다. 줄지어 서 있는 자동차 사이, 빈 화분이 나와 있는 주택가 골목 그리고 헬멧을 쓴 오토바이 배달원 앞에 서 있는 얼룩말의 모습은 초현실적이다. 얼룩말은 아프리카 사바나에서 친구들과 함께 초원을 달려야 어울린다. 그런데 도심을 달리는 얼룩말을 보니 마치 상상 속의 동물 유니콘을 보는 것만큼 놀라움을 준다.

어린이 대공원 동물원에서 살던 얼룩말 세로가 나무 울타리를 부수고 가출했다. 세로는 가로 세로 줄이 예뻐서 동물원 직원이 이름을 그렇게 지었다. 3세 된 세로는 동물원에서 태어났다. 그러니 아프리카 초원을 알 리는 없고 야생으로 돌아가고 싶어 탈출하지는 않았을 것이다. "부모가 죽고 세로의 반항 시대가 시작되었다. 집에도 안 들어가고, 옆집 캥거루와 싸웠다." 동물원에서는 세로의 탈출 이유를 이렇게 말했다. 혼자 되어서 스트레스를 받았다고 한다. 얼마나 속상하고 분노에 가득 찼으면, 몸태질이 얼마나 심했으면 울타리까지 부수었을까. 그렇게 부수고 나가서 생전 처음 본 풍경, 도시와 마주한 세로의 기분은 어떠했을까? 참 낯설고, 어리둥절했을 것이다.
동물원을 탈출한 세로처럼 이 도시 밖의 어딘가로 탈주하고 싶은, 견디고 견디다가 도망가고 싶을 때가 있다. 30대가 끝나가던 무렵, 그런 때가 있었다. 육아와 직장 생활의 어려움으로 결국 일을 그만둘 수밖에 없는 상황이 되었다. 세 명의 아이를 키우며 직장 일을 잘할 수 있을 것이라 낙관했던 나도 문제였지만, 아이 돌봄의 문제를 전적으로 엄마 책임으로 몰아가는 인식도 문제였다. 전업주부 몇 년 만에 힘겹게 다시 얻은 직장이었는데 또 포기해야 했다. 두 번째였다. 우울했다. 숨이 턱턱 막히고 밤에는 잠을 잘 수 없었다. 잠이 오지 않는 밤, 아이들이 잠들면 밖으로 나가 걷고 또 걸었다. 밤의 도시는 낮의 도시와 다르다. 낯설었다. 그러다 사고를 당했다. 지금도 낯선 곳을 헤매다 다쳐서 꿰맨, 머리 뒤쪽 상처가 날씨가 궂은 날이면 욱신거린다.
아이들에게 엄마의 돌봄이 필요 없게 되었을 때 나는 더 이상 좋은 직장 구하기가 힘들었다. 보호관찰소에서 자원봉사를 시작했다. 처음에는 단순히 비행소년 상담자로 10년, 그 후 상담실 운영자로 10년을 일했다. 내가 만난 수많은 아이가 가출 소년이었다. 아이들이 집을 뛰쳐나가는 데는 그만한 이유가 있다. 많은 아이가 가출한 뒤 범죄에 빠지기도 하고, 일생 지울 수 없는 상처를 입기도 한다. 이 세상은 아이들을 위험에 빠지게 하는 것들이 너무 많기 때문이다.
3시간 반 동안 서울 거리를 누비다 붙잡혀 다시 자기 집으로 돌아간 세로가 다치지 않아 다행이다. 그 시간 동안 세로가 만난 이 도시의 어떤 것들도 세로를 다치게 하지 않았다. 자동차도, 오토바이도, 사람들도 세로를 위험에 빠뜨리지 않았다는 사실이 다행스럽고 눈물겹도록 감사하다.
그러나 세로가 돌아간 동물원을 생각하면 답답해진다. 왜 우리는 지금껏, 전시하는 동물원을 운영하고 있을까. 얼룩말만 해도 그렇다. 얼룩말은 원래 아프리카 대륙에 무리 지어 서식하는 동물이다. 말이나 당나귀와 달리 가축으로 길들이지 못한 유일한 말의 종이다. 그만큼 야생성이 강한 동물이다. 좁은 우리에서 외롭게 살며 사람들의 구경거리가 되는 감옥형 전시관 동물원은 주요 선진국에서는 20세기 중반에 이미 사라졌다고 한다. 야생에서 살다 구조된 동물들을 치료하고 돌보거나, 야생동물 보전을 위해 노력하는 동물원으로 바뀌고 있다. 이곳에서는 동물들이 친환경적인 장소에서 자유롭게 살아간다. 이국적인 동물을 수집해 과시하는 건 왕실과 귀족의 고급 취미였다. 세계에서 가장 오래된 오스트리아 쇤부른 동물원은 1752년에 합스부르크 왕가가 설립했다. 전 세계에서 동물을 포획해 자국으로 들여오는 건 제국주의 열강이 힘을 과시하는 수단이었다.

한때는 인간동물원도 있었다. 1889년 파리박람회는 400여 명이 전시되어 있던 흑인 마을이라는 인간동물원이 인기를 끌었다고 한다. 제국주의가 만연한 시대에 아프리카, 남미, 필리핀 등지에서 원주민을 납치해 신기한 볼거리 취급하며 이들을 전시했다. 뉴욕 브롱크스 동물원은 납치한 콩고의 피라미족 남성을 데려다 놓고 강제로 춤추게 했다. 그는 오랑우탕, 침팬지들과 함께 철창 속에 갇힌 채 굴욕적으로 구경거리가 됐다. 이후 그는 우울증을 이기지 못하고 권총으로 자살했다. 1907년 도쿄에서 열린 박람회에서도 인간 전시가 있었다. 이러한 잔혹한 인간 전시는 1958년 벨기에의 콩고 주민 전시를 마지막으로 막을 내렸다.

세로는 울타리를 박차고 나옴으로써 자기 존재를 알렸다. 사람들은 세로의 탈출을 응원하면서 세로가 달리는 모습을 편집해 인터넷 밈(Meme)으로 퍼다 날랐다. '두 발의 세로', '라이더 세로', '기타리스트 세로', '춤추는 세로' 등 수많은 이미지를 만들어냈다. 그중에는 '미래도시를 질주하는 사이버펑크 세로'도 있다.

미래의 도시는 어떤 모습일까? 지금과 같은 동물원은 한때 있었던 저 추악한 인간동물원처럼 사라지게 될까? 미래의 아이들은 메타버스(Metaverse)로 동물을 구경하고 있을까? 궁금해진다.

바람의 속말을 묻다

남금희
시, 영문 79

코로나 역병이 터진 무렵이었다. 열두 번을 뒤척여도 이해가 안 되는 일이 내게 생겼다. 그가 이럴 수 있다니, 결혼 생활 사십 년이 와르르 무너져 내렸다. 자식 셋의 혼사조차 하나도 치르지 못했기에 나는 어떤 결정도 섣불리 내릴 수가 없었다. 내가 감당해야 할 배신감의 무게는 한도를 넘어서고 있었다. 무슨 말로 나를 위로할 수 있을까, 의식은 명징한데 아무 일도 손에 잡히지 않았다.

이제껏 나는 나 자신을 꽤 괜찮은 사람으로 알고 살아왔다. 대학 졸업 후 세상 물정 모르고 결혼하게 됐지만, 그래서 오히려 유교적 인습에 맞추려고 애써 노력했다. 속 끓이는 일이 자주 생겨도 신앙 안에서 나를 부인하는 일에 길들여졌다. 아이 셋 키우는 일이나 만학의 공부 또한 내 허리를 휘게 했지만 살얼음판을 건듯 잘 넘어 왔다. 잔병치레 같은 삶의 풍랑이야 흔히 있는 일. 오랜 비정규직 강사 생활에도 지치지 않았고, 잠시 전임강사 시절에는 꽤 좋은 성과를 내기도 했다. 비정년트랙 제도였지만 오히려 그것이 내게 겸손을 가르치기에 자족하기도 했다. 남편 역시 성실해서 직장에서 인정받고 있었고 자녀들도 부지런히 제 갈 길을 가고 있었다.

이만하면 가정적으로나 사회적으로 남부럽지 않게 산 것이니 나에 대한 자긍심만은 버리지 않았다.

그런데 정말로 몰랐다. 그가 어떤 이유로 한 여자에게 전화를 걸어 3년 동안 나를 속였는지. 몰랐다는 걸 내 죄로 돌리지 마시라고 나는 하나님께 울부짖었다.

그는 33년 근무하던 직장을 정년퇴직하고 같은 업종의 새 직장에 영입되었다. 변함없는 성실함으로 업무에 올인하는 그를 나는 도왔다. 출근은 아침 7시경이었고 퇴근은 밤 10시가 넘는 경우가 많았다. 그런데 차차 경영이 어려운지 힘들어 했고 당직근무를 하는 날도 늘었다. 코로나19가 터지고 직원 구인난에다 대표직이라는 책임감 때문에 당연히 고생하는 줄 알았다. 늦게 귀가해서 새우잠을 잤고 한밤중에도 자주 전화를 받고 나가야 했다. 뭔가를 고심하는 모습이 애처로워서 나는 그에게 말도 제대로 붙이지 못했다. 집에서는 오직 휴식만 취하고 나갈 수 있도록 배려했다. 집안일은 전혀 신경 쓰지 않도록 하고 그의 업무에 필요한 잔심부름도 부지런히 했다.

하지만 나는 순진하고 어리석었다. 60대 중반인 나와 70대 초반인 그와의 사이에 여태껏 상식 이하의 시련은 없었다. 그렇다면 이 사건은 상식 이상일까 이하일까? 내게 찾아온 이 야릇한 사건은 도무지 사람이 저지른 일은 아니라고 말하고 싶었다. 성서의 욥이 떠올랐다. 이성적으로는 도무지 납득이 안 돼서, 한 말씀만 주십사 하고 나는 하나님께 떼를 썼다. 대체 내게 왜 이러시냐고도 물었다. 물론 먼저 그에게 사실대로만 말해 달라고 추궁했다. 답을 회피하고 침묵하는 그의 태도에 나는 악다구니를 퍼붓고 말았다. 인간의 욕망과 위선에 대해 내 손목이라도 자르고 싶은 심정이었다. 나는 의인인 양 부들부들 떨었고 재판관처럼 그를 정죄하고 있었다.

풀지 못한 수수께끼는 내가 아무것도 몰랐던 그 기간 동안, 그가 내게 보낸 눈길과 침묵은 어떤 의미였나 하는 것이었다. 나에 대한 불만? 노년에 이른 남성의 고독감? 그런 따위는 적절한 말이 아니었다. 겨우 수긍할 수 있는 생각으로는 고된 업무에서 벗어나고픈 유흥의 충동이랄까, 매일 여성들과 협업하는 직장이니까 가깝게 지내다가 일이 커지게 된 건 아닐까 하는 추측이었다. 나라는 아내는 항상 집에 가면 보는 엄마와 같은 존재가 되어 버려서, 그는 자신도 모르게 싱글인 것처럼 행동하게 됐다는 추정을 해 봤다. 아니, 아내에게는 별로 친밀감이 생기지 않다가 친밀하게 따르는 여성에게 끌린 건지도 모른다. 나이 든 자식이 독립해서 살다가 가끔씩 엄마 집에 들르듯이, 밤낮없이 직장 일에만 몰두하는 그의 생활 패턴이 예기치 않게 그를 일탈로 몰고 갔을 것이다. 그게 아니라면 나는 밥과 빨래 청소 등을 그에게 제공하고 하숙비를 건네받는 주인집 여자 같았을까? 그게 또 아니라면 본처는 집에 두고 일터에서는 달라붙는 여성들의 호위를 받고 싶은 남정네의 봉건적 허세였을까? 청춘을 꿈꾸는 올드 보이의 퇴행이었다고밖에 풀이할 수 없었다.

사건의 연유를 캐묻지 않을 수 없었고, 어떤 식으로든 이해가 되어야 내가 이 사태를 부인하지 않을 수 있을 것 같았다. 하나님이 나를 발로 차셨구나, 버림받았다는 생각이 들었다. 누구와도 만날 수 없었고 대화할 수 없었다. 이리저리 맞춰 보아도 앞뒤가 맞지 않는 그간의 남편의 행적을 캐내느라 내 일상은 마비되었다. 코로나 역병은 전국을 휩쓸었고 나는 스스로 감옥을 찾는 은둔자였다. 코로나용 마스크가 내 처참한 몰골을 가려 주어 다행이었다. 동병상련의 심정으로 읽는 욥기는 말이 많아 오히려 불편했다. 내게 필요한 것은 오직 한 말씀, 한 말씀만 주시면 알아듣겠다고 주님께 중얼거렸다. 나의 태도가 욥처럼 주님과 변론하자는 것처럼 보였을까, 주님은 침묵하셨다. 기도하고 싶은 마음은 간절했지만 말이 되어 나오지 않았다. 그야말로 주님과 멀찍이 떨어져 있는 냉담 상태, 반응을 감지할 수 없는 비대면 상태였다.

답을 찾으며 헤매는 동안 그는 착한 모범생으로 변해 갔다. 욥이 고난을 당한 후에 이전보다 더 많은 재물과 자식을 얻고 오래 살았다는 기록이 낯설었다.

마치 흥부전처럼 해피엔딩을 만들고 있다는 생각이 들었다. 격한 상처나 기억은 사라지지 않을 텐데 이후에는 복을 받았다니, 서사를 마무리하려는 성서 기자의 의도일 것이지만 몸서리치는 고통을 체험한 자는 이전과 같은 일상으로 돌아갈 수 없다. 시련은 삶의 불순물을 제거하는 통과의례와 같다고 하지만 비록 순금과 같이 정제된 나를 만나게 된다 해도, 나는 모든 일을 그 이전의 시간으로 되물리고 싶었다.

웬만한 고통은 인내하도록 면역이 생기는 것이 고난이 주는 신비일까. 죽음의 터널을 통과한 욥과는 달리 나는 잃어버린 것에 대해 탄식하면서 암만 질문해도 답을 캘 수 없어서 계속 하나님께 이유를 물었다. 따지자면 나를 불행에 빠뜨리거나 행운을 경험하게 하는 일은 내 소관이 아닐 것이다. 하지만 삶의 주관자에게 섭섭한 마음을 품는 것, 그것은 미천한 인간이기에 느낄 수밖에 없는 자격지심인 것 같다. 초라하지만 진실된 감정, 다시 말해 인간의 주변머리로 이런 창피한 얘기를 글로 남기면서 반추해보는 아둔함 말이다. 욥은 삽시간에 잃어버린 것들에 대해 훗날 초연해졌을까? 시간은 기억할 수 없어도 어떤 정황이나 공간에 대한 기억은 세월 지나도 뇌리에 남을 것인데 말이다. 그의 사적 공간을 내가 넘볼 수 없다는 것에 생각이 미치면 부부로 사는 일에도 각자의 거리가 있다는 걸 인정해야 했다. 무엇을 감싸 안을까, 모든 허물을 나의 부족함으로 돌린다면 그것은 인과응보적인 이해일 것이다. 인과응보라니, 나의 하나님은 그렇게 쩨쩨하고 인색한 분이 아니다.

욥처럼 입을 다물게 될 때까지 나에게는 고통스러운 시간이 더 필요했다. 결국 이 문제는 인간이 처한 상황과 성향, 그리고 우리를 둘러싼 검은 세력과의 문제였다. 누구에게나 있는 욕망에 대해 유혹의 그물을 던지는 존재와의 싸움이었다. 끊임없이 돌을 굴려 올리려는 시지프스의 노역. 충족되지 않는 갈망에 아편처럼 취해보고 싶었던 일이라고 생각되었다. 그런 한계를 지닌 인간의 속성을 보는 일이었고 그것이 내가 입을 닫을 수밖에 없는 이유였다. 어찌할 수 없는 인간의 한계, 나 역시 나의 한계를 극복할 수 없다는 반성. 그렇다면 이 문제는 어디로 귀결되는 것일까. 다시 말해 그분만이 허락하실 수 있는 차원의 일이었다. 그분이 주관하시는 일이었기에 나는 아무런 원망도 할 수가 없는 것. 그러니 인간은 온전히 그분의 섭리 안에서 죽거나 살거나 한다는 것을 깨달아야 했다. 그분의 사랑이 그를 간섭하신 일이었다. 코로나19도 힘겨웠지만 나는 그분과 그의 게임을 이해하는 통증 가운데 비로소 이 사건의 시작과 끝을 이해할 수 있게 되었다.

나라야마 부시코

박미경
시, 영문 80

1. 친정엄마는 93살에 돌아가셨다.

코로나 막바지에 요양보호사에게 감염된 게 분명하다며 자체 감염 경로를 집요하게 추적하던 엄마가 돌아가신 건 병원 입원한 지 고작 사흘 만의 일. 코로나마저 엄마에게 굴복했건만 노인은 몸 여기저기 나타난 후유증의 위험도를 알고 싶어 굳이 검사를 고집했다.

오래전부터 거동이 불편해 외출이 여의치 않던 엄마는 바람 좀 쐬고 외로움도 잠시 면할 겸사, 효자 아들의 거주지 인근 병원에서 효도도 받고 싶은 마음이 더 컸겠지. 간간이 친밀해진 올케와 엄마의 훈훈한 얘기도 들려오는 날이었다.

노인 홀로 지새는 밤, 한두 번 혈당저하로 낙상, 타박상을 입기도 했지만 그녀가 밤 침 번을 고사 우리는 한 번도 불침번을 서지 않았다. 입원 전 부듯가 방파제에 걸터앉아 올케와 찍은 사진 속 검은 머리 염색을 한 엄마의 옆얼굴은 평안했다.

인공 고관절 수술 후 제랑의 요양병원에서 석 달 입원 생활을 마지막으로 노인은 내 사전에 요양병원은 더 이상 없다고 선언했다. 그리고 집에서 기거하다 병원에서 사흘 만에 돌아가셨으니 급격한 혈압 저하로 사망하는 사람은 황홀경 속에서 가신다고. 제랑의 얘기다. 엄마는 자기의 깔끔한 성격답게 설핏 행운이 깃든 죽음을 맞이하셨을까?

2. 친구는 괴롭다.

안나, 내 친구 엄마 세례명은 안나. 예수의 외할머니, 경험상 내게 안나라는 세례명을 가진 안나들은 시간이 갈수록 곰삭은 신앙이 빛을 발휘 그 향기가 사뭇 짙다는 생각이 있었다. 어눌하게 얘기를 이어가는 친구에게서 안나 노인의 근황을 들을 때 나는 소박한 감동에 젖곤 했다.

나의 친정엄마와 동갑내기, 녹록지 않은 삶을 살아낸 노인은 아예 본당 옆에서 성당지기로 기쁜 나날을 보내고 있었다.

그러다 대문 턱에 걸려 넘어져 고관절이 나가 병원에 입원 그리고 퇴원. 여기저기 흩어져 사는 여덟 자식은 자택에서 병간호를 해야 하는 회복기의 어머니에 대해 이런저런 궁리를 서로 나누어도 방법을 찾지 못해 쩔쩔매는 모양새였다. 그러다 여유있는 내 친구가 거의 노인 간호를 떠맡은 눈치였다. 친구는 일하는 딸이 있어 손주를 돌보고 매주 시골에 가 남편 뒷바라지하는 일상을 보내던 중이었는데. 하긴 매일 노는 인생이라도 일상이 바뀌는 걸 불편치 않게 받아들일 이는 흔치 않겠지.

"다 나았는데 나 왜 안 데려가냐"는 노인의 말엔 모두들 침묵.

얼마 후 "회사가 참 좋다"며, 친구는 적극적으로 자신의 상황을 받아들여 한결 편안해진 듯한 엄마를 담담히 묘사한다. 굳이 요양원을 회사라 일컫는다고.

친구는 엄마 모시고 한 달만 밖에서 살다 왔으면 한다는 원장에게서 들은 60대 입원자의 소원을 내게 전한다. 나는 조수석에 앉아 운전하는 친구 오른쪽 귀를 향해 네 엄마의 신앙심 때문이라며 거듭 소리를 높인다.

3. 그녀는 어디 계시는가?

나는 그녀의 핸드폰에 글을 남긴다. "보고 싶어요! 선생님." 어둡고 막막한 공간을 향해 소리를 지르듯 메시지를 보낸다. 언제부턴가 핸드폰의 전원은 꺼져있다.

나는 고교 시절 영어 선생님에게서 모임을 소개받고 새벽 운동을 같이 하는 기체조 회원이 되었다. 어두운 새벽 선생님은 50분, 나는 30분 정도 산을 올라 1시간 체조를 끝내고 나면 사위가 비로소 밝아오고 우리는 새롭게 시작되는 날이 우리에게 주는 기쁨을 함께 음미했다. 백발의 단정한 몸과 마음을 가진 스승이 내게 미소를 짓고 계셨다.

봄날 미수를 기념, 스승의 나무로 이팝나무, 내 것으론 목련을 운동장 주변에 심었다. 준비한 음식을 서로 나누며 조촐한 미수 잔치를 즐기던 봄날의 화창함을 어찌 잊겠는가.

혹시 내가 회원 누군가에 대한 불만을 토로하면 스승은 그가 그렇다는 걸 인정하고 나서 그의 또 다른 이면을 나직하고 부드럽고 조심스런 음성으로 타이르듯 내게 일러 주시는 것이었다.

미수를 지내고 한 2년쯤 지났을까? 스승이 이제 할 일도 다 끝냈고 일도 없으니 그만 가는 것도 괜찮겠단 말씀을 조용히 내게 하셨다. 너 때문에 그만두려던 아침 운동을 다시 하게 되었노라는 얘기도 하셨다. 나는 말 없이 그저 스승의 손을 잡고 산을 내려갈 뿐이었다.

성경 구절을 외우면서 산을 올라오신다는 스승을 아침 운동장에서 볼 수 없는 날이 늘어나다 더 이상 만날 수 없는 날이 왔다. 누군가 아래 운동장에서 걷고 계신 스승을 보았다 하며 이젠 아침 운동을 그곳에서 하겠단 말씀을 하시더라 전했다.

4. 나라야마 부시코는 이마무라 쇼헤이 감독의 영화다.

산지가 태반 농사 지을 땅이 부족한 일본의 오지, 자손을 남기기 위해 스스로 살신성인을 해야 하는 척박한 환경의 마을이 있다. 마을엔 몇 개의 규율이 있는데 결혼은 오직 큰아들만, 남의 곡식을 훔치는 행위는 중죄, 나이 70이 되면 자식 지게에 업혀 나라야마로 떠나야 한다는 불문율이었다.

어쨌든 큰아들 타츠헤이는 어머니 오린을 지게에 업고 나라야마를 향해 떠난다. 어머니를 버리고 산을 내려오다 눈을 만난 아들은 어머니를 향해 뛰어가 큰소리로 외친다. "어머니! 눈이 와요! 어머니! 이제 좋은 곳으로 가실 수 있게 됐어요."

산에 들어가면 서로 말을 해서도 되돌아가서도 안 된다는 금기를 깬 아들을 향해 꼿꼿이 앉아 두 손을 모으고 기도하던 어머니는 어서 가라고 그저 손짓으로 아들을 쫓을 뿐이다. 내게 왜 이 얘기가 갑자기 떠오르는 걸까?

정연희 _ 생명력 분출

구자숙 _ 황혼의 미학

김정희 _ 아쿠타가와 류노스케의 등장과 나쓰메 소세키

박후자 _ 옥상 텃밭과 나의 짝사랑

안혜초 _ 시를 사랑하는 모든 이들에게

이명환 _ 율곡 이이의 노자 『순언』

오세아 _ 퇴물임을 실감하다

김현자 _ 바다와 소라 껍질의 비밀

최자영 _ 화가의 모델들

서용좌 _ 침묵

남지심 _ 나를 바라보기

류선희 _ 별을 꿈꾸며

임덕기 _ 앞서가는 계절

조연경 _ 탱고처럼 신나게 블루스처럼 달콤하게 삶 길들이기

김영두 _ 작가의 꿈

이진화 _ 손글씨

생명력 분출

— 바벨의 문명(文明)을 거슬러, 고향을 찾아가는 연어가 되어

정연희

소설, 국문 58

글을 쓰는 진정한 의미는 생명력의 분출이다. 각기 다른 빛깔을 지니고 태어나, 일상과 한 생애의 감성과 사상을 표현하지 않고는 견디지 못하는 생명표출이다. 그 자신만의 정직한 생명표출이다. 모방이나 장식(裝飾)으로 얻을 수 없는 인간의 본연의 절대 가치다. 그것이 바로 시(詩) 소설(小說)등 문사들이 목숨 걸고 가는 길이다. 타고난 사람도 있고, 더러는 뜻을 세워 그 길로 들어서기 위해 천신만고 각고 끝에 자기만의 목소리를 만드는 사람도 있지만— '글은 곧 그 사람이다' 했듯이, 글은 정직한 영혼의 고백이다. 자신을 위해 진솔한 자신을 찾아가는 싸움이다. 자신의 영혼을 자신에게 찾아주기 위한 치열한 싸움이다. 더러는 도락(道樂)으로 글을 쓰는 경우도 없지 않고, 간단히 즐기기 위한 경우도 없지않겠지만, 글을 도락을 삼는다는 것은 쓰일 일 없는 칼을 계속해서 숫돌에 갈 듯이 삶과 생명을 낭비하는 낭비다.

자신의 영혼을 향하여 소리 없는 함성이 솟아오르거나, 절망적인 골방의 침묵에서 터져 나온 소리만이 자신도 구하고, 누구인가 나와 닮은 한 사람에게 위로와 용기, 혹은 구원의 길을 제시할 수 있는 길잡이가 될이

다. 삶에 아류가 있을 수 없듯이 글에도 아류란 존재할 수 없다. 치열하고 처절한 자신과의 싸움에서 이기는 자가 세상에 둘도 없는 글을 남긴다.

무슨 이런 일이? 그냥 저냥 살고 있는데, 이웃들이 서둘러 나에게 등단 60주년(2007년)이라고 흔들어 일깨워 주었다. 어쩌자고… 어쩌자고 이렇게 늦게까지 세상 눈치 보는 일 없이 계속 글을 써가며 살아왔는지— 스스로에게 어리둥절, 황당하기까지 했다. 등단 60년이라니! 이것이 한 매듭이라면 이제 나는 어디를 향해 어떻게 새 출발해야 하는가. 새로운 각오를 어떻게 해야 할는지 시작이 보이지 않아 오랫동안 뒤채였다. 이승에는 얼마를 더 머물 수 있겠는지, 기력이 얼마만큼 남아, 하고 싶은 일을 계속할 수는 있을는지—

당초 나의 글쓰기에, 무슨 특출한 사명감이이 있었거나 작가연(作家然)할만한 계기가 있었던 것도 아니다. 전쟁, 재난, 사고(事故), 무함(誣陷), 까닭모를 핍박에 빠져 허우적거리면서 살아남아야 했던, 어쩌면 인간의 출생 자체가 형벌이라는 결론 앞에서 찾아낸 삶의 방편이 글쓰기였다. 일제 말엽, 국가도 없고, 우리말 우리글을 쓸 수 없던 시대에 태어나, 어머니의 치마폭에 쌓여 우리나라 작가들의 소설을 엿들어가며 자랐다. 독립된 나라의 시민이 되었는가 싶었을 때, 참담한 전쟁에 휩쓸린 것이 열네 살 때다. 하늘 뒤집히는 살육, 파괴, 가난, 폐허 위에서, 실종된 삶의 의미를 가까스로 이어가면서, 내가 겪은 비극을 스스로에게 증언하기 위해 글을 쓰기 시작한 것이 단순한 일기(日記)였다.

인습(因襲)에 목맨 결혼, 자유를 획득하겠다고 전신에 낭자하게 피 흘리며 이혼을 감행했던 탈출, 그 어떤 역할(役割)에서도 삶의 의미를 찾을 수 없이, 그렇게 광야(曠野)에 홀로 그림자를 느리고 세워진, 철저한 단독의 자리에 이르렀을 때, 비로소 근원적인 질문이 머리를 들었다. 나는 누구인가? 어디서 왔으며 어디로 가고 있는가? 내 그림자 하나뿐인, 광야에 홀로 세워지고서야 비로소 존재는 눈을 떴다. 생명 순리(順理)를 거역한 죄(罪)가 실존이었다. 허무의 심연, 답(答)이 들리지 않는 절망의 자리에 세워진 자신의 몰골이 비로소 어렴풋이 보이기 시작했다. 생명의 풀 한 포기 없는 것처럼 보이는 광야(曠野)에서 만난, 자연, 이웃, 세계, 사물이 있고, 해와 달과 바람과 별이 보이는 관계형성의 빛이 열렸다. 빛의 출처는 '그분'이었고, 그 빛 가운데서 진정한 내면의 소리를 들을 수 있는 영혼의 귀가 열렸다. 외로움을 달래기 위해서가 아니라 생명의 진액(津液)을 찍어 쓰는 작업의 시작이었다.

하지만 현실이라는 갈등 구조는 언제나 새로운 얼굴의 적(敵)으로 나타난다. 칼이 칼을 죽이고 총알이 총알을 죽이던 포화의 전쟁양상(戰爭樣相)이, 냄새도 없고 손에 닿는 것도 없는 핵무기의 위협이 일상화되고, 하늘 끝 모르고 쳐 올라간 문명(文明), 편리로 인류를 절정으로 끌어올린 바벨탑이 인류의 성공을 구가하고 있지만, 인간의 영혼은 IT 산업의 노예로 전락, 핵 에너지, 유전공학 앞에서 통제력을 잃고 벼랑 끝에 세워졌다. 윤리는 실종, 속도(速度) 문화의 칼날이 머리 위에서 번쩍이고, 쾌락의 노예로 전락(轉落)해 가는 도덕적 타락, 이웃이 없어진 사회, 인공지능이 종이책을 죽이고, 소설과 서사(敍事)를 죽인다는 절망적인 신음이 곳곳에서 터져 나오고, 격변의 소용돌이는 지구몰락을 재촉하는 환경파괴에다, 글로벌이라는 이름으로 자유시장 경제체재의 구조로 문화상업주의 패권까지 틀어쥐는 상황에 이르렀다.

과학문명의 속도가 줄기세포를 이용해 인간의 온갖 불치병을 해결해 주고, 어쩌면 영원히 주검을 만날 일이 없는 기이한 인간을 만들어내는지도 모를 단계에 이르렀다. 디지털은 아날로그를 폐기했고, 인간은 속도의 삶

속에서 정신없이 바쁠 뿐, 자신들의 삶이 실종된 것도 모르고 끝없이 달리고 달린다. 인간타락은 통제불능의 속도로, 인간이 세들어 살고 있는 지구를 파괴하고 있다. 〈인간이라는 병적 존재가 지구 전역에 퍼져 지구가 병을 앓고 있다〉고 일갈하는 주인공은 '제임스 러부록'이나, 〈지구 생물 중에 인간이 가장 포악한 포식자(捕食者)!〉라고 단정 짓는 '존 그레이'의 주장을 반박할 자료가 전무한 상황에서, 인문학이나 소설은 무슨 역할을 할 수 있을 것인가? 이런 상황 어디서 생명의 주제(主題)를 찾아낼 것인가. 어떻게 붓을 들어 무엇을 써야 할는지 막막하다.

〈인간은 동물에게는 없는 신념(信念)이라는 것이 있다〉고 주장한다. 그것이 신앙(信仰), 학문, 더러는 예술에서 '정의(正義)'를, 시간을 초월한 도덕적인 영원성으로 해석되어 왔다. 하지만 나폴레옹, 스탈린, 히틀러 마오쩌뚱 등의 대량 학살도 그들의 신념이었다. 스탈린은 1,300만 명, 마오쩌뚱 등은 650만 명을 학살, 히틀러의 유대인 600만 명 학살에다, 캄보디아의 폴포트는 캄보디아 인구의 4분의 1에 달하는 사람을 학살하고도 한동안 멀쩡하게 살아남았다. 일본이 중국 난징에서 30여만 명을 학살한 기록과, 식민지에서 어린 여성들을 성노예 위안부(慰安婦)로 끌어간 잔학성이 2차 대전의 역사였다.

역사학자 '윌 듀런트'는 인류 역사상 전쟁이 없었던 햇수는 29년간 뿐이이었다고 기술했다. 그런가 하면 종교가 다르고 생각 한 가닥이 다르다는 이유로, 같은 종족이나 한 나라 안에서 벌어지는 살상도 전쟁 못지않게 잔혹하다. 1990년, 수단에서는 토속신앙을 이어가던 사람들과 기독교인들 간의 갈등으로 2백만 명이 목숨을 잃었고, 콩고의 내전(內戰)에서는 3, 4백만 명이 목숨을 잃었고, 르완다에서도 인종 학살이 참혹하게 이어졌다.

시(詩)가, 소설이, 인문학이, 이 참상 앞에 무엇으로 남겨질 것인가. 〈근래의 작가들… 그들은 〈그저 글을 계속 쓰고 있을 뿐, 아무 일도 일어나지 않았다〉 '마가렛 드레블'의 탄식이다. 사회의 모든 구조가 시장(市場)에 아첨해야 하는, 그래야만 생존이 가능한 세대가 되었고, 오락용 현시용으로 전락해 가는, 문학에 대한 그의 절망적 탄식이다.

하지만 삶은 신비다. 인간의 유전 인자에서 서사(敍事)의 뿌리가 없어지지 않는 한, 인간의 삶이 풀어내는 이야기는 고통스럽고도 아름다운 신비다. 연어가 알을 낳기 위해, 전신을 찢겨가며 물살을 거슬러 상류로 올라가듯, 인간의 영혼에게는 그렇게 본연(本然)의 고향을 찾아, 이 거대한 바벨의 문명을 거슬러 올라가야 할 생명윤리가 아직은 살아있다. 바벨의 문명을 거슬러 영혼의 고향을 찾아가는 연어들이 아직은 남아있다. 그 저항의 물살이 자신에게 다가올 때, 그때에 사람들에게 영혼의 속삭임을 들을 수 있는 귀가 열릴 것이며, 영혼의 고향길을 함께 갈 사람들이 함께 노래할 날이 올 것이다.

인류 앞에 등장할 로봇이 아무리 뛰어난 기능으로 인간 능력을 위협한다 해도, 디지털 세상이 인간 두뇌를 2억 배 3억 배 뛰어넘는 계산 재주를 과시한다 하여도, 기계가 영원히 빼앗지 않을 영역(領域)은 인간의 뜨거운 가슴이다. 영혼이 흘리는 눈물, 슬픔으로 찢어지는 가슴, 처절하게 울부짖는 기도(祈禱)를 능가하지는 못할 것이다. 사람이 사람을 향하여 갈망하는 애절한 사랑을 흉내 내지는 못할 것이다. 인간의 영혼을 일깨우고, 불의(不義)와 악의 정체를 밝혀내고, 고통을 추슬러 새로운 힘과 속도로 일어서게 할 수 있는 힘, 그것은 오직 인간에게 부여된 사랑과 생명진리를 수호해야 할 의무이기 때문이다.

'인공지능이 종이책을 죽이고, 소설과 서사(敍事)를 죽인다!'는 절망적

신음이 들리지만 나는 오늘도 소설을 쓴다. 독자가 저자(著者)인 나 자신뿐이라 하여도 나는 이 작업을 중단하지 않을 것이다. 인간의 유전인자에서 서사(敍事)의 뿌리가 없어지지 않는 한, 인간 삶이 풀어내는 서사는 아프고도 아름다운 신비이기 때문이다. 인류는 결코 인공지능의 속도에 쫓기다가 끝나지 않는다. 전자매체 위에 뜨는 가상현실에 질릴 때가 곧 닥칠 것이다. 그리고 영혼의 고향을 찾듯 종이책을 찾을 날이 반드시 올 것이다. 게임에 홀려 “죽여! 죽여! 눌러! 눌러!” 만으로 후두엽을 혹사하는 단순성에 숨 막힐 때가 올 것이다. 매일 매 순간 휴대폰에 얼굴을 틀어박고 살아가는 우리, 대자연의 경고에 등을 돌렸던 허망한 속도 앞에서 화들짝 놀라, 인류 멸절(滅絶)의 공포를 알아보는 영혼이 열릴 것이고, 윤리 재생 회복의 길을 찾는 지혜의 눈이 열릴 것이다. 그리고 회오(悔悟)의 글, 인류 죄상(罪狀)을 고백하는 문사(文士)가 나타날 것을 믿는다.

황혼의 미학

구자숙
수필, 국문 60

매월 첫째 주 화요일은 독서의 모임이 있는 날이다. 안젤름 그륀의 《황혼의 미학》에 대한 포럼이 있어 명동 바오로 서원 4층 미디어 교육방으로 갔다. 이날은 여고 동창생들이 독서를 시작한 지 20년이 넘었다고, 우리들을 취재하기 위해 낯선 손님이 와 있었다. 기자는 우리에게 어떻게 오랜 동안 이런 독서 포럼으로 이어온 특별한 계기가 있었는지, 각자의 생각을 듣고 싶다고 했다.

"오랜 세월 계획은 전혀 없었으나 한 달에 한 권씩 책을 읽으며 모임을 갖다 보니 어느덧 20년이 흘렀네요." 기자 앞에 앉아있던 J의 말이다.

"우리 나이에 책 읽기 힘들어요. 그런데 우리가 뭔가를 할 수 있다는 것이 기쁘며, 손자 손녀들에게 공부하는 할머니의 모습을 보여줄 수 있어 뿌듯하지요." 남편이 레지오 단원으로 활동하는 소식을 가끔 알려주는 R이 흐뭇한 표정으로 대화를 이었다.

"학창 시절로 돌아온 기분이에요 친구가 좋고 책이 좋으니 안 올 수 없죠." 성가대 반주를 하는 친구가 웃으며 표현하자, "밥 먹고 수다만 떨다가 헤어지는 모임에서는 찾아볼 수 없는 독서회의 마력이 있답니다." 포럼

이 시작될 때 그달의 읽은 책 내용을 요약해서 말해주기도 하는, 암기력이 뛰어난 Y 회장이 맑고 낭랑한 목소리로 힘 있게 말하자 분위기가 정중해졌다.

"이 모임이 이 모임에 팔방미인 친구 A가 있어요." 그 친구는 20년간 읽은 책의 내용을 깨알 같은 글씨로 기록하는 것이 취미라고 덕담이 나오자 모두들 A를 바라보며 고개를 끄덕였다.

"나는 어느 달에는 무슨 책을 받아왔는지 책 이름조차 잊을 때가 있고, 받은 책을 읽지 못하면 모임에 나가고 싶지 않을 때가 있어요. 그러나 운좋게 그 친구가 나의 이웃에 살기 때문에 자주 만나 이야기를 하면 용기도 생기고 든든하고 독서회 날을 기쁘게 기다리게 됩니다." 다른 친구들에게 꾸준히 이 용기를 주는 그는 신앙으로 모였기에, 다른 모임과 달리 서로 마음 상하는 일도 없고 가족적인 분위기라 우선 마음이 편하다고 하니, 모두 기다렸다는 듯이 입을 모으며 박수를 쳤다.

"실은 이 모두가 이십여 년 한결같은 정성과 사랑으로 우리들의 영적 지도와 좋은 책을 선정해 주신 김마리아 수녀님께서 이끌어 주신 덕분입니다."라고 내 생각도 솔직히 말했다.

기자가 자리를 뜬 후에 김 수녀님은 《황혼의 미학》 내용에서 노년을 아름답고 행복하게 보내기 위해서는 고도의 기술이 필요하다는데, 우리도 이 책을 읽은 후 특징이나 기억에 남는 이야기들을 서로가 자유롭게 토론해 보자고 하셨다. 《황혼의 미학》 첫 장에 있는 발리섬의 전설이 인상적이었다.

산속 한 마을에 노인을 제물로 바친 다음 먹어버리는 습관이 있었다. 그러다가 노인이라곤 한 사람도 남지 않게 되었고, 대대로 내려오던 관습은 사라졌다. 그러던 어느 날 마을 주민들은 그들이 다 모일 수 있는 큰 집을 짓기로 하고 나무를 베어냈다.

그런데 통나무의 아래 위를 구별할 줄 아는 사람이 한 명도 없었다. 대들보를 거꾸로 세우면 집이 무너져 죽을 수도 있었다. 그때 어떤 젊은이가 더 이상 노인을 잡아먹지 않겠다고 약속한다면 해결책을 내놓겠다고 제안하자, 다들 흔쾌히 약속했다.

젊은이는 오랫동안 숨겨놓았던 자기 할아버지를 모시고 나왔다. 그리고 노인은 통나무의 아래 위를 구별하는 법을 가르쳐주었다.

이 전설은 과거 어느 때보다도 더 현실적으로 들리며, 우리도 노인들을 제물로 바칠 위험에 빠져 있는 게 아닌가 싶다. 사회가 고령화되고 있다고 입을 모아 한탄하는 이 시대에 발리섬의 전설은 노인들이 이해타산의 희생제물이 되어서는 안 된다는 것을 일깨워 준다.

우리에게도 삶의 조각들을 어떻게 짜 맞출 수 있는지, 공동체와 사회를 받쳐줄 견고한 집을 어떻게 지을 수 있는지 가르쳐 준다. 만일 지혜로운 노인들이 사라진다면 우리 사회는 무엇이 바른가를 가늠하는 능력을 잃게 되지 않을까.

《황혼의 미학》에서 노년은 육체와 정신의 힘이 약해진다는 것을 받아들이고 혼자 있는 습관을 익히라 한다. 세상과 사람들에게 기대하는 대신 내가 그들에게 관심을 기울여야 한다는 것을 강조한다. 노년기에 갖추어야 할 덕목이 책 속에 녹아 있어 삶에 활력소를 얻었다.

독서회원은 모두 스무 명으로 187회 모임을 가졌다. 신앙 서적을 좀 더 깊게 읽어보자는 취지로 김마리아 수녀님과 인연을 맺은 뒤 매월 한두 권씩 이제까지 읽은 책이 삼백여 권이다. 더러는 학교에서 얼굴만 익혔던 동창이지만 세월이 흐르고 크고 작은 아픔들을 나누면서 십년지기가 되었다. 동창 모임은 시간이 갈수록 더 기다려진다. 이렇게 책을 가까이하다 보니 손자들이 나를 부르는 호칭도 달라졌다. 놀이터에 갈 때 책을 들고 따라가는 내게 책할머니라고 이름을 붙인다.

책이 좋아서 시작한 신자들의 모임이지만 개신교나 불교 신자도 종교와 관계없이 우정을 나눈다. 몇 명은 독서회를 수필가와 소설가로 등단하는 기쁨을 맛보기도 하고, 몇 명은 영세하여 은총에 기쁨을 나누고 있다. 앞으로 계속 우정과 신앙의 영적 교류를 나누는 아름다운 모임으로 계속될 것이다.

아쿠타가와 류노스케芥川龍之介의 등장과 나쓰메 소세키夏目漱石

김정희
평론, 불문 63

1915년 12월, 아쿠타가와 류노스케(1892~1927)는 도쿄대학 영문과 재학 중 당대 최고의 문호 나쓰메 소세키(1867~1916) 자택에서 열리던 '목요회'에 참석해 그의 문하에 들어갔다. 소설가 스즈키 미에키치, 평론가 아베 지로 등 당시 문단 중견들과 문하생 아쿠타가와 류노스케, 구메 마사오 등이 목요일 저녁마다 스승 소세키를 둘러싸고 밤늦도록 문학상의 담론을 펼쳤다. 류노스케는 소세키 몸에서 방사되는 '인격적 마그네티즘'에 사로잡혀 창작열이 한층 높아져 갔다. 류노스케가 소세키 집을 방문하여 직접 가르침을 받은 것은 1년 정도의 짧은 기간이었지만, 이 위대한 스승에게서 류노스케는 작가로 출발할 찬스를 얻었다. 「소세키 산방의 겨울」은 소세키 집을 방문했을 때 느꼈던 몇 개의 추억을 쓴 수필이다.

1916년 2월 제4차 《신사조》 창간호에 류노스케의 「코鼻」가 실렸을 때, 졸업 논문 때문에 목요회를 결석한 그에게 소세키는 사랑이 넘치는 편지(1916. 2. 19)를 보냈다. "매우 재미있다. 문장이 요령 있게 잘 정리되었다. 문단에 유례없는 작가가 될 수 있다."라는 격찬이었다. 류노스케 앞에는 장밋빛 새벽이 기다리고 있었다. 그는 당시의 심경을 유고가 된 『어느 바보의 일생』 중 「새벽」에 쓰고 있다. "밤은 차츰 밝아왔다. 그는 어느새 거리 모퉁이에 있는 넓은 시장을 바라보고 있었다. 시장에 모인 사람들이나 수레는 모두 장밋빛으로 물들기 시작했다. (중략) 시장의 한가운데 있는 플라타너스 한 그루가 사방으로 가지를 뻗고 있었다. 그는 뿌리에 서서, 가지 너머로 하늘을 쳐다봤다. 하늘에는 마침 그의 머리 위로 별 하나가 빛나고 있었다. (하략) 선생님을 만난 지 3개월째였다."

류노스케는 1916년 9월호 문예 잡지 《신소설》에 소세키가 인정한 「코」로 문단에 데뷔, 떠오르는 별이 되어 같은 잡지에 「마죽芋粥」을 발표, 호평을 받았다. 10월 《중앙공론》에 「수건」을 발표, 문단에 화려하게 등장했다.

대학을 졸업한 여름, 류노스케는 「마죽」에 매달려 악전고투 중이라고 편지로 스승에게 호소할 때, 소세키도 장편 『명암明暗』 집필 중이었다. "부디 훌륭한 작가가 되어주세요. 그러나 무턱대고 조급해서는 안 됩니다. 그저 소처럼 묵묵히 앞으로 나아가는 것이 중요합니다"라고 답(1916. 8. 24)했다. 문단이라는 큰 바다로 나가는 제자에게 주는 최선의 작별 인사였다.

「코」는 고대 헤이안 시대의 방대한 설화집 『금석 이야기今昔物語』에서 얻은 소재를 현대적 주제로 재구성, 주인공의 흔들리는 마음에 현대인의 심리를 담은 작품이다. 「그 시절의 나(삭제분)」에서 "당시 쓴 소설은 「라쇼몽羅生門」과 「코」였다. 나는 반년 전부터 연애 문제로 혼자 있으면 마음이 울적해져 현실과 떨어져, 될 수 있는 한 유쾌한 소설을 쓰고 싶었다."

「코」의 주인공, 젠치 나이구 큰스님은 코가 입술을 덮을 정도로 길어서 늘 괴로웠다. 코를 짧게 할 방법을 시도한 끝에, 끓는 물에 코를 삶아 제자가 그 코를 밟도록 하여 보통의 형태가 됐다. 만족했지만, 그 후 절 안팎 모두가 힐끔힐끔 그를 쳐다보고 슬며시 웃다가 나중에는 풋 하고 참았던 웃음을 터뜨렸다. 그는 코가 길었던 때를 떠올리곤 '지금은 비천해진 사람이 드날리던 그 옛날을 그리워하듯' 침울해지곤 했다. 큰스님은 승려와 속인의 비웃는 태도에서 방관자의 이기주의를 느꼈기 때문이었다.

“인간의 마음에는 서로 모순되는 두 가지 감정이 있다. 물론, 누구라도 타인의 불행에 동정하지 않는 사람은 없다. 그런데 그 사람이 불행을 어떻게든 극복하고 나면 이번에는 뭔가 아쉬운 듯한 마음이 든다. 조금 과장해서 말하면, 다시 한번 그 사람을 똑같은 불행에 빠뜨리고 싶은 마음조차 갖게 된다.” 큰스님이 그런 주위의 시선에 못 견디어 차라리 원래 코가 좋았다고 생각한 다음날 아침, 코는 다시 길어지고 동시에 상쾌한 기분도 되살아났다.

「코」의 젠치 나이구는 덕과 지위가 높은 큰스님임에도 불구하고, 코에만 집착해 애태우며, 남의 시선에만 신경 쓰는 모습이 재밌게 표현되고 심약한 자아에 대한 신랄한 비평은 감춘, 유머러스한 단편소설이다. 그는 당시 주목받지 않았던 『금석 이야기』에서 착안, 거기서 소재를 얻는 독특한 재기를 발휘하여 지적이고 경쾌하게 구성했다. 장편소설 『명암』에서 인간의 에고이즘의 업보를 파고들었던 소세키는, 그 업보를 발랄하게 다룰 수 있는 류노스케의 재능에 매료당했다. 일본 문학계는 『명암』을 소세키 문학 최고 작품으로 평한다. 그는 인간의 내부에 깃들인 에고이즘이나 개인 문제 등을 계속해서 추구했다. 『명암』은 소세키가 1916년 5월부터 《아사히신문》에 연재한 소설이다. 그는 연재 도중, 위궤양 악화로 12월 9일 사망했다. 그의 나이 49세였다.

류노스케는 대학 졸업 후, 11월 말 해군기관학교 영어교사로 취직, 가마쿠라로 이사했다. 10일 후 ‘나쓰메 소세키 사망’ 전보를 받고 도쿄의 장례식장으로 달려갔다. 그는 제자의 한 사람으로 장례를 거들며, 접수처에서 많은 명사를 만났다. 류노스케는 1918년 10월 《신소설》에 「메마른 들판枯野抄」을 발표했다. 이 작품은 하이쿠의 성인 마쓰오 바쇼(松尾芭蕉 1644~1694) 임종에 모인 바쇼 문하 10명 제자들의 심리나 감정을 꾸밈없이 묘사한 역작으로 소세키 죽음과 제자들을 연상시키고 있다.

"제자 죠소는 바쇼의 숨결이 가늘어지자 끝없는 슬픔과 동시에 안도감이 느껴졌다. 죠소의 평안한 마음은 바쇼의 인격적 압력에 굴복했던 그의 자유로운 정신이 오래간만에 펼쳐지는 해방의 기쁨이었다. 그는 이 황홀하고 슬픈 기쁨에서 입가에 희미한 미소를 띠며 공손하게 바쇼의 임종을 지켰다."

류노스케가 소년 시절부터 알고 있었던 제자 죠소에 대해서는 자세히 묘사했지만 가장 중요한 바쇼의 내면은 모르는 채 끝나 버렸다. 그렇듯이 제자의 이기주의만을 강조했다. 류노스케는 『어느 바보의 일생』 중, 「선생님의 죽음」에서 "비가 그친 뒤, 바람은 인부들의 노래와 그의 감정을 찢어놓았다. 그는 담배에 불도 붙이지 않고 환희에 가까운 아픔을 느끼었다. '선생님 위독'이라는 전보를 외투 주머니에 쑤셔 넣은 채……."

25세의 류노스케에게, 소세키 죽음은 큰 타격이었다. 《신사조》는 1917년 3월, '소세키 선생님 추모 호'를 편집 간행했으나 이후 폐간했다.

1917년 5월 류노스케는 제1단편집 『라쇼몽』을 간행했다. 『라쇼몽』 출판은 류노스케의 존재를 문단에 확실히 각인시켰다. 잡지나 신문사의 원고 청탁이 경쟁적으로 쏟아졌다. 그는 쓰고 싶은 작품이 너무나 많았고, 표현 의욕도 용솟음쳤다. 류노스케는 인기 작가가 되었다. 『라쇼몽』은 2013년 4월부터 일본 고교 1학년 국어 교과서 필수 과목으로 수록되었다.

다이쇼大正 문단 대표작가인 아쿠타가와 류노스케는 나쓰메 소세키의 '개인주의적 합리주의' 영향을 받아 이지적인 작풍을 지향해 인생의 현실을 냉정히 직시하고 그 모순을 지적하였다. 류노스케는 소설의 본질은 소세키류의 리얼리티가 풍부한 허구라 생각해, 사소설(작가의 사생활을 작품화) 전성기인 다이쇼 시대에 사소설을 거부했다. 그러나 다작, 급작, 소재 부족과 매너리즘에 빠진 결과 그는 끝까지 예술지상주의에 철저할 수는 없었다.

1926년 10월, 잡지 《개조》에 발표한 「점귀부點鬼簿」에서 류노스케는, "내 어머니는 광인이었다. 나는 태어나서 어머니의 광기로 인해 외삼촌의 양자가 되었다."라고 뼈아픈 고백을 했다. 광기의 유전에 대한 공포는 류노스케의 자살을 재촉했다. 그는 1923년 1월, 잡지 《문예춘추》에 연재한 「난쟁이의 말」에서 "인생의 비극 제1막은 부모 자식으로 맺어지는 것에서 시작되고 있다. 유전, 환경, 우연 — 우리의 운명은 그 셋이 결정한다."라고 했다.

문단의 작가들은 류노스케도 결국 사소설을 쓰게 됐다고 했다. (점귀부는 망자 이름, 법명, 사망 연월을 쓰는 장부이다.)

옥상 텃밭과 나의 짝사랑

박후자
시, 국문 64입

삼십여 년 전 집을 지을 때 옥상에 두어 평 밭을 만들었다.

그 조그만 땅에 고추 상추 시금치 같은 푸성귀를 심었다.

해마다 새 생명이 싹터서 자라나는 기쁨도 컸지만 못지않게 힘든 일이 생겼다. 나날이 늘어나는 잡초와 벌레와의 싸움이었다.

여행을 다녀오는 바람에 며칠 물을 주지 못했다. 마음이 급해서 새벽에 물을 주러 올라갔더니 잡초가 열무와 상추 사이를 비집고 들어와 주객이 전도되고 있는 게 아닌가.

유기농법을 한답시고 비료를 주지 않아서인지 밭은 윤기도 없고 엉망이었다.

우선 호미로 잡초를 뽑는데 뿌리가 얼마나 깊은지 양팔이며 가슴으로 흙투성이가 되어 내려왔다. 그런데 이게 웬일일까.

온몸이 가렵고 양쪽 팔과 가슴이 벌레에 물렸는지 북두칠성 같은 모양을 그리며 빨갛게 부풀어 올랐다. 물파스를 발라도 그때뿐 손을 댈수록 가려움증이 심해졌다. 어쩌면 풀잎에 진딧물, 벌레들이 내게 말을 걸어온 것은 아닐까. 가려움에 시달리면서도 엉뚱한 생각이 들었다.

긴긴 날 아무도 찾지 않아 마치 버림받은 것 같아 너무 외로웠다고…

연신 긁으면서 가려움증같이 불편한 나의 짝사랑, 문학을 되돌아보게 되었다.

옥상에 텃밭을 만들 즈음 문화센터 시 창작반에 등록했다

오래 모시고 있던 시어머님과의 시간, 크게 어려움은 없다 해도 어떤 한계점에 도달하게 되어 돌파구를 찾고 싶었던 것 같다.

학창 시절에도 책 읽기를 좋아하여 소설과 철학 서적을 즐겨 읽었지만 내가 무엇을 쓰는 작가가 된다는 생각은 하지 않았다. 그런데 갑자기 내딛은 그날의 외출이 나의 짝사랑으로 남을 줄은 미처 몰랐다.

결혼 후 살아가는 이유에 대한 의문이 생기고 내 자신의 본모습이 알고 싶었다.

아니 세상에 대한 그리움이라고 해야 옳은지도 모른다. 그래서 저지른 나의 행동으로 많은 시간 시의 이론을 공부했으나 한 편의 시를 쓰기 위해서는 내가 배운 시론을 파괴하고서야 나만의 작품을 쓸 수 있어 허탈했다.

평범한 삶 속에서 내가 쓸 수 있는 것은 역시 평범할 수밖에 없어 인생의 적나라한 까발림도, 깊은 현실 탐구도 없이 막연히 꿈꾸는 아름다운 세계 아니면 자책의 고백서였는지 모른다는 생각에 늘 아쉬웠다.

이 모두는 나의 모자람에 대한 변명에 지나지 않지만 그래도 이렇게 가려움증같이 불편한 문학을 짝사랑하며 시를 쓸 수밖에 없는 이유는 무엇인가 자문한다.

지루하고 상투적인 일상에서 한 편의 시를 완성했을 때의 해방감은 혼자만이 누리는 뿌듯함이고 기쁨이다.

비록 내 작품의 완성도가 떨어질지언정 같은 목적으로 만나는 시인들과의 만남은 새로운 즐거움이었다. 무엇보다도 다른 사람의 좋은 작품을 읽으며 내가 경험하지 못한 인생을 간접 체험하며 느끼는 감동은 문학을 사랑하기에 충분했다.

나의 내향성과 싸우고 나의 무기력과 싸우면서 나를 들여다볼 수 있는 거울은 글쓰기뿐인 것 같아 텃밭같이 초라한 나의 영토를 지키며 불편함을 즐긴다.

몇 년 전 세 번째 시집을 출간할 때 「그네」라는 시로 어머님께 사죄하는 나의 간절한 마음을 쓴 시가 있다

그네

눈은 멀리 보고
발은 힘차게 내밀어라
어릴 적
그네타기 무서워 움츠리는 내게
어머니가 하신 말씀
오늘
느려지는 생의 그네 줄을 잡고
아직도 앞만 보는 눈과
떨리는 다리로 발을 구르네요
어머니
어쩌면 좋을까요
한 번도 닿아보지 못한
저 푸른 하늘을.

언제나 나를 믿고 내 편이셨던 하늘나라의 어머니는 나에게 무어라고 말씀하실까.

최근에 읽은 이성복 산문집의 글이 생각나 숙연해진다.

'내가 이 세상에 태어난 것이 나의 잘못이 아니듯이 허락되지 않은 재능으로 인한 변변찮은 결과는 내 탓이 아니다. 그러나 희망이라는 구멍 앞에서 망설이거나 물러나는 것은 전적으로 내 잘못이다.'

시詩를 사랑하는 모든 이들에게

— 여덟 번째 시집 『푸르름 한 줌』을 내며

안혜초

시, 영문 64

삶과 꿈을 가꾸는 詩의 집 한 채를 여덟 번째로 정성껏 만들어 냅니다.

2013년 11월 『詩쓰는 일』에 이어 꼭 10년 만이기에 그만큼 감회도 깊고 조심스럽기도 합니다.

일곱 번째 시집 이전까지만 해도 평균 5년쯤이면 시집 한 권의 분량이 되기도 했는데 10년 가까이 쓰는 일보다 문단활동을 더욱 열심히 하는 등 이런저런 늦어질 만한 사연이 있다할지라도 한 켠 자책감이 들기도 합니다마는, 여기 태어난 詩들은, 한 편 한 편 더러는 눈물겹기도 한 意志의 소산물입니다.

이 시집의 대표작인 「푸르름 한 줌」을 실어봅니다.

푸르름 한 줌

1.

어떻게 떨구어진 풀씨였을까

누구의 손길에 의한 풀씨였을까

앞으로 뒤로 옆으로 위로
가도가도 보이는 것은 오직
석회용암으로 빚어진 돌기둥과
돌고드름 돌벽천지의
워싱턴 근교 루레이동굴….
지구촌 동굴 중에서 으뜸으로
크고도 볼거리가 많다는
기기묘묘 기기묘묘
황홀하고도 신비스럽기
그지없는 대자연의 축제
사람의 솜씨로는 도저히
흉내낼 수 없는 또 하나
신神의 경이로운 걸작품….
천년만년 그 모습 그대로
죽어서 죽어서 침묵으로
웅변하고 있는 태고 이래의
아우성에 나 또한 현기증이
날 듯 말을 잃어 가는데
저것 봐! 남편이 가리키는
손가락 저 끝에 파릇파릇
푸르름을 더 해가고 있는
풀잎 한 무더기

2.
어디서 스며나온 물기였을까
누구에 의한 물이었을까

방울 방울 신神의 땀방울로
다져진 듯한 둥그러운
쟁반 크기의 바위구덩이에
한줄기 인공형광등 불빛이
따스로이 따스로이 감싸안고
만들어 내는 그 눈물겹도록
갸륵한 새싹키우기!
눈부신 생명의 작업!
사람들은 그런걸 가리켜
희망 또는 소망이라
일컬음 하곤 하느니
이십 년이 더 되어가는
해와 달 사이
바람과 구름 사이
내 가슴 속 깊이
아직도 시들지 않은 채
파릇파릇 피어나곤
하는 푸르름 한 줌!
—「푸르름 한 줌」 전문

일 년에 몇 편을 태어나게 했건 간에 시인은 늘 시와 함께였습니다. 시와 함께 깨어나고 일하고 오가며 시와 함께 웃고 울며 아파했습니다. 詩의 어미로서 순산이건 난산이건 이 세상에 태어나 햇빛을 보게 된 나의 詩 한 편 한 편에게 뜨거운 축하의 입맞춤을 보냅니다.

무엇보다 저를 이 세상에 태어나게 하시고 이제까지 지켜주시고 돌봐주시는 주 하나님의 무한하신 은총에 무한 감사드리면서, 첫 손녀라 하여 '첫 은혜'라는 뜻의 惠初라는 이름을 지어주신 저의 친조부님 民世 安在鴻(일제하 민족지도자, 언론인, 사학자) 靈前에, 그리고 7남매를 낳아 키우시느라 고 시인의 꿈을 이루지 못하신 채 하늘나라에 가 계신 어머님과, 그리도 아끼고 사랑하시던 문학소녀, 이 딸의 제1회 추천시가 실린 《현대문학》 1967년 1월호를 1966년 12월 크리스마스 선물인 양 사들고 오셔서 기꺼워 어쩔 줄 몰라 하시던 하늘나라 그 아버님께 이번 시집도 제일 먼저 고이고이 안겨 드립니다.

그리고 마지막으로 그간 세월 알게 모르게 도움이 되어주신 그 모든 분들께 이 자리를 빌려 진심으로 감사드립니다.

율곡 이이의 노자 『순언醇言』

이명환
수필, 영문 64

49세에 세상 떠난 율곡(1536~1584)이 45세에 펴낸 책 『순언』은 율곡으로서는 암울한 당대의 조선에 마지막으로 던진 회심의 사자후는 아니었을까. 사자후라니! 주위에서 온통 탐탁잖아 만류하는 분위기에서 율곡은 한마디 변명도 없이 묵묵히 『순언』의 집필을 마쳤다. "노자의 본래 취지가 아니요, 구차하게 일치시키는 혐의가 있다."는 친우 송구봉의 비판적 지적에도 불구하고 왜 『순언』을 저술했던 것인지 나는 그 복잡한 속내를 알 것 같다. 그래 그런지 내게는 이 자그마한 책에서 율곡 선생에게로 향하는 나의 순심(順心)이랄까 그런 게 느껴진다. 가난에 찌든 비참한 대중의 보다 나은 삶을 위해 일심으로 선조에게 간(諫)한 『동호문답』 『성학집요』 『경연일기』 『만언봉사』, 초학자의 교육 지침서인 『격몽요결』 『사서소주』 등의 저서들보다 율곡의 인간에 대한 따뜻한 사랑을 나는 이 『노자』 해설서 『순언』에서 느끼게 된다. 더구나 하마터면 영원히 사라질 뻔했다가 저술한 지 4백여 년 만에 처음 알게 된 기적의 책이라 하지 않는가!

하기는 백제 때의 서산 마애불이 천오백여 년이 지난 1959년에서야 세상의 빛을 본 일과 비교해 보면 400년은 별로 긴 세월도 아닌가? 부여박물관장 홍사준 선생이 등산로에서 만난 나무꾼에게 근처에 돌부처나 뭐 그런 거 본 적 있느냐는 물음에 “부처님은 못 봤고 저기 인바위에 가면 산신령님이 한 분 새겨져 있는데 양옆에 본마누라와 작은마누라도 있다.” 고 해서 달려가 보니 좌우로 봉주 보살(奉珠)과 반가불(半跏佛)을 거느린 본존불이 활짝 웃고 계시더라네. 하하. 그러고 보면 사람이 만들어 놓은 ‘시간’이란 사실 없는 거나 마찬가지가 아닐까.

나의 종씨이기도 한 율곡 선생에 대해서 각별한 애정을 가지고 있는 필자는 이미 한두 편의 에세이를 쓴 적이 있는데도 선생의 저서에 『순언』이 있다는 것을 안 것은 금년 초였다. 그만큼 숨어 있던 사연 많은 저서다. 당시 유학자들이 노장을 이단시하던 때라서 꺼리는 분위기였으나 열린 마음을 가진 율곡은 두 학문에서 공통점을 발견하고, 편협한 당대의 사림(士林)들에게 유교사상의 빛으로 조명된 노자의 새로운 모습을 보여주고 싶었던 것으로 보인다.

> 노자에는 순수한 언어의 진실성이 있기 때문에 율곡은 노자철학이 유학의 진리와도 서로 만날 수 있다고 생각한 것이다. 율곡은 『순언』을 저술하여 자신이 지닌 노자관의 진면목을 유감없이 보여주고 있다.
>
> — 이종성 지음 『율곡과 노자』 충남대학교 출판문화원 26쪽

저 유명한 『도덕경』 1장 ‘도가도(道可道) 비상도(非常道)’ 대신에, 42장 ‘도생일(道生一)’을 『순언』 1장 첫머리에 배치한 율곡도 노자와 마찬가지로 맨 첫자가 ‘도(道)’이다. 『노자』의 1장은 체도(體道)—도의를 본뜸—, 『노자』 42장인 『순언』 1장의 도는 도화(道化)—도를 통해 바르게 변화—로 무한한 생명력과 창조력을 지닌 도를 내세운다.

도란 무엇인가. 선생은 노자의 ‘도’를 천도(天道)로 보고 그것이 현상적 만유를 생기게 하는 궁극의 근원이라고 이해한다. “도는 항상 ‘무위(無爲)’

하면서도 '무불위(無不爲)' 하다" 율곡은 이 구절을 순언 3장에 배속시키고 반복적으로 인용하는 것을 보면 노자철학의 핵심으로 여기는 듯하다. 노자는 언제고 '무위'의 기능을 지니고 있는 '도'를 '무불위'와 연결하여 생각하는데 이를 '도'의 본체와 '묘용(妙用)'을 동시에 설명하려는 노자의 철학적 방편이라고 해석한다. '도'는 항상 자기 부정적 무규정성을 지닌다. 그러므로 '도'는 형식논리의 영역을 넘어서 있다고 볼 수 있다. 그러고 보면 근원적 진리인 '로고스'를 '도'라 보아도 되지 않을까.

『순언』은 노자의 『도덕경』 총 81장 중에서 40여 장을 추려 송대의 도사(道士)인 동사정(董思靖)이 해제한 『도덕진경집해(道德眞經集解)』에서 필요한 대목만 골라 인용하고, 거기에 자신의 생각을 첨가하여 구결(口訣)과 주석을 단 특이한 책이다.

『순언』의 40장 체제는, 『노자』 상편〔道經〕의 제1장, (道可道면 非常道요, 名可名이면 非常名이니라)와 하편〔德經〕의 첫 장인 38장 논덕(論德), (上德은 不德이라, 是以로 有德하며, 下德은不失德이라, 是以로 無德이니라—상덕은 덕이라 내세우지 않으니 유덕하고, 하덕은 덕을 잃지 않고자 하니 무덕이라)처럼 전통적으로 『노자』의 핵심사상을 담고 있다고 인정되는 부분마저 전혀 취하지 않은 것을 보면 『순언』은 『노자』의 단순한 주석서가 아니라, 율곡 자신의 의도에 따라 『도덕경』을 해체시킨 저작임을 알 수 있다. 선생은 『노자』 5240자 전체를 완전히 헤쳐 놓고 자신이 세운 구성 체계에 따라 자기가 필요한 2098자를 자유롭게 골라 쓰고 있는 것이다.

여기서 각별히 공을 들인 것으로 보이는 『순언』 제1장을 살펴보자.

『노자』 42장, 도생일(道生一)하고 일생이(一生二)하고 이생삼(二生三)하고 삼생만물(三生萬物)이라로 시작되는 내용을 책 첫머리로 이끌어낸다. 이 장은 노자의 우주생성론이다. 천지를 포함해 모든 만물은 도에서 생겨난다. 여기서 말하는 '하나' '둘' '셋'은 바로 '도'가 만물을 창생할 때의 활동 과정으로 보인다. 율곡은 성리학자답게 곧바로 '주자 왈' 하고 주자의 설명을 들고 나온다.

"도는 『역경』의 태극이고, 하나는 바로 양의 기수이고 둘은 음의 우수이고 셋은 바로 기수와 우수를 합한 것이다. 셋이 만물을 낳는다고 한 것은 기수와 우수가 결합하여 만물이 나온다는 것이다."

— 이이 지음 김학목 옮김 『율곡 이이의 노자』 예문서원 33쪽

이는 음기의 정지성과 양기의 활동성을 강조하기 위함으로 보인다. 이어서 율곡은 도덕경 5장, '허용(虛用)장'을 불쑥 들고 나온다.

천지의 사이가 풀무나 피리와 같구나! 천지지간(天地之間)이 기유탁약호(其猶橐籥乎)인저

동씨 왈 "탁은 풀무이고 약은 피리이니, 공기를 받아들여 바람을 불어낼 수 있는 물건이다. 그리고 그다음 둘 셋으로 천지간에 음양의 두 기운이 왕래하고 굴신하는 것이 마치 무심한 이 풀무와 피리가 속이 비어 공기를 받아들일 수 있고 제 할 일을 하면서 속에 아무것도 쌓아 두지 않는 것과 같다."

— 위 책 33쪽

'풀무와 피리', 기발한 착상 아닌가? 선생은 추상적인 설명 끝에 구체적인 물품을 들고 나온다. 비어있으면서 더하려 하지 않으며 움직이면 움직일수록 더욱 더 내놓는 특이한 풀무와 피리.

한국전쟁 때 시골에서 땔감이 부족하여 청솔이나 어디서 톱밥을 많이 가져다가 아궁이 바닥에 풀무의 바람이 고루 퍼지도록 구멍 숭숭 뚫린 쇠를 깔고 청솔가지 위에 왼손으로 톱밥을 연신 뿌리고 오른손으로는 풀무를 돌리면서 불을 때는 걸 본 생각이 난다. '비어있으나 채우려 하지 않으

면서 움직일수록 더 많이 내놓는' 풀무와 피리. 선생은 『노자』 42장과 5장을 묶어 1장의 도를 자상하게 설명한다.

도가 만물을 낳고 덕이 기르고 사물이 형태를 이루고 추세가 완성한다.

道生之하고 德畜之하고 物形之하고 勢成之라

율곡은 도의 본질이 낳는 데 있다면 덕의 본질은 기르는 데 있다는 노자의 견해를 적극 수용하고 있다. 선생은 덕을 '성(性)'으로 파악한다. 이렇게 덕은 만물 속에 깃들어 있는 도이다.

마음, 심체(心體)를 다룬 유일한 장인 4장

서른 개의 바퀴살이 바퀴통 하나를 둘러싸고 있음에 아무것도 없는 공간이 있어야 수레라는 효용이 있고, 진흙을 빚어 그릇을 만듦에 아무것도 없는 공간이 있어야 그릇이라는 효용이 있다.

> '있음'을 겉으로 해서 형체를 이루고 '없음'을 가운데로 해서 물건을 담으니, 있음을 겉으로 한다는 것은 비유하자면 육신이고, 없음을 가운데로 한다는 것은 비유하자면 마음이다. 육신이 아니면 마음이 깃들일 곳이 없고 마음이 비어 있지 않으면 이치가 용납될 곳이 없다. 군자의 마음은 반드시 비어 밝고 아무것도 없게 된 다음에야 사물에 응할 수 있다.
>
> — '노자' 11장 무용(無用) 위 책 39쪽

동씨 왈 "색(嗇)—절제, 아낌—은 바로 정신의 사용을 절제하고 덜어서 마음을 거두어들여 저장하며 곧고 굳게 한다는 의미가 있다. 학자가 도를 오랫동안 일삼으면 마음은 넓어지고 기는 충만해져 완전한 하늘의 덕에 통달하게 된다"고 하였다.

> 내가—율곡—생각하기에 하늘을 섬긴다는 말은 바로 자신을 다스린다는 뜻이고, 절제는 탐내고 욕심부리는 것을 막고, 말조심, 음식 절제, 항상 마음을 바

르게 하고〔居敬〕 삼가 일하고 사람을 사랑하는 것 등이 절제이다. 만족을 아는 자는 부유하고, 힘써 행하는 자는 도에 목표가 있고, 자신이 있을 곳을 잃지 않는 자는 영원하고, 몸이 죽더라도 이름이 없어지지 않는 자는 장수한 것이다.(死而不忘者는 壽니라)

— 위 책 46~53쪽

노자의 세 가지 덕목 자(慈), 검(儉), 겸(謙)을 사람들은 노자의 삼보(三寶)라 한다. 자애롭기 때문에 용감할 수 있고 검약하기 때문에 널리 베풀 수 있고 겸손하므로 우두머리로 추앙받을 수 있다.

동씨 왈 자애란 생명을 온전하게 하는 도가 유행하는 것이니, 바로 인(仁)의 효용이다. 어진 자는 세상에 적이 없다고 하였다. 혹 사람이 미치지 못하는 점이 있으면 하늘이 또한 자애로 구원하고 호위해주니, 천도는 갚아주는 것을 좋아하여 항상 선한 사람과 함께하기 때문이다.

— 위 책 62쪽

나-율곡-의 말은 간명하여 행하기 쉬운데 천하에서 아무도 알려고도 행하려고도 하지 않는다. 당연히 쉽게 행할 수 있을 것 같은데 현명한 이는 지나치고 어리석은 이는 미치지 못하니, 아무도 알지 못하고 행하지 못하는 까닭이 여기에 있다. 도에 이르는 큰 길이 아주 평탄한데도 사람들은 왠지 좁고 복잡한 지름길을 좋아한다. 여기까지가 『순언』 40장이다.

1580년에 율곡이 완성하여 펴낸 이 노자 해설서 『순언』은 어찌된 일인지, 율곡 사후 27년 동안이나 제자들이 꼼꼼하게 정리한 『문집』에도 빠져 있고, 그 후에 나온 『속집』 『외집』 『별집』 어디에도 없는 것을 보면 당시 선비들의 '노자'에 대한 불편한 심기가 읽히는 대목이다. 사실 율곡의 학맥에서도 전혀 논의된 바 없다가, 사후 169년이 지난 1750년 영조 때의 문신 담와(淡窩) 홍계희(1703~1771)가 호서 지방을 둘러보면서 연산(충남 논산군 연산면)을 지나다가 우연히 신재(愼齋) 김 선생의 후손에게서 이 책을 보게 되었다 한다. 참으로 오랜만에 빛을 보게 된 율곡의 『순언』은 김 선생(金集 1574~1656 이이의 수제자 김장생의 아들)이 손수 필사한 것이었다. "혹 없어질지도 모른다는 염려 때문에 활자로 몇 권 간행해 두면서 이에 지금까지 말한 것처럼 그 전말을 기록하였다."

— 경오년(1750) 정월 상순에 후학 홍계희가 삼가 쓰다.

선생의 넓은 학문적 범위나 세밀한 성취에서는, 비록 이단이나 그 밖의 학문이라도 사용해야 할 것이 사용해서는 안될 것으로 뒤섞여 귀속됨을 오히려 안타깝게 여기고 반드시 순수하지 못한 것을 제거하여 순수한 것에 귀속되도록 했다. 오랜 세월이 지난 지금에서야 진실로 선생의 진의를 알았으니, 아! 지극하다 하겠구나. 百世之下, 眞可以見其心矣. 於乎至哉라!

— 위 책 142쪽 홍계희의 「발문」에서

참으로 하늘이 무심치 않아 살아남은 『순언』의 운명을 보면서 "死而不忘者는 壽니라" 라 설파하는 선생의 외로운 독백이 들리는 듯 가슴이 아프다. 홍계희(洪啓禧)가 1750년에 목판본으로 만들어 보관한 『순언(醇言)』이 또 규장각에서 몇 백 년 잠자다가 사백 년, 정확히 423년이 지난 1993년 이주행에 의해 '인간과 사랑'에서 원제대로 변역 출판되었다 하니 어찌 감회가 없을소냐. 『순언』을 저술한 지 169년 뒤에서야 후학 담와(淡窩)가 율곡 선생의 뜻에 동조하면서 탄식한 어호지재(於乎之哉)! 이 탄식이 후손인 내게서도 절로 나오나니 어호지재로구나!

퇴물임을 실감하다

오세아
소설, 영문 65

내 친구들은 인생이 짧다고 한다. 짧아도 너무 짧다고 한다. 이루어 놓은 것은 없고 바쁜 가정사를 벗어나 이제 자기 자신을 위해 뭐 좀 해볼까 하는데 어떻게 하다 보니 벌써 팔십 줄에 올라서 기운도 없고 머리도 안 돌아가 못하겠다는 것이다. 그러니 인생이 왜 이렇게 짧으냐고 한탄이다.

평생 앞만 보고 나름 성실하고 조용하게 살아왔다고 자부하는 내겐 인생은 길뿐만 아니라 그 긴 인생 동안 세상은 터무니 없이 변했고, 세태는 바뀌고 또 바뀌어서 나는 뒤안길에 살고 있었다는 느낌을 받는 일을 최근 경험했다. 그래서 내가 얼마나 바보 등신으로 살았는지도 깨달았다.

평소에 나는 트롯 영웅이 한 달에 몇백씩 번다는 다음 뉴스를 보면, 보다 나은 생활과 인류의 발전을 위해 평생 연구소에서 일하는 수많은 과학자가 연구비용에 쪼들리는 현실과 대비해 볼 때 괴리감을 아니 느낄 수 없었을 뿐만 아니라 안타깝기조차 했다. 확실히 뭔가 잘못되어 가고 있는 세태라고 자괴감마저 들었다.

그렇다고 내가 요즘 트롯 열풍을 못마땅해 하는 것은 아니다. 젊어서는 축축 늘어지고 생기를 빼는 노래가 버스 안이든 밖이든 길거리마다 쏟아져 나오는 것을 짜증냈던 적도 있었다. 그러나 요즘 트롯 열풍에 늙은 나도 광분할 때가 많다. 곡이 좋고 가사가 뛰어난 어떤 노래는 철학적 암시까지 들어있어 늙어가는 마음을 위로하고 공감에 빠지게 만든다. 노래 잘하는 사람은 어찌 또 그리도 많은지. 어떤 날은 하루 종일 들어서 '보라빛 엽서'는 임영웅이, '한계령'은 양희은이, '사랑 그 쓸쓸함에 대하여'는 조수미가, '지금은' 조영남이, '그 강을 건너지 마오'는 양지은이, '한많은 미아리 고개'는 송가인이, '님은 먼곳에'는 박창근이, '내 삶에 이유 있음에'는 에녹이 부르는 게 으뜸으로 듣기 좋고, 트롯 곡에 볼륨을 느끼게 만들어 준 가수는 박혜신과 임재범이라 여겨지고, 손태진은 숫제 음을 갖고 놀고 개작과 변주를 즉흥적으로 하면서 '서울의 달'을 한 편의 뮤지컬로 만듦으로써 달관의 경지에 올랐다는 생각이 든다.

그런데 내가 하는 문학은 어떠한가? 최근 나는 내가 30대에 한창 썼던 단편소설과 나이 먹은 후에도 가끔 청탁이 들어오면 썼던 단편을 모아 책으로 엮어냈다. 책으로 낸 이유는 책을 빌미로 친했던 사람들과 생애 마지막 파티를 갖는 것과 나름 자부심을 갖고 있는 내 작품을 대학도서관에 남기는 것이 두 번째 이유였다.

어머나! 세상이 변한 것을, 세태가 달라진 것을 어찌 이렇게 까맣게 몰랐었을까? 이름이나 얼굴이 알려진다는 것이 사는데 불편한 거라고 굳게 믿고 있던 나는 세상과 닿는 면을 되도록 적게 하고 앞에 나서는 걸 삼가며 조용히 살아왔다. 덕분에 이름이 나야 팔리는 책이 한 권도 안 팔리는 아이러니를 통렬히 맛보고 있다.

무엇보다도 세태가 변했다고 통탄하는 일은 책이 안 팔려서도 아니고 책을 아예 읽지 않는 풍토도 아니고 내가 돈 들여 책 만들어서, 돈 들여 부쳐주고, 읽어 주십사고 머리를 조아려도 반응이 없어서도 아니다.

앞에서도 말했거니와 책을 낸 목표 중 하나가 대학도서관에 책을 남기기 위한 것이었다. 소위 지식인층에서, (내 어렸을 때의 독서 열의를 봐서도) 후

대의 누군가가 이런 류의 소설도 있었구나 하고 좋아하고 만끽하면 나는 그것으로 만족하다.

그런데 안 읽는 독자가 문제가 아니라 도서관의 제도가 변한 것이다. 책이 넘쳐나는 대학도서관에서 벌써 오래전부터 은퇴한 대학교수의 책을 받지 않는 것은 알았지만. 내 친구의 얘기로는 그 옛날에 대학교수였던 남편의 책 만 권을, 기증한 교수의 이름을 붙인 실로 꾸며 주었는데 어느 날 가보니 통고도 없이 그 많은 책은 어디다 버렸는지 아예 그 방을 없애고 참고서적 방으로 꾸며 놓았더란다. 우리의 경우는 고맙게도 부부 모두 외국문학 교수라 남편 대학에서 가져다 남편 이름으로 선반을 만들었다고 와서 보라고 연락이 왔었는데 한 번도 안 가봐서 모르겠다. 그 책 한 권을 사기위해 미국대학가 책방에서 눈 아프게 찾아낸 그 책값은 우리 부부가 매번 근사한 점심을 값비싼 레스토랑에서 먹고도 남을 액수들이다.

이건 이미 아는 얘기고 내가 경악한 것은 도서관에 보내온 책들을 학식 높은 어떤 도서관원이 눈 아프게 읽고 선별해서 도서관 선반에 내보내는 게 아니라, 기가 막히게도 그런 게 아니라 그 학교 학생이 그 책을 사서 선반에 진열해 달라는 요청이 있어야 비로소 도서관 선반에 비치가 되고 아니면 쓰레기로 버려진다는 것이다. 오호 통재라! 쓰레기로 버려지는 것도 모르고 돈과 수고를 들여 책 만들고, 돈과 수고를 들여 대학도서관마다 부치고, 선반에 올려져 독서광 학생에게 읽히려니 자족하고 있었던 나는 얼마나 세태에 뒤떨어진 바보인가? 바보같이 세상이 변하고 세태가 달라져도 대학은 상아탑이라서 모든 걸 굳건히 지키리라고 믿고 있던 나는 얼마나 세태를 모르는 천하태평 등신인가?

얼마나 등신이면 헛수고인 줄도 모르고 경비와 수고와 열성을 들여 쓰레기를 만들었을까? 누가 알까봐 챙피한 일을 또 어쩌자고 떠벌리는가? 이건 비단 첨단을 걸으며 살아왔다는 내 자부심에 상처를 내는 정도가 아니라 시대에 뒤떨어진, 벌써 몇 번이나 탈바꿈한 세상을 인지 못하고 퇴물이 되어서 벌써 무대에서 사라졌어야 하는 늙은이가 됐다 라는 뜻이다. 그러니 왜 내게 인생이 길다고 여겨지지 않겠는가?

생각해보니 처음부터 나는 등신 바보로 살아왔다. 조용히 살자고 외치면서 조용히 살면 책 한 권도 못 파는 무명작가가 되는 아이러니를 끼고 살았다. 인터뷰를 하고 나니 기자는 내가 한 소리는 쏙 빼고 자기가 하고 싶은 기사를 쓴 걸 보고 아연실색해서 인터뷰에 손사래를 친 나도 바보다. 일단 내 손을 떠나면 모든 것은 보는 사람, 듣는 사람, 읽는 사람의 것으로 각색 둔갑되는 것이다. 조용히 살았다는 것도 겁많고 소심해서 뒤로 물러선 것뿐이다. 그랬다고 남들에게 흉잡히지 않을 수 있나? 그랬다고 변하는 세태를, 도도한 흐름을 전통과 고전이라고 주장하면서 막을 수 있나? 내 바보짓에 나는 울고 싶어도 울어지지도 않는다.

바다와 소라 껍질의 비밀

김현자
평론, 국문 66

오랜만에 남쪽 지방으로 여행을 갔다. 바다가 보이는 포구의 식당에서 전복죽을 주문했다. 음식이 나오는 순간 나는 입이 딱 벌어졌다. 전복죽과 함께 나온 곁두리 음식들이 너무 놀라웠기 때문이다. 홍합, 멍게, 해삼과 함께 가시 몸통 사이로 노란 알을 드러낸 성게, 그리고 삶은 소라가 한 소쿠리 안에 가득 담겨 있었다. 바다의 먹거리들이 총집합하고 포구의 바다가 소쿠리 안에 가득 담겨서 "놀랐지?" 하고 나를 쳐다보았다. 나는 이것저것 허겁지겁 닥치는 대로 먹으면서 한없이 행복한 기분이 들었다. 오래 잊고 있던 바다 내음새가 온몸을 일깨우면서 마음을 춤추게 했다.

그런데 삶은 소라의 입구를 막고 있는 뚜껑을 떼었더니 예쁜 무늬가 아롱져 새겨 있었다. 문득 어린 날 바닷가에서 소꿉놀이를 같이 하던 친구 생각이 났다. 고등학교 졸업 후 까맣게 잊고 있던 내 친구 민자, 부산 송도의 모래사장에서 소꿉놀이를 같이 하던 내 친구. 모래로 밥을 짓고, 물결에 떠밀려온 파래, 잘피 등의 해초를 주워 반찬을 만들었다. 바다 냄새 가득한 그 음식들을 소라 뚜껑에 담아서 먹는 시늉을 하며 놀았다. 소라 접시는 소꿉놀이 살림살이에 참 요긴하게 쓰였다.

나는 소라 껍질을 손바닥에 놓고 그 오묘한 무늬를 한참 들여다보았다. 타원형의 생김새는 침입자를 막는 요새처럼 견고하고, 나선형의 아름다운 무늬를 가진 그 물체는 컴퍼스로 그린 듯한 작은 원을 중심으로 연갈색과 적갈색의 태극 무늬가 선명하게 새겨져 있다.

회오리치는 음과 양의 태극무늬를 보고 있노라니 태극기가 생각나고, 날개에 태극 무늬를 지닌 나비들이 떠올랐다.

"와! 이 무늬 좀 봐. 어떻게 이 작은 몸에 이런 정교한 무늬를 새겼을까?"

건너편에서 밥을 같이 먹던 아들이 입을 열었다.

"그 나선의 소용돌이 모양이 기상도에서 보는 여름 태풍의 눈을 닮았지요. 실제로 태풍을 위성에서 찍은 사진과 거의 동일해요."

"정말 그렇네. 태풍이 소라 껍데기에 그림을 그렸나?"

"전혀 관계없는 이 사물들이 가진 기하학적 유사성을 보고 있으면 신이 수학자이지 않았을까 상상해 보기도 합니다. 소라와 태풍이 만들어지는 과정에 동일한 원칙이 적용됐다는 것이니까요."

나는 크나큰 우주의 원리가 이 작은 조개 껍질에 적용되었다는 사실이 놀라웠다. 소우주와 대우주의 연관 같은 것일까?

"그래서 모든 자연과 사물의 근본 원칙인 기하학을 건축가들이 연구했어요. 형태의 근본 원칙을 자신의 건물에도 적용하려구요. 그 나선을 이루는 기본 원칙이 '황금비례'입니다. 수학적으로는 1:1.618인데, 공간의 가로, 세로 비율이 이 비례일 때 사람들이 가장 안정감을 느낀답니다. 창문의 가로, 세로 비율도 이 비례일 때 가장 예뻐 보입니다."

나는 건축가인 아들의 설명을 들으며 가슴이 마구 뛰었다. 오! 위대하고 놀라워라. 자연이 주는 이 경이감이란. 참으로 오랜만에 가져보는 감동이었다.

대지의 햇살과 바람과 빗물이 과육(果肉) 속에 스며들어 한 알의 과일을 만들어 내듯 작은 사물에 깃들여 있는 대우주의 움직임을 바라본다. 바닷속에서는 태풍이라는 거대한 바람이 조개 껍질에 자신을 닮은 무늬를 새기고 있는 것이다.

바다를 마음에 불러 일으켜
가만히 응시하고 있으면
깊은 바다 소리
나의 피의 조류(潮流)를 통하여 우도다

망망한 푸른 해원
마음 눈에 펴서 열리는 때에
안개 같은 바다의 향기
코에 서리도다

시인 오상순은 「방랑의 마음」에서 바다와 인간의 몸을 동일시하여 노래하고 있다. 내 마음속에 바다를 불러와 내 속에 바다가 마련되는 공간, 그곳에서 바다의 움직임은 내 피의 흐름이 되고, 나의 울음은 바다의 울음과 동일화된다. 시인은 바다를 바라보며 있음과 없음, 삶과 죽음, 무한과 유한의 넘나듦을 "오 밑없고도 알 수 없는 울음"으로 명명하면서 해명할 길 없는 생의 깊이를 투시한다. 한없는 깊이와 넓이를 지닌 바다를 내 안에 들여와 호흡하는 일은 작은 인간이 바다만큼 확장되는 일이다. 나의 몸은 크나큰 우주상을 간직하고 있는 소우주인 것이다. 그리하여 철썩이는 파도 소리는 내 피의 조류가 되어, 시인과 바다는 깊은 우주적 관계를 이룩하고 있다.

바다에 대한 그리움은 내 삶의 무의식과 맞닿아 있었다. 집을 떠나 서울로 유학을 오면서 엄마와 아버지, 사랑하는 동생들을 그리워하면서 부산의 바다는 내 그리움의 원형적인 공간이 되었다. 집에 있을 때나 길을 걸을 때나 나는 바다를 떠올린다. 문득 늘 내 가슴에 철썩이는 바다의 파도소리를 들으며, 출렁이는 옥빛의 물결, 햇빛에 반짝이는 윤슬의 파노라마, 드넓은 절대, 무한의 힘을 느끼게 하는 우주의 리듬을 성찰한다.

저물어 가는 해변의 모래사장을 걸어본다. 대낮에 어린이들이 쌓다 두고 간 모래성을 보며 깔깔대고 재잘대는 그들의 웃음소리를 듣는다. 한적한 모퉁이에는 물새 발자국이 30m쯤 연이어 찍혀 있다. 여리고 어여쁜 생명의 움직임, 그 가느다란 발자국을 따라가 보며 수평선 너머 해넘이 풍경을 바라본다. 밤으로 향해 가는 흑색빛의 바다는 어둡고 무섭기도 하다. 얼른 뒤돌아서 마을 쪽을 바라본다. 집집마다 하나씩 불이 켜지면서 그 불빛들이 구원처럼 나를 손짓하고 있다. 어느덧 하늘에도 별이 하나씩 돋아나면서 그 불빛에 화답한다. 돌아갈 집이 있다는 것에 안도하며 나도 바다를 따라 집으로 돌아온다.

화가의 모델들

최자영
아동, 기독교 66

남편의 작품 거의가 경북 문경시로 떠났다. 새로 지어질 시립미술관 준비를 위해 보내진 것이다.

300점이 넘는 유화작품과 조형물이 떠나고 나니 시집간 딸의 빈 방 둘러보듯 마음이 허허로웠다. 그런 기분을 달래는 마음으로 그이가 요즘 판화에 관심이 생긴 건 다행한 일이었다. 우리 내외는 남편이 독일 유학 시절에 그린 유럽 풍경이며 1970~80년대 한국 스케치 중 판화감을 시간 날 적마다 열심히 찾고 있었다.

스케치북의 크기에 따라 담겨있는 박스 사이즈도 달랐다. 회색, 베이지, 주황, 블루 등 색지에 그려진 작품도 있었다. 4~50여 년의 세월을 안고 잠자고 있던 그림들은 상자 속에서도 나이를 먹어 가장자리 종이 끝부분이 말리고 조금씩 부스러져 조심해야 했다. 그래서 판화 애호가들이 오리지널 원화보다 저렴한 가격으로 작품을 구입할 수 있다는 장점과 함께 반영구적인 판화의 특성에 매력을 느끼고 있는지도 모른다.

남편이 외출하고 난 어느 한가한 오후였다.

내 취향에 따라 무작위로 몇 점의 작품을 골라 놓고 있는데 손길이 닿지 않아 깨끗한 상자 하나가 눈길을 끌었다.

상자 뚜껑을 열고 보니 누드 그림만 모은 스케치북이 들어 있었다. 같은 여성의 입장으로 놀랄 일도 아니련만 공연이 옆에 누가 있기라도 한 것처럼 조심스럽게 한 장씩 펼쳐 보았다. 이미 화집에 나왔던 낯익은 그림도 있었다.

정면을 보고 앉은 당당한 모습, 등 뒤 양어깨의 곡선을 따라 허벅지에 놓인 긴 팔의 우아함, 그런가 하면 두 다리를 가지런히 옆으로 모으고 시선을 먼 곳에 둔 덴마크 코펜하겐 항구의 인어공주 자세도 있었다.

내가 상상해 왔던 누드의 인물들이 젊은 여성에만 국한된 건 아니었다. 어딘가 고단한 인생을 살아온 듯한 중년 여인이 턱을 고인 채 길게 누워있는 그림도 있었다. 아이를 낳았음직한 흔적으로 배에는 주름이 잡혀있고 종아리엔 힘줄이 불거져 있었다. 대중목욕탕에서 보았다면 볼품없이 늙어가는 여인에 불과했을지 모른다. 그런데 작품으로 표현된 그 중년 여성의 모습은 하나도 밉지 않았다.

허벅지를 손가락으로 한번 튕겨보고 싶을 만큼 젊고 미끈한 누드를 햇사과로 표현한다면 이 중년 여성은 당도가 넘쳐 터져버린 사과~~ 겉은 거칠고 투박해도 깊은 맛이 배어있는 열과로 비교할 수 있을까.

남편은 스케치 그림에 특별한 재능을 가지고 있었다. 그건 재능이라기보다 노력의 결과라고 생각하지만. 독일 유학 중 그가 그린 수백 점의 유럽 풍경을 보고 그의 독일인 스승 잔트너 교수의 말씀을 잊지 않고 있다.

"당신의 스케치 실력은 세계적이다. 그런데 재능만큼 알려지지 않은 게 몹시 안타깝다."라고…

아마도 그의 작품은 200년쯤 후에나 인정받게 되지 않을까 하고 생각할 때도 많았다. 이런 낯간지러운 표현은 아무에게나 할 수 없는 일이지만 그의 작품을 보고 있노라면 특히 유럽 스케치를 보고 있으면 혼자 감상하기 아까워 나도 모르게 착각인지 자가당착인지에 빠지곤 한다.

그의 누드 그림을 보면서 나는 신선한 충격을 받았다. 이건 그가 그려왔던 자신만만한 분야가 아닌 다른 계열의 그림이었다.

그의 손끝에서 언제 이런 아름다움이 창조되었는지 정말 잘 그렸다고 칭찬해주고 싶었다. 생각지 않았던 누드 스케치를 보면서 까마득히 오래전 일이 떠올라 혼자 웃음을 머금지 않을 수 없었다.

1969년 신혼 초였을 것이다. 대가족 속에 들어가 살게 하기 미안했는지 남편은 응봉동 언덕 산동네에 방 두 칸짜리 시민아파트를 구해 신혼을 차렸다.

입주민들의 형편이 워낙 영세하여, 전기시설비를 내지 못해 처음 2개월 동안 전기도 안 들어와 남포불을 켜고 살았다. 출판사에 다니면서도 가계에 도움을 주려고 일거리를 찾아 집에까지 가지고 와서 남포불 밑에서 교정을 보았다. 남편은 초저녁에 자야 했고 나는 일도 해야 했지만 늦게 자는 버릇이 있었다.

책상 대신 경대에 앉아 교정일을 하고 있는데 그날 따라 남편이 안 자고 내게 다가왔다. 느닷없이 나더러 잠옷 윗도리를 어깨 아래로 내려 보라는 것이었다.

'어머나 이게 무슨 일이야! 아무래도 나, 이상한 사람과 결혼했나봐~'

기겁을 하며 하던 일을 던져두고 이불 속으로 들어가 이불깃을 단단히 부여잡았다. 4년 동안 데이트하면서 끝없이 이야기하고 숱한 편지를 주고받았던 우리였다. 그러면서도 헤어질 뻔하던 역경까지 이겨내며 이루어진 결혼이었다.

만해의 '복종'이라는 시에서처럼 '아름다운 자유를 모르는 것은 아니지만 당신에게는 복종만 하고 싶어요…'로 살고 싶었던 내가 왜 그렇게 놀라 달아났는지~~ 밤새도록 소곤댈 수는 있어도 어색한 분위기 속에 포즈를

(?) 그건 아니었다.

스케치북까지 준비한 그는 "이건 뭐 남편을 아예 치안 취급하는군." 하고 껄껄 웃었다. 50여 년 전 까마득하게 지난 이야기이다.

그 후 우리는 힘들게 살면서도 조금씩 집을 늘려 네 번을 옮겨 다녔다. 그런 다음 뜰이 있는 은평구 역촌동이라는 곳으로 이사하여 넓은 거실에 교자상 넷을 길게 놓고 화가들을 청하여 집들이를 하게 되었다.

당시 화가 장욱진 님이 창립하신 〈앙가쥬망〉이라는 미술단체가 있었다. 전도유망한 젊은 작가들과 미술계에 알려진 선배들로 채워졌던 그 모임에 남편도 멤버로 있었다.

앙가쥬망 덕분에 겨울이면 40여 명 회원 가족이 리무진으로 동해와 남해 전국을 순화하는 즐거움도 누렸다.

작가들은 그들의 스케치 작업에 열중했고, 부인들은 삼삼오오 모여 수다했다. 자녀들은 형, 누나, 오빠, 언니하면서 어울려 신경 쓸 일도 없이 잘 놀아서 여행이 그렇게 기분 좋은 삶에 활력일 수가 없었다. 회원들은 부정기적으로 손님을 집으로 청해 대접했다. 여행할 때처럼 모이는 숫자는 40명 가까이 되었다. 먼저 식사하고 그런 다음 곧바로 영사기를 준비하여 작가들의 작품을 슬라이드 사진으로 감상하였다.

우리집에서도 그런 순서대로 진행되었다.

작가들 중에 구상작가로 여인만을 그리는 분이 있었다. 워낙 데생 실력이 뛰어나고 작품에 나온 여인 모습이 아름다워 누구라도 그분의 작품 한 점쯤은 소장하고 싶을 정도였다. 그룹전에 가끔 누드 작품도 출품되어 본 적이 있었다. 그런데 그날 그분의 누드 작품이 화면에 비쳐졌다.

바로 그때 여섯 살배기 꼬마가 소리쳤다.

"우리 엄마다!"

우하하하…. 한꺼번에 터진 웃음소리가 방을 떠나갈 듯 요란했다. 나와 비슷한 또래의 부인만 어쩔 줄 몰라 얼굴을 가렸다.

며칠 지난 다음 전화해서 넌지시 물어보았다.

"그날 우리가 본 작품 모델이 그대였어요?"

"아니에요, 그이 모델 있어요. 요즘 부인이 모델서는 사람이 어디 있데요?"

하면서 그때 아들 녀석이 무슨 연유로 그랬는지 모르겠다고 했다.

화가들마다 개성이 있어서 그들이 추구하는 세계와 고집스럽게 주장하는 테마가 있다. 그러면서도 누구나 누드 작품을 그린다.

그렇다면 그들의 모델은 누구일까 하고 모두가 궁금해한다. 개인으로 모델을 쓸 수 없는 화가들은 소그룹이나 단체로 모델을 쓴다고 한다. 그려야 하는 지정 시간이 있으므로 30분 혹은 1시간을 부동자세로 있어주는 일이 전문가가 아니면 할 수 없는 일이라고 한다.

어느 날 내가 뜬금없이 누드 모델에 대해 "비너스처럼 미끈하고 이뻐요?" 하고 물었더니 그건 상식 없는 사람이나 하는 질문이라고 일축했다. 그러면서 얼굴 한 부분을 그리는 게 아닌데 이쁘고 미운 게 무슨 상관이냐고도 했다. 오직 주어진 시간 안에 얼마나 많이 그리느냐만 생각한다고 했다.

작가들은 모델이 잘 보이는 곳에 자리를 잡아 자유롭게 그리는데 작업이 시작되면 정적이 흐르고 오직 스케치북에 연필 스치는 소리와 스케치북 넘기는 소리밖에 들리지 않는다고 했다. 그리고 누드 모델에 관해서는 모든 일이 불문율로 되어 있어서 더 이상의 말은 안 하겠다고 입을 닫았다.

나도 그렇게 하는 것이 마땅하다고 생각했다.

뜻밖에 남편의 누드 작품을 보면서 또 다른 인생을 살고 있는 사람들을 만났다.

천천히 누드 화첩이 든 상자를 닫으면서 작가들을 위해 수고해준 그 주인공들에게 경건한 마음으로 감사하고 싶었다.

침묵

서용좌
소설, 독문 67

……침묵이 먼저였을까. 그 반대일까. 말과 글에 파묻혀 살아오던 어느 날 갑자기 깨닫게 된 화두다. 침묵에 빠진다, 이런 표현이 가능할까. 침묵에 사로잡힌다, 이 표현 또한 어색하다. 침묵은 내가 현재 집중하고 있는 주인공 노 투틸로 승욱, 1969년 3월 28일 생이 집중하고 있는 테마이자 나의 테마이다.

독실한 신자인 어머니는 1969년 김 스테파노 수환 추기경 님의 서품식 날 태어난 아들에게 유아세례를 받게 했고, 아들을 스테파노라는 세례명으로 부르기를 소원했으나, 신부님은 생일을 따라 성 투틸로라 그렇게 이름을 주셨다. 이후 투틸로는 어머니가 가장 사랑하는 단어가 되었다. 그리고는 곧 침묵 속에 빠졌다. 왜 저려, 벙어린가 벼, 동네에서 평소에 그런 말을 듣는 어머니를 따라 승욱도 침묵 속에서 자라났고……. 그렇게 승욱의 이야기에 빠져있자니 나도 모르게 침묵이라는 단어에 꽂히는 것은 자연스러운 일이었다. 내가 추구하는 것은 인간승리나 사회생활의 요령으로서의 전략적 침묵이 아니다. 그저 침묵할 수밖에 없는 그 침묵이다.

말이 끝나는 곳에서 침묵은 시작된다. 그러나 말이 끝나기 때문에 침묵이 시작되는 것은 아니다. 그때 비로소 분명해진다는 것뿐이다. (……) 말은 다시 침묵 속으로 가라앉는다. 말은 망각될 수 있다. (……) 말의 사라짐, 즉 망각은 또한 죽음을 준비한다. 인간을 비로소 인간이 되도록 하는 말이 사라지듯 인간 자신도 사라지고 소멸한다. 언어의 구조 속에는 죽음도 짜여 들어있다.

— 막스 피카르트, 『침묵의 세계』

이 얼마나 대단한 발견인가. 알랭 코르뱅의 『침묵의 예술』이 역사적으로 침묵이 지닌 의미를 재조명하면서, 오늘날 소음으로 뒤덮인 세상에서 절대적으로 강력한 내면의 힘으로서 침묵의 가치를 강조했다면, 피카르트는 나에게는 차원이 다른 감동이었다.

물론 피카르트의 침묵관은 내가 주인공을 탄생시킨 이후에 발견한 것이다. 따라서 이 대단한 책이 나를 옭아맨 것은 아니다. 문제는 내가 한 곳에 쏠리면 다른 것들을 너무도 소홀히 하는 습성이다. 균형 그런 것은 없다. 세상에 어찌 균형이 가능한가, 비겁하게도 나는 늘 그렇게 둘러댄다. 사람이 추구하는 줄잡아 열 가지 가치들이 있다고 할 때 그 모두에서 균형을 갖춘다면, 그는 초인, 아니, 이미 사람이 아니리라. 이렇게 변명을 하기 일쑤다.

게다가 침묵이라니, 얼마나 대단한 주제인가. 남자는 첫사랑이요, 여자는 마지막 사랑이라고 하더니, 그런 실없는 소리에 발끈하던 내가 현재로서 마지막 주제인 침묵에 정말 빠져버렸나 보다.

진짜 문제는 목전의 숙제 때문이다. 평생을 글쓰기에 전념한 100%의 작가도 아니면서, 그간 이화문학상(2004)부터 PEN문학상(2017)까지 분에 넘치는 문학상들을 받는 복을 누렸었고, 지난해에는 박용철문학상을 받았는데 그 숙제 말이다. 문학단체가 아니라 지자체에서 주관하는 상이다 보니 상금 액수는 고무적이었지만, 그동안 잘 썼노라고 현장에서 주는 상금이 아니었기에 고민인 것이다. 향후 일 년 안에 신작을 출판하라는 격려금 성격은 다름 아닌 숙제다.

소속 문학단체의 추천을 받아서 어찌어찌 관련 서류들을 준비할 때, 실은 『날마다 시작』이라는 가제를 붙인 장편 원고가 1,000매 이상 준비되어 있었다. 하지만 그 무렵의 상황은 너무도 나빴다. 어딘가 다른 일에 — 출판 따위는 분명 다른 일, 아무것도 아닌 일이었다. — 눈을 돌릴 여유가 없었다. 그리고 상황은 가장 슬픈 쪽으로 변했다. 그런 와중에 슬픔 한가운데로 수상 소식이 왔다. 추운 겨울은 깊어 갔고, 새해 같지도 않은 새해가 되었다.

그럼에도 원고는 그대로 남아있었으니 불행 중 다행이랄까. 그럼 늘 하던 대로 책을 내면 되지 않겠는가. 하지만 지난해 방전되어 버린 에너지는 겨우 아침에 눈이 떠지는 만큼만 남아있었다. 자리에서 일어나면 하루라는 시간이 시작될 터이니, 굳이 일어나 하루의 시간을 늘리고 싶지도 않았다. 천장에는 출판 숙제에 대한 압박감이 뭉게구름처럼 퍼져서 닫힌 창을 벗어나지 못하고 침대로 밀려 내려왔다. 그렇게 숨구멍을 찾아 문을 열어젖히고 서재로 가면, 숙제 대신 느닷없이 새로운 주제인 침묵의 주인공에 빠져든다. 어느 정도 마침표를 찍었던 원고로 돌아가고 싶지 않은 것은 그 시간으로 돌아가고 싶지 않은 탓일까.

침묵의 주인공, 그는 출판을 앞둔 『날마다 시작』의 주인공과는 달라도 너무 다르다. 남녀 성별은 물론, 60년대에 태어난 시간대 외에는 어느 지점에서 겹치는 사분면이 없다. 사실 통째로 1사분면에 해당할 긍정 에너지의 은이에 비하면, 사회불안장애가 있어 보이는 승욱은 정반대인 3사분면에 자리매김할 것이다. 그러니 내 머리가 그 둘 사이를 오갈 재간이 있는가 말이다. 뇌의 용량에 과부하가 걸려있다.

숙제하기 vs 새 주제 침묵에 빠져들기 —

이성을 지닌 인간이라면, 대부분의 인간은 어느 정도는 이성을 지닌 존재이므로, 숙제를 먼저 마치는 것이 정답이리라. 하지만 정석대로 되지 않는다. 말과 글에서 침묵으로의 관심 이동은 혼란을 불러일으키기 때문이다. 거트루드 슈타인을 인용할까도 싶다. '해답은 없다. 지금까지도 해답이 없었고 앞으로도 해답이 없을 것이다. 이것이 인생의 유일한 해답이다' 그렇다고 이 지구인(이 표현은 오직 나의 주관)을 이 순간 불러내는 것도 해답이 아니다.

숙제는 분명하다. 다만 평범함을 구하는 나는 나를 달래서 어떻게든 숙제를 시작할 것이다. 마지막 정성을 들여서 은이를 세상에 내보내 놓고 나서, 아껴두었던 승욱에 다시 몰입하는 것이다. 그런데 그 합리적 답안이 소용없이 승욱의 침묵에만 매료되어 있는 나 자신이 한심하다. 한참 한심하다.

침묵이라는 단어에 사로잡혀서, 뒤죽박죽. 현실과 픽션의 경계가 무너졌을까.

'인간이란 격렬한 불안감 속에서가 아니면 권태로운 혼수상태 속에서 살기 위해 세상에 태어나는 것이지요.'라고 썼던 볼테르가 생각난다. 파란만장 어수선한(?) 그의 주인공 캉디드를 따라 읽기는 쉽지 않지만, 사는 일은 혼수상태라는 그 말에는 공감이 간다. '어떠한 것도 이유(근거)가 없는 것은 없다.'라는 라이프니츠 쪽에 승복하기는 좀처럼 어려우니 말이다.

이유 없음, 우연, 순간으로 존재하는 하루 이틀 사흘. 그리고 또. 이유 없는 말들과 글들이 도착하는 곳, 그곳은 다만 침묵의 세계일까. 누구도 해답을 구하지 않는. 어쩌면 해답이 없는.

나를 바라보기

남지심
소설, 사회생활 68

지구라는 이름의 푸른 별은 생명을 오롯하게 담고 있는 그릇이다.

지구 안에 담겨있는 생명의 종(種)이 얼마인지는 모르지만, 밤하늘에 떠 있는 별만큼 많은 생명이 매 순간 자신을 지키기 위해 있는 힘을 다하고 있음은 분명하다.

그중에서 인간의 얘기를 잠시 해 보자. 현재 지구 위에는 약 80억 명의 인간이 살고 있다 한다. 이 80억 명은 같은 듯 다른, 다른 듯 같은 모습으로 살고 있다. 그렇다면 이들 내면에 깊게 뿌리내리고 있는 공통된 '희망'은 무엇일까? 나는 오랜 세월 동안 인간을 존재케 하는 가장 근원적인 '희망'은 무엇일까를 생각해 왔다. 그러다 얻은 결론이 "주위로부터 존재할 가치가 있음을 인정받는 것."이라는 결론을 얻었다. 주위로부터 존재할 가치가 있다고 인정받으면 그 사람은 살아갈 동력을 얻는다.

부모가 자식을 위해 온갖 수모를 감내하며 일하는 것은 자식들이 부모가 자신들을 지켜주는 절대적인 존재라는 것을 인정하기 때문이다. 어떤 고통도 어떤 희생도 감내하며 맡은 바 임무를 다하는 것은 자신이 하는 일이 주위로부터 꼭 필요한 일, 아주 중요한 일로 인정받기 때문이다. 사람들은 이 인정 속에서 행복감을 느끼고 지속적으로 생을 영위해 갈 동력을 얻는다.

그렇다면 우리나라 국민의 행복지수가 낮고 자살률이 세계에서 가장 높다는 통계를 우리는 어떻게 받아드려야 할까? 이 질문을 위의 논리대로 해석하면 "자기 자신이 존재할 가치가 없다고 판단한 사람이 많기 때문"이 될 것이다. 이런 판단은 스스로 만들기도 하지만 주위에서 만들어 주기도 한다. 어쩌면 주위에서 소리 없이 지속해서 만들어 주기 때문에 당사자는 그 판단 속에 갇히는지도 모른다. 무섭고 두려운 일이다. 나의 무심한 행동이 누군가에게 그런 영향을 미치고 있다면 말이다.

언제부터인지는 모르지만, 우리의 의식구조는 모두 물질에 매달려 있다. 물질만이 나를 행복하게 해 준다는 절대적인 믿음에 빠져 있다. 모든 성공의 기준도 물질이고, 오르려는 희망의 고지도 물질이다. 그러다 보니 내 안에 정신세계가 있는지조차도 모를 지경에 이르렀다. 나를 확대하면 사회, 국가, 세계가 되겠는데 사회 국가 세계도 물질을 쟁취하는데 온통 정신이 빠져 있다. 정신세계를 추구하는 교육 예술 종교도 혼쭐을 놓고 물질을 추구하는 일에 동승해 있다.

이래도 되는 걸까? 이러고도 인간이 행복을 누릴 수 있을까? 아무리 생각해도 물질만으로는 행복을 누릴 수 없을 것 같다. 그렇다고 해서 물질이 주는 행복감을 부정하는 것은 아니다. 우리의 오감은 물질에 훨씬 더 잘 길들어 있고, 물질이 풍요로워지면 훨씬 더 행복감을 느낀다. 하지만 물질이 행복의 영역을 백 퍼센트 다 차지하고 있는 건 아니다. 그건 우리의 구성요소가 물질과 정신으로 되어있기 때문이다.

그렇다면 물질과 정신이 내 안에서 어떻게 배분될 때 가장 안정된 행복감을 느낄 수 있을까? 이 질문에 대한 답은 사람마다 다 다를 것이다. 모든 추구가 물질에 맞춰져 있다면 100대 0이 될 것이고, 모든 추구가 정신에 맞춰져 있다면 그 또한 100대 0이 될 것이다. 이 극단에 해당하는 사람이 존재하는지, 존재한다면 그 수가 얼마나 될지는 모르겠다. 하지만 그런 사람도 인간 세상 안에 분명히 있을 것이라고 본다. 있다면 전자에 속하는 사람이 후자에 속하는 사람보다 그 수가 훨씬 더 많으리라는 것은 확실하다.

그렇다면 나는 어떤가? 젊은 시절, 감당해야 할 몫이 많을 때는 물질과 정신의 추구가 반 반 정도 되지 않았던가 싶다. 현실적으로 물질을 얻어야 하는 일이 절박해 그 일에 전력하면서도, 삶의 본질을 찾아 방황하는 일도 내 안에서 떠나본 적이 없으니 말이다.

인생의 긴 여정을 끝내고 마지막 모롱이를 돌고 있는 지금의 나는? 나는 미소를 지으며 나 자신을 바라보다가 30대 70이라는 답을 얻는다. 그러면서 고개를 끄덕인다. 얻은 답에 대한 긍정이다. 30%의 물질이 나를 지켜주고 70%의 정신력이 내 공간을 채워준다면, 나는 행복한 노인으로 마지막 생을 영위해 갈 수 있으리라 믿는다.

지금까지 살아오면서 내가 가장 행복감을 느낀 순간은 어느 때였던가? 미로 같은 질문을 나 자신한테 던져본다. 우문이기 때문에 현답을 얻긴 힘들지만 그런대로 고개가 끄덕여지는 답이 손안에 쥐어진다. 그건 좋은 사람과, 좋은 차를 마시며, 좋은 대화를 나눌 때였다.

내가 향기로운 행복감을 느낄 때는 좋은 사람, 좋은 차, 좋은 대화, 이 삼박자가 갖추어져 있을 때다. 거기에 한 가지를 더 보탠다면 좋은 공간에서가 될 것 같다. 이 구성요소가 다 갖추어지면, 아! 행복하다, 하는 생각과 함께 감정에서 향기가 느껴진다. 향기로운 행복감이다.

좋은 사람과 좋은 공간에서 좋은 차를 마시며 좋은 대화를 나누는 행복감 여기서 좋은, 은 진리(眞理)의 대해(大海)를 유영(遊泳)하며다. 좋은 공간에서 우주의 진리가 가득 담긴 지극히 형이상학적인 대화를 마음껏 나누며, 향기로운 차를 마시며 서로의 얼굴을 마주 볼 수 있다면 이보다 더 행복한 일이 있을 수 있을까?

행복감은 물질만이 아니다. 물질만이 아님은 지나왔던 시간을 되돌아보면 누구나 공감할 것이다. 그런데도 세상 사람들은 물질을 얻는 데만 혈안이 돼 있다. 왜 그럴까?

별을 꿈꾸며

류선희
시, 피아노 68

음악의 성인이라고 불리는 베토벤은 44세에 청력을 완전히 잃고 '신의 음성'과 '우주의 소리'를 구하면서 작곡을 하다 교향곡 10번을 작업하던 중 간경화로 56세에 세상을 떠났다.

베토벤 탄생 250주년을 기념하는 프로젝트로 인공지능(AI)이 남겨진 단편적 스케치와 관현악 악보 800장으로 베토벤 스타일을 학습해서 교향곡의 미완인 부분을 완성한 것을 그의 고향인 본에서 초연했으나 청중들의 반응은 반반으로 나뉘었다고 한다.

미완성인 곡을 AI가 머신러닝기법으로 완벽하게 완성하려 온갖 기능을 동원했겠지만 인간의 영혼이 배제된 음악, 인간의 고뇌를 표현하지 못한 음악, 다시 말해서 사람을 감동시키지 못하는 작품은 그 어떤 영혼도 정화할 수 없다

작가의 혼이 담긴 음악이나 문학을 비롯한 모든 예술작품은 비록 작품이 미흡할지라도 작가의 분신이나 다름없다.

사람마다 견해와 감수성은 다르지만 작가가 손수 빚어낸 정성어린 작품

으로 뭇 영혼이 정화되니, 주관적인 안목으로 또는 일반적인 편견으로 작품의 수준이나 내용에 대해 함부로 폄훼하거나 분신과 같은 작품을 허투루 대할 일이 아니다.

영국의 극작가이고 시인인 벤 존슨이 "시인이란 자신의 사상이나 감정을 보다 쉽게, 보다 힘 있게 표현할 수 있는 능력을 가지고 있기 때문에 자신의 영혼을 정화하는 마음으로 작품을 창작해야 한다"고 했듯이 시인은 정화된 시혼으로 자신의 영혼은 물론이고 타인의 영혼까지 정화되는 시를 짓는 것이 우선이라 생각한다

영혼을 정화하는 작품을 빚으려면 인간과 사물, 그 존재의 현상에 대하여 깊은 사랑이 있어야 하며 또한 사랑의 본바탕인 신의 절대적 사랑에 대한 이해와 관심이 있어야 한다고 사료된다.

이따금 필자는 김창열 화가의 '물방울'처럼 투명한 서정시와 다 벗은 나목과 같은 수필을 읽거나 경직된 심신을 풀어주는 클래식 음악을 들으며 마치 고해성사를 하듯 허욕으로 찌든 영혼을 정화하며 자신에게 부끄럽지 않으려고 무던히 애를 쓴다.

이미 별이 되신 C교수님은 필자에게 별처럼 반짝이는 시를 쓰라고 자주 당부하셨다. 멀리서도 반짝거리는 별 같은 시를 써야 자신은 물론 누군가의 영혼을 정화할 수 있을 텐데… 오랜 세월 시와 더불어 살았어도 별은커녕 별 닮은 시조차 아득하니 별이 되는 그날까지 그저 별을 꿈꾸며 살아야 할 것 같다.

앞서가는 계절

임덕기
시, 국문 72

동네 상가에 가면 제철이 아닌 과일들이 선보인다. 겨울에는 발그레한 딸기 상자가 눈길을 끌더니, 봄이 되자 노란 참외가 비닐봉투 안에 담겨 있다. 한여름 노지에서 거칠게 자란 참외 대신 비닐하우스 안에서 곱게 자라 때깔이 곱고 흠집이 보이지 않는다.

봄철에 여름 과일인 수박과 참외가 나오면 마뜩찮고 혼란스럽다. 해마다 나이를 한 살씩 더 먹는 것도 그리 기분 좋은 일이 아닌데 한 계절씩 앞당겨 사는 기분이 든다. 제철에 햇빛을 충분히 받은 야채와 과일은 영양이 풍부해 건강에 좋을 텐데. 왜 계절을 앞당겨 수확하는 것일까. 소비자들 호기심과 급한 성미에 맞춰 계절을 건너뛰는 것일까. 남보다 빨리 출하해 희소성으로 이윤을 극대화하기 위해서일까. 초창기에는 남보다 이익이 많았지 싶다. 차츰 경쟁으로 이제는 큰 차이 나지 않을 듯하다. 몇 달 일찍 먹으나 몇 달 늦게 제철에 먹으나 같은 딸기와 참외일 텐데. 왜 시간을 앞당겨 조급한 마음으로 키우는지 모르겠다.

대학 신입생 때 봄날 수원 딸기축제에 초대되어 갔다. 넓은 딸기밭에서 작은 소쿠리를 들고 밭고랑 사이를 걸어 다니며 딸기를 땄다. 그 당시 딸기는 별로 크지 않고 단단했다. 거죽에 씨가 촘촘히 박혀 있고 맛은 달고 새콤한 맛이 강했다. 물에 씻으면 잘 물러져서 딸기를 별로 좋아하지 않았다. 지금은 되돌아갈 수 없는 눈부신 봄날이었다.

가로수 은행잎이 노랗게 물들기 시작한 날에는 친구들과 태릉 배 과수원에 놀러 가곤 했다. 배나무 밑에 앉아 먹골배를 먹으며 우리는 제법 진지한 삶과 우정에 대한 이야기를 나누었다. 봄이면 딸기밭이 생각나고 가을이면 배 과수원이 떠오른다. 계절 감각이 분명하던 시절이었다.

어릴 때 여름이면 길가 과일가게 앞에는 멍석을 깔아 참외를 수북이 쌓아놓고 팔았다. 사람들이 그 앞을 지나가다 완숙한 노란 참외에서 풍기는 단내를 맡고 걸음을 멈췄다. 개구리참외는 껍질이 개구리처럼 초록색으로 길게 줄이 쳐져 있었다. 참외 속은 주홍색으로 싱싱하지만 단맛이 별로 강하지 않았다. 지금은 그 품종이 사라졌는지 거의 눈에 띄지 않는다. 뒤이어 나이론참외라고 불리던 일본에서 들어온 껍질이 얇고 단맛이 강한 노란 참외가 나왔다. 사람들이 신기해하며 좋아했다.

어머니는 여름이면 마당에 있던 차가운 펌프 물에 수박과 참외를 담가 놓으셨다. 얼음집에서 사온 각진 얼음 한 덩어리를 잘게 깨트려 양푼에다 수박화채를 해주셨다. 불볕더위에 땀을 식히며 여름을 이겨내는 방법이었다.

철 이른 조숙현상은 아이들에게도 나타난다. 해마다 발육상태가 좋아져서인지 초등학교 아이들에게 사춘기가 빨리 찾아온다. 그 원인을 기후변화와 환경호르몬에서 찾는 학자도 있다. 앞서가는 계절처럼 조숙해지는 아이들 현상이 결코 바람직하지 않다고 생각한다. 남보다 웃자라면 어린 시절이 그만큼 짧아지기 때문이다. 사춘기가 빠를수록 부모는 비상상태에 돌입한다. 초경이 빨라져 초등학교 삼사 학년만 되어도 딸아이를 둔 어미들은 신경이 쓰인다.

독신 생활을 추구하는 젊은이들이 해마다 늘고 있다. 경제적인 이유로 결혼을 하지 않는 이들도 있지만 혼자 살기에 불편하지 않은 사회적 환경도 한몫 거든다. 독신자들이 많을수록 성범죄자들도 늘어난다. 그 대상은 점점 나이가 어려지고 있다. 초등학생에게 손길을 뻗는 인면수심(人面獸心)이 늘고 있다. 그 때문에 어린 자식을 둔 부모들은 그런 사건을 뉴스로 볼 때마다 공포 분위기에 휩싸인다.

가정불화가 심한 가정에서 자란 이들은 결혼에 대해 부정적인 사고로 독신자가 되기 쉽다. 부모의 불행이 자신에게 재현될까 두렵고, 결혼생활을 잘 꾸려나갈 자신감이 떨어져 독신을 고집하기도 한다. 상담프로에서 사람들 내밀한 가슴속에는 부친에게 받은 가정폭력이 마음의 상처가 되어 혼자 살고 있는 경우도 있다. 어릴 적 아픈 상처는 과거형이 아니라 현재 진행형으로 남기도 한다.

전쟁이 휩쓸고 지나간 이 땅에서, 살기 위해 발버둥치던 부모 세대는 황폐한 땅을 옥토로 일군 분들이다. 자식들 배고프지 않게 하려고 억척스레 일하며 수고한 그들의 노고로, 그들의 눈물과 땀으로 일궈낸 토대 위에 지금 우리와 자식 세대들은 풍요를 누리며 살고 있지 않은가. 부모 세대의 헌신을 생각하면 마음이 경건해진다. 특히 어머니의 삶은 대부분 자식을 위한 인내와 헌신으로 점철된 자기희생의 삶이었다. 부모님이 묵정밭에서 땀 흘려 일군 알곡들, 우리가 지금 이 땅에서 살아가고, 우리의 삶은 다시 자식으로 또다시 손주로 계속 이어지고 있다. 인간이 자연의 순리를 거역하지 않고 사는 것과, 계절의 순리를 따르는 것은 같은 맥락이지 싶다.

언제부터인가 앞서가는 계절처럼 발 빠르게 생산한 과일들로 제철 과일에 대한 고정관념이 바뀌고 있다. 겨울 딸기, 봄철 참외와 수박을 하우스에서 속성으로 키우려면 면역력이 약해 노지에서 키울 때보다 더 많은 신경을 써야 할 텐데. 굳이 그렇게 철 이른 과일을 원하는지 소비자와 생산자 모두에게 의문이 생긴다.

문득 자연 속에서 햇빛과 바람을 충분히 받고 자란 제철 과일들이 보약처럼 여겨진다. 척박한 환경에서 자랄수록 생명력이 강해 강인한 힘이 열매에 오롯이 깃들어 있을 것 같다. 앞으로 내게 남겨진 시간은 제철 과일처럼 천천히 자연스럽게 익어가길 소망한다.

탱고처럼 신나게 블루스처럼 달콤하게 삶 길들이기

조연경
방송, 법학 75

1. 비밀의 방

대학 시절 우리 학교에는 재학생들도 잘 모르는 '비밀의 방'이 하나 있었다. 강의실 C관 맨 꼭대기에 있는 고시실이었다. 외무고시 행정고시 사법고시를 준비하는 법정대학 학생들이 공부하는 곳이다. 목표가 확실한 학생들은 대부분 그곳에 들어가 공부하고 싶어 했지만 자리가 한정되어 있어서 입실은 매우 까다로웠다. 성적과 열의 그리고 학과장 교수님의 추천이 있어야 했다. 어느 날 교수님이 내게 고시실로 들어 가서 고시 준비를 하라고 하셨다. 나는 교수님 눈에 '될 성 싶은 나무로 보인 덕'에 두 명의 친구들과 함께 고시실로 들어 갔다. 나는 고시에 특별히 마음을 두지 않았지만 호기심으로 그곳을 구경하고 싶었다. 고시실은 햇빛 쏟아지는 환한 대낮에도 커튼이 드리워져 있었고 사그락거리는 작은 소리 하나도 허용하지 않았다. 순간 수증기 잔뜩 피어 오르는 목욕탕에 서 있는 것처럼 숨이 막혔다. 그러나 곧 그 안에서 공부하는 친구들의 모습이 나타났다. 단 1초도 허투루 쓸 수 없다는 강한 의지로 꿈을 향해 달리는 친구들의 모습은 경이로웠고 아름답기까지 했다. 그들은 겨우 스무 살 조금 넘었을 뿐이다. 세상은 슈크림처럼 달콤하고 '이리 와 재미있게 놀자' 유혹의 손짓은 쉼 없이 날아오고 있는데 그들은 꿈쩍하지 않았다. 그들에게는 간절함이 있었다. 간절함은 꿈을 이루는데 최고의 무기이다. 나는 수업 들으러 갈 때와 잠자는 시간 빼고, 하루 종일 웅크리고 앉아서 공부하는 그들에게 필요한 건 스트레칭이라고 생각했다. 맨손체조는 너무 재미없을 것 같아서 고고와 허슬 등 춤을 가르쳐 주었다. 집에서 갖고 온 라디오로 신나는 음악을 틀고 저녁시간 20분 정도 모두 함께 춤을 추었다. 처음에는 다소 의아하고 어색해하던 친구들이 점차 즐거워했다. 일주일 정도 지났을까? 나는 교수님의 호출을 받았다. 교수님은 노발대발하셨다. 고시실 분위기를 망치고 있다고. 결국 나는 한 달도 못되어서 짐을 쌌다. 고시실 입실 자격은 무엇보다 절실함인데 나는 그게 없으니 줄 서 있는 친구들을 위해 자리를 내줘야 하는 건 당연했다. 나는 섭섭해 하는 고시실 친구들에게 말했다. "너희들은 다 잘될 거야 하늘은 스스로 돕는 자를 돕는다고 하잖니?" 평소 생각지도 않았던 속담 하나가 툭 튀어 나와서 나 스스로도 놀랐다. 아마 친구들한테 가장 맞는 말이라고 생각했던 것 같다. 그 간절한 절실함을 요즘 TV에서 다시 보고 있다. 한 오디션 프로인데 오랫동안 무명가수 생활을 한 현역가수들이 무명의 딱지를 떼고 멋지게 비상하려는 기회를 얻기 위해 노력하는 모습이 고스란히 담겨 있다. 그들 나름의 안타까운 개인적 서사도 있고 무조건 응원하고 싶은 눈물겨운 고생담도 있다. 무엇보다 너무도 뜨거운 간절함이 있다. 그래서 매회 자신의 모든 걸 던져서 최선을 다한다. 오래전 고시실에서 눈부신 젊은 날 가장 성실하고 묵묵하게 자신과 싸운 친구들의 모습이 오버랩된다. 간절한 꿈을 품고 있는 사람은 아름답다

2. 내가 나로 사는 시간

이 선배가 위암이라는 소식에 평소 가깝게 지내는 선후배들이 충격에

휩싸여 달려갔다. 뭐라고 위로의 말을 건넬지 우리가 먼저 슬픔에 휩싸여 쩔쩔맸다. 그런데 이 선배는 꽃처럼 활짝 웃으며 우리 모두 유한의 삶을 사는데 정리할 시간을 주니 오히려 고맙다고 했다. 그러면서 자신의 버킷리스트를 소개했다. 바로 '내가 나로 사는 것.' 제일 먼저 노란 프리지아 한 다발을 사서 장바구니에 꽂을 거라고 했다. 호박, 양파, 고등어 한 마리 등 저녁 찬거리에 프리지아 한 다발이 들어가면 자잘구레한 생활이 담긴 장바구니가 바로 화사한 꽃바구니로 바뀔 텐데 그걸 못해봤다고 했다. 과수원집 막내딸인 이 선배는 웃음이 많았고 종달새처럼 재잘재잘 다양한 이야기를 어찌나 맛깔스럽고 재미있게 풀어놓는지 늘 주변 사람을 즐겁게 했다. 거기다 이 선배는 매우 낭만적이었다. 언제나 깔끔한 흰색 린넨 식탁보와 작은 꽃병과 장미 한 송이를 가방에 넣고 다녔다. 여행 중 만난 바닷가 낡은 철제 테이블에 린넨 식탁보를 덮고 장미 한 송이 꽂은 꽃병을 놓고 커피를 마시면 비릿한 어촌 바닷가가 아름다운 지중해로 변했다. 벽지가 찢어진 허름한 식당도 이 선배 식 치장을 하면 품격 있는 레스토랑으로 바뀌었다. 우리는 낭만이 생활의 고단함을 벗겨낸다는 걸 이 선배를 통해서 배웠다. 그런데 이 선배는 결혼과 동시에 달라졌다. 이 선배의 남편은 아내의 낭만과 이야기를 천박하고 쓰잘머리 없는 시간 소모라고 외면했다. 이 선배의 남편은 모든 걸 돈이 되는 일과 안 되는 일로 구분했다. 어느 날 이 선배는 모처럼 큰맘 먹고 산 갈치가 상한 듯해서 바로 시장 생선가게로 달려갔다. 주인은 생선 냄새라고 이 선배는 상한 냄새라고 한 치의 물러섬 없이 싸웠다. 그러다 갑자기 목이 콱 막혔다. 갈치 한 마리 때문에 상대방 머리카락이라도 잡을 기세로 거칠게 싸우고 있는 자신. 돌아오는 길목에서 이 선배는 무릎을 꺾고 울었다. '나 어디 있지?'

병든 이 선배는 '내가 나로 사는 시간'을 선포했다. 우리는 눈물을 참으며 박수로 격려했다. 과연 내가 나로 사는 사람이 몇이나 될까? 어른 잘 모시는 종갓집 맏며느리, 아이들 성적에 집중하는 극성스러운 엄마, 입사

동기 중에 항상 먼저 승진하는 일 잘하는 업무부 김 과장, 가족의 행복을 위해서 늘 경마장의 경주마처럼 달리는 아버지, 태어나면서부터 효자여야만 하는 가난한 집안의 장남, 내 이름 외에 다른 이름을 갖게 되면 내가 나로 살 수 없다. 잠시 남의 옷을 빌려 입어도 불편하고 어색한데, 내가 나로 살 수 없다는 건 지독하게 외롭고 쓸쓸한 일이다. 천문학자가 되고 싶었다면 천체 망원경을 한 대 사서 하늘의 별을 실컷 보는 일부터, 시인이 되고 싶었다면 시집 몇 권 사는 일부터, 말랑말랑하고 부드러운 마음을 잃어서 안타깝다면 매달 아주 로맨틱한 영화 한 편을 보면서 황량한 마음 밭에 작은 꽃씨를 뿌려 주는 일부터. 순간순간이라도 '내가 나로 사는 법'을 찾는다면 그만큼 행복해질 수 있지 않을까?

3. 핀란드 공원

유엔 산하 자문기구인 SDSN(지속가능발전해법네트워크)은 전 세계 156개국을 대상으로 국민 행복도를 조사한 '세계행복보고서'를 발표했다. 그 결과 국민 행복지수 1위는 핀란드 2위는 노르웨이가 선정되었다. 우리나라는 57위다. 행복지수가 상위권인 국가는 대부분 사회복지제도가 잘되어 있는 북유럽이다. 복지제도가 잘되어 있어서 삶의 질이 높아지면 그만큼 행복하게 살 수 있지만 그것이 전부는 아니다. 한 외국기자가 핀란드 시골 마을 주민에게 행복한 이유를 물어 보았다. 첫째 따스한 햇살이 골고루 퍼진 넓은 공원의 풀밭에 엎드려 일광욕을 하거나 책을 볼 수 있다. 둘째 가족과 편하게 기거할 수 있는 집이 한 채 있다. 셋째 일용할 양식이 있다. 어쩌면 많은 사람들이 이처럼 소박하고 평범한 것에서 행복을 발견하고 느끼고 있기 때문에 행복지수가 1위인 나라가 되지 않았을까? 만일 똑같은 질문을 '난 조금도 행복하지 않아' 늘 툴툴거리는 사람에게 했다면 어떤 대답이 돌아올까?

'누구나 드나드는 공원이 행복의 조건이라니요? 햇빛과 맑은 공기 그런

건 중요하지 않아요. 그 공원이 내 이름으로 등기가 되어 있다면 몰라도'

'내 주위 사람들은 대부분 집 한 채는 갖고 있어요. 그들보다 많아야 되지 않겠어요? 최소한 집 두 채 아니 세 채는 갖고 있어야 해요'

'대부분 일용할 양식은 있지요. 브라질에서 공수한 커피를 아침마다 마신다거나 금으로 만든 접시에 담아 음식을 먹으면 몰라도'

내 소유가 중요하고 다른 사람들보다 하나라도 더 많이 가져야 하고 아주 특별해야만 행복을 느낀다면 행복의 범위는 축소될 것이 뻔하다. 세상은 나보다 많이 가진 사람으로 가득 찼고 평범한 일상에 아주 가끔 끼어드는 특별함에만 의미를 부여한다면 도대체 언제 행복할 것인가? 얼마나 많이 가졌느냐보다 이미 가진 것을 얼마나 좋아하느냐에 따라 행복이 손을 내밀기도 하고 등을 보이기도 한다. 생텍쥐페리의 『어린왕자』에 이런 말이 나온다.

"사막은 아름다워. 사막이 아름다운 건 어디엔가 우물이 숨어 있기 때문이야. 눈으로 찾을 수 없어. 마음으로 찾아야해."

행복은 사막에 숨어 있는 우물 찾기보다 훨씬 쉽다. 굳이 마음으로 찾지 않아도 된다. 마음먹기에 달려 있다.

작가의 꿈

김영두
소설, 물리 77

하느님이 천지를 창조하시고 관장하신다면, 소설가는 소설을 창작한다. 창작자는 하늘 아래 가장 위대한 직업인이다.

내가 등단하던 30여 년 전만해도 소설을 창작하여 기본적인 의식주를 해결할 뿐만 아니라 품위있는 삶을 영위하는 분들이 계셨다. 그래서 나도, 내가 쓴 소설이 베스트셀러가 되어서, 소설가의 창작수입만으로 '잘 먹고 잘살며, 타인의 존경도 한 몸에 받는' 꿈도 꾸었다.

문학 중에서도, 사전적 정의대로, 소설은 작가가 직간접적으로 경험하거나 머릿속에서 구상한 사건을 바탕으로 진리의 심오함과 인생의 아름다움을 형상화하며, 이를 통해 독자들에게 감동을 선사하는 창조적 문예작품이다. 이러한 소설의 본질은 인간의 감정과 사유를 탐구하고, 독자로 하여금 삶의 다양한 면모를 이해하도록 돕는 데에 있다.

소설가는 현실을 있는 그대로 반영한 작품을 세상에 내놓지는 않는다. 현실 기반에서 창의적 상상력으로 심화시킨 작품을 생산해 낸다. 인간이 가진 가장 독특한 능력 중 하나인 '창의적 상상'을 통해 더 넓은 세계를 탐구하고, 삶의 다양한 가능성을 모색하는 것이다. 소설 속의 사건이나 인물, 장소가 실제와 다를 수 있지만, 그것들을 통해 전달되는 감정, 사상, 철학은 분명 우리의 현실과 연관이 깊다. 즉, 소설가는 현실과 이상 사이의 다리 역할을 하며, 독자에게는 자신의 삶을 되돌아보고, 타인의 삶에 공감하며, 세상을 다양한 시각으로 바라보게 하는 역량을 불어넣어 준다. 그들에게 신세계를 펼쳐 보여준다.

더 나아가 소설가는 소설을 사회적, 문화적 현상을 반영하고 비판하는 수단으로도 활용하여 왔다. 역사적으로 많은 소설들이 사회적 불평등, 정치적 부패, 인간성의 상실과 같은 문제들을 다루며 사회 변화에 기여했다. 이는 소설이 단순한 허구의 이야기임을 넘어, 현실 세계에 대한 깊은 통찰과 반성을 담고 있음을 증명한다.

이러한 긍정적인 인식의 이면에는, 소설을 둘러싼 부정적인 인식이 줄기차게 존재해 왔다. 이는 문화와 예술에 대한 이해의 부족, 그리고 소설이 내뿜는 상상력과 창조력의 가치를 제대로 인정하지 않는 사회적 분위기에서 기인했다고 볼 수 있다. 최근 들어 일부에서는 소설을 마치 현실과 동떨어진 거짓말이나 허구의 산물로 치부하여, 이 때문에 소설의 근본적 가치를 폄하하는 시각이 생기기도 했다. 이러한 시각은 소설이 가진 예술적 문화적 중요성을 간과하는 것이며, 심각한 오해이다. 소설가는 소설이라는 장르의 진정성과 중요성을 재인식하여 이런 경향에 맞서고, 바로잡는 노력을 해야만 할 것이다.

결론적으로, 소설은 단순한 거짓말이나 허구의 이야기가 아니라, 소설가의 상상력과 창조력이 꽃피운 문화예술의 중요한 형태이다. 독자는 소설을 통해 삶의 의미를 탐구하고, 다양한 인간 경험에 대한 이해를 넓히며, 사회적 문제에 대한 통찰을 얻을 수 있다. 그러므로 소설가는 스스로 자신의 창작품에 진정한 값어치를 부여하고, 자신의 창작품이 인류의 미래에 미칠 문화적 예술적 가능성에 기대를 걸며, 꾸준히 정진해야 한다.

소설이 인류에게 끼친 영향이 얼마나 지대한지, 왜 소설을 읽어야 하는지, 독서만이 마음의 양식임을 아무리 목에서 피가 터지게 부르짖어 봐도 다 소용없다는 자괴감이 드는 이유는 다른 데 있다.

한국의 소설가가 소설가로서 생계를 유지하고 성공적으로 먹고 살기 위해서는 무엇을 어떻게 해야 할지 짚어본다.

소설가의 작품은 높은 품질을 유지해야 한다. 흥미로운 이야기, 풍부한 캐릭터, 훌륭한 문체 등이 있어야 독자들의 관심을 끌고 지속적인 충성도를 이끌어낼 수 있다.

출판사와의 협업도 매우 중요한 요건이다. 보석을 못 알아보는 출판사를 원망할 일도 아니다. 출판사가 소설가의 작품을 인정하고 출간하면서 책의 판매와 광고 등을 담당하여 작가가 오직 집필에만 집중할 수 있는 환경이 이루어지도록 협력해야 한다.

또한 독자들의 반응은 작가의 성공에 중요한 역할을 한다. 책을 구매하지도 않으며 구매하여도 서가에 꽂아놓고 읽지 않는 독자만 원망할 일이 아니다. 독자들이 작품을 구매 소비하고, 긍정적인 리뷰를 남기며, 소셜미디어 등에서 홍보해주도록 역시 협력해야 한다.

작가는 책 판매 외에도 저작권료, 강연료, 창작 지원금 등 다양한 수익원을 확보하기 위해, 특히 TV 드라마나 영화 등으로 작품이 파생되도록 관계자들과 꾸준히 노력해야 한다.

그러나 한국의 소설가는 오직 한국어로만 소설을 쓴다. 출산율의 감소는 사회 전반의 문제일 뿐만 아니라 한국어를 읽고 쓰는 사람의 숫자도 줄여놓았다. 한 가지 물품, 예를 들어 정수기라든지 자동차를 생산하여 수출 없이 내수만으로 먹고 살려면, 즉 한국어로 쓰인 소설이 소비되려면 한국어를 사용하는 소비자가 적어도 2억 명은 되어야 한다고 한다.

한국에서 일부 성공한 소설가들은 소설창작 활동만으로 안정적인 소득을 올리고 소설가로서 인기를 누린다. 그러나 이는 상대적으로 몹시 드문 경우이다. 많은 소설가들은 의식주 해결을 위한 부수적인 수입원을 찾아 헤맨다. 전업소설가로 활동을 하면서 부업을 가지거나, 강연을 하거나, 글쓰기 관련 교육을 진행하거나, 문학과는 동떨어진 형태의 글쓰기 작업을 수행하는 등의 고육지책을 써서 삶을 지탱한다.

이 시대에, 소설가를 지향하는 문학청년들이 소설창작만으로 생계를 유지하고 나아가서 대박을 터뜨리는 야무진 꿈을 꿀까. 슬프지만, 나는 아니라고 고개를 저을 수밖에 없다.

그럼에도 참 이상한 일은, 한국의 인구가 줄고, 소설가들은 점점 궁핍해지는데도, 신선한 소설가를 뽑는 신춘문예를 비롯한 문예지 신인상 응모자는 꾸준히 증가한다고 미디어는 보도한다.

왜 일까.

손글씨

이진화
수필, 특수교육 78

책꽂이 정리를 하다가 낯익은 노트 한 권을 발견했다. 늘 그 자리에 꽂혀 있었지만 꺼내서 본 것은 오랜만의 일이다. 모범생의 경필쓰기처럼 가지런한 손글씨가 뒤로 갈수록 흐트러지고 떨린 흔적이 역력했다. 그 물건은 2003년도 초여름에 돌아가신 시어머니의 성경 필사본이다. 성경쓰기는 누가복음 12장에서 멈추어 있었다. 평소 어머니의 필체는 반듯하고 유려했는데 말년에 파킨스병, 알츠하이머병과 싸우면서 소근육 운동을 겸해 성경 필사를 시작하셨다. 한 획씩 정성 들여 쓴 손글씨가 시간의 흐름에 따라 흔들린 걸 보니 가슴이 아릿했다.

본격적으로 글을 쓰기 시작할 무렵에 수필과 소설을 함께 썼다. 수필로 등단하기에 앞서 신춘문예에 소설을 응모했다. 1980년대만 해도 손으로 원고를 쓰던 시절이라 100페이지 남짓한 단편소설을 쓰는 동안 생긴 파지만 해도 온 방안에 수북했다. 문제는 내가 평소에 글씨를 흘려 쓰는 편이라 걱정을 했는데 시어머니께서 기꺼이 필경사 역할을 해주신다고 했다. 늘 어렵게 느껴졌던 시어머니께 그 일을 부탁드린 것은 내 꿈에 대한 승인과 지지를 받고 싶었기 때문이었다. 원고지에 글씨를 쓸 때마다 며느리에 대한 인내와 관용을 한 칸씩 더하셨으리라.

그런 일이 몇 년 간 이어져 내 작품이 최종심에 오르는 결과까지 냈지만 소설과의 인연은 단편소설 한 권 정도의 분량으로 휴지기에 들어갔고 시어머니의 필경사 역할도 끝이 났다. 그 후에 수필로 등단하여 워드프로세서를 사용하면서 내 꿈의 세계에 동참하셨던 시어머니는 계속해서 먹을 갈아 붓글씨를 쓰셨고 나는 문간방에 앉아 기계로 글을 썼다. 워드프로세서에서 컴퓨터로 도구가 바뀌고 놀라운 인터넷 세상이 열리면서 방에 앉아 원고를 보낼 수 있게 되었다.

그래도 손으로 쓴 글씨가 여전히 힘이 있고 정겹다는 것을 경험에 의해 알고 있다. 몇몇 문단의 선배님들께 책을 보내면 꼭 손편지를 보내주시는 분들이 있다. 그렇게 받은 문인들의 편지는 각별히 소중하게 여기며 따로 보관해 두었다. 내 문학의 멘토 중 한 분인 아동문학가 강 선생님은 글을 쓸 때 원고지에 연필로 쓰라고 권하셨다. 천천히 연필을 깎고 사각대는 느낌으로 글씨를 쓰다보면 마치 경건한 의식을 치르는 듯 마음이 정돈되고 생각이 깊어진다. 나 역시 책읽기와 글쓰기 강좌에서는 애송시를 손으로 써서 낭송하라고 수강생들에게 권유를 했다. 속도가 지배하는 디지털 시대에 좋아하는 시를 손으로 써서 낭송하는 일은 분주한 일상 속에서 한 뙈기 텃밭을 일구는 것처럼 마음의 여유를 준다.

돌아가신 친정아버지는 윗대 할아버지들이 남기신 서화를 한정판 영인본으로 만들어 애지중지하며 보관하셨다. 그 〈사천시첩〉은 조선시대에 명문장가들이 지인들과 주고 받았던 글씨와 그림을 모아놓은 것으로 한 점 한 점이 미술사적인 가치가 있다고 한다. 언제 누가 누구에게 보낸다는 날짜와 서명이 있는 것으로 보아 그 당시 문인들의 삶의 이야기와 문화를 소상히 알 수 있는 사료다. 느긋하게 서화로 그린 편지를 인편에 보내면 다시 답장을 받는데 얼마나 걸렸을까. 순식간에 손전화로 문자를 날리는 시대에 살다 보니 불과 서너 세대 전까지 빈번했던 일들이 역사 속 이방에서

나 있었던 일로 느껴진다.

얼마 전에는 수필가인 금아 피천득 선생님과의 인연에 대한 글을 문학지에 싣고, 그 글의 일부를 육필 원고로 써서 피천득기념관에 보내라는 청탁을 받았다. 피천득 선생님의 수필을 낭독해 주시던 중학교 국어선생님의 목소리를 떠올리며 수십 년이라는 시간을 거슬러 오르기에는 역시 아날로그적인 필기구가 어울렸다. 누군가는 기념관에 찾아와서 내 책과 육필 원고를 유심히 읽어보기 바라며 옛 어른들이 먹을 갈아 글씨를 쓰듯 연필을 깎아서 원고지 네모 칸을 정성스럽게 채웠다.

요즘은 새삼스럽게 손글씨 필사 사진과 낭독 녹음파일을 공유하는 커뮤니티 활동을 하고 있다. 일부러 만년필에 잉크를 채우고 영어 본문과 번역본을 함께 올렸더니 영어 필기체가 멋지다는 평이 여러 차례 올라왔다. 같은 분야에서 일하지만 훨씬 젊은 세대인 그들은 인쇄체로 필사를 했고 나는 학창 시절에 배운대로 만년필의 잉크가 끊어지지 않는 필기체를 썼다. 필사를 통해 서로의 다름을 신기하고 흥미롭게 바라보며 연결하는 소중한 기회가 되었다.

문자향(文字香) 서권기(書卷氣)라는 말이 있다. 어떤 필체와 잉크로 썼든 내 손으로 쓴 글의 향기가 읽는 이의 마음을 어루만지고, 내가 만든 책이 단 몇 사람에게라도 힘을 줄 수 있다면 고마운 일이기에 여전히 문인이라는 부름에 낮은 목소리로 응답하고 있다.

조영선 _ 사막의 밤

신수희 _ 고향 친구들

김선진 _ 그리움, 아직도 마르지 않아~

최양자 _ 니가타에서

심상옥 _ 세느강에서의 이야기

이주남 _ 화창한 여름휴가

박숙희 _ 별이 쏟아지는 섬

이자숙 _ 충현박물관의 향기

한해경 _ 마두금과 낙타

정훈모 _ 크레이지 하우스

서승석 _ 솔로뉴의 신비

정숙향 _ 자연인이 되던 날

4부

별이 쏟아지는 섬

사막의 밤

조영선
수필, 국문 54입

나이가 들어 여행을 그만하려고 했다. 하지만 은퇴식까지 해서 넣어 둔 배낭과 카메라를 다시 꺼내 손질을 했다. 죽기 전에 꼭 가보고 싶은 곳이 있었기 때문이다. 그곳은 바로 요르단의 와디 럼(Wadi Rum)이었다. 와디(Wadi)는 '계곡' 럼(Rum)은 '달', 즉 와디 럼은 '달의 계곡'이라는 뜻이다. 2011년 유네스코 세계복합유산으로 지정된 붉은 사막이다.

그리고 얼마 후 내 바람대로 요르단에 도착했다. 요르단의 대중교통은 우리나라의 중고버스가 담당하고 있었다. 버스 내부의 비상구, 금연 안내, 종로유치원 등 한글 표기를 그대로 두고 운행하고 있었다. 오히려 한글이 있어야 코리아 제품이라고 인정받아 값을 더 쳐준다고 했다. 괜히 으쓱해지며 어깨에 힘이 실렸다.

와디 럼에 가기 위해서 일단 요르단 남부 마을 '와디 무사'의 허름한 호텔에 들었다. 2인용 객실은 6디나르, 싱글룸은 5디나르, 여럿이 함께 머무는 도미토리는 2디나르, 본인의 배낭을 베고 옥상에서 잔다면 1디나르였다. 숙박료가 저렴한 대신 서비스는 전혀 없다. 물 한 잔도 사 먹어야 한다.

나는 싱글룸에 짐을 풀었다. 그리고 호텔 측에 와디 럼에 같이 갈 동행인을 부탁해 두었다.

호텔 측에서는 네 사람 이상이라야 차 한 대를 빌려서 갈 수 있다고 했다. 지금까지 모인 인원은 세 명뿐이니 한 사람이 더 올 때까지 기다리라고 했다. 그리고는 객실로 연락을 해서 먼저 와서 동행을 기다리던 길손들을 소개해 주었다.

한 명은 일본인으로 41살의 선생님이었다. 태국에서 일본어 학원을 한다고 했다. 다른 한 명은 싱가포르계 미국인으로 열아홉 살 남자 대학생이었다. 그리고 한국 할머니인 나까지 셋이었다. 우리 세 사람은 언제 나타날지 모르는 한 사람을 기다리느니 네 사람분의 비용을 세 사람이 나누어서 부담하는 데 합의를 보고 베두인 가이드를 소개받았다. 가이드는 20대의 청년이었다. 키가 훤칠하고 눈썹이 짙다. 우리나라에서는 잘생긴 미남이지만 이 지역에서는 흔한 보통 인물이었다.

우리는 호텔을 출발해서 와디 럼으로 향했다. 그 옛날 대상(隊商)들의 낙타가 다녔다는 왕의 대로(King's way)로 달린다. 비포장도로다. 가는 길에 가이드 청년의 집에 들러 야영 준비를 하면서 차 대접을 받았다. 이들의 풍습대로 여인들은 보이지 않고 어린 자녀들이 시중을 들었다. 향긋한 차와 말린 무화과 열매를 내왔다. 와디 럼은 항구도시 아카바에서 내륙 쪽으로 약 삼십 킬로미터 들어온 곳에 있다.

이곳의 아름다움은 영화 '아라비아의 로렌스'를 통해 이미 사람들에게 알려진 지 오래다.

나는 가이드 겸 운전기사 옆 조수석에 탔다. 동행인 다른 두 사람은 신사도를 발휘해서 앞자리를 한국 할머니인 나에게 양보했다. 그리고 자신들은 잡동사니 야영 도구와 함께 의자도 커버도 없는 짐칸에 올라탔다.

사막의 입장료는 일인당 1디나르였다. 고대 하상(河床)과 암봉(岩峰) 지대에 들어섰다.

건조하고 부드러운 붉은 모랫벌과 수천 년 세월 동안 풍화에 깎이고 닦인 암벽, 암봉과 계곡, 절벽의 파노라마가 장관이다.

망망한 대(大)사막에 불현듯 나타나는 암봉과 절벽들은 이름을 붙여도 좋으리만큼 특색이 있다. 이집트의 피라미드처럼 생긴 게 있고, 스핑크스라고 우겨도 됨직한 암석도 있다. 카파도키아(Cappadocia)의 버섯 군락 같은 곳도 있다.

와디 럼은 사막의 해금강이다. 만약 와디 럼의 사막이 바다라면 그것의 자연 암벽과 암봉들은 해금강의 기암괴석이다. 우리나라에 해금강(海金剛)이 있다면 요르단에는 사금강(沙金剛)이 있다고 말할 수 있다. 바위 틈에서 물이 흘러나오는 '로렌스의 우물'까지 보고 나니 벌써 해가 지려고 했다. 가이드는 저녁을 준비했다. 암벽의 벌어진 틈 사이사이에서 여러 가지 식재료와 소금 설탕 등이 나왔다. 베두인 가이드가 미리 넣어놓은 것들이었다. 모래를 파고 그 안에 솥을 넣었다. 감자, 호박, 또 육류와 채소를 넣은 뒤 소금을 뿌리고 뚜껑을 덮었다. 그리고 그 위에 다시 모래를 덮어 봉했다.

모래 위에 마른 나뭇가지들을 올려놓고 불을 붙인다. 한동안 훨훨 불꽃이 일렁거렸다. 불이 꺼진 뒤 재를 걷어냈다. 우와! 그 안에서 나온 훈제요리는 일품이었다. 모두 둘러앉아 후후— 불어가며 먹는다. 이야기꽃도 피었다. 선생님과 대학생과 할머니와 베두인. 멋진 조합이었다.

저녁 식사를 마치고 가이드가 텐트를 마련해 주었다. 하지만 나는 사양했다. 대신 바위산 자락을 바람막이로 삼고, 골이 깊은 암벽을 의지해서 잠자리를 잡았다. 하늘을 보고 맨 모랫벌에 누웠다. 세상에서 가장 넓은 잠자리였다. 한낮의 지열이 남아 있어 등짝이 따듯했다. 사막바람이 솔솔 부채질하듯 불어온다. 태양이 지평선을 넘어가고 한동안 노을이 서쪽 하늘에 걸려 있었다. 광활한 사막에 낮과 밤의 교차 의식이 펼쳐지기 시작했다. 사막의 황혼은 노란색이다. 지중해에서 본 노을은 가슴 설레는 진다홍색이었고, 북극에서 본 노을은 멍든 보랏빛으로 어두웠다. 사막의 노을은 어떤 색일까 많은 상상을 해봤지만, 그토록 고운 레몬색일 줄은 꿈에도 몰랐다. 그 어떤 화가가 있어 이러한 색깔을 만들어낼 수 있을까?

잠시 후, 노을과 함께 쪽달도 사라지고 곧이어 별들이 등장했다. 하나, 둘, 셋, 넷, 큰 별들이다. 유난히 반짝였다. 별들은 셀 수 없이 빠른 속도로 나타나서 제자리를 잡았다. 이윽고 잔별들이 은하수에 섞여서 하늘을 뒤덮었다. 하늘에 보석을 쏟아부은 것 같았다. 손을 뻗으니 손끝에도 별이 내려와 앉았다. 심지어 누워있는 내 발등에도 별이 붙어있었다. 우주의 별들이 숨을 곳을 잃고 모두 노출된 것이었다. 별들이 땅끝에서 하늘 끝까지 꽉 차 있는 것을 나는 보았다. 감격으로 가슴이 벅차올랐다. 뜨거운 눈물이 볼을 타고 귀밑으로 흘렀다.

어느덧 새벽이 오고 있었다. 또다시 어둠과 광명이 자리를 바꾸는 의식을 준비했다. 이번에는 잔별들과 은하수가 먼저 퇴장했다. 이어서 대장별들이 태양의 거동을 기다렸다. 그리고 태양의 기척이 있자 대장별들이 황급히 자리를 떴다. 태양은 황금빛 날개옷을 걸치고 불덩이처럼 뜨겁고 넘치는 기운을 뿜으며 조용히 떠올랐다.

나의 머리는 절로 숙여지고 두 손은 공손하게 모아졌다. 엄격한 감독의 지휘 아래에서 오랜 세월 연습을 거듭한 명작의 무대처럼 질서정연한 빛과 어둠의 교차 의식이었다. 이것이야말로 창조의 그날부터 이어져 내려오는 가장 고전적이고 완벽한 공연이 아니겠는가?

그 공연이 펼쳐지던 와디 럼의 사막 한가운데에서 나는 느꼈다. 창조주의 무한한 사랑과 무서운 질타, 그리고 우주의 엄격한 질서와 위대함을. 수십 년 동안 세계 각국을 다녔지만 지금까지도 그때 그 사막에서의 야영이 가장 기억에 남는 이유다.

고향 친구들

신수희
수필, 정외 63

더운 여름이 시작되더니 장마가 시작된다고 한다. 괜이 마음이 허허하기도 해서 내가 어릴 때 살던 고향에 내려갔다. 집을 떠나면 고향은 언제나 내 곁에 와서 어릴 때 이야기를 하고 보고픈 친구들이 다가온다.

어떤 계획도, 약속도 없었다. 나 혼자서 그냥 차를 몰고 생각없이 고향으로 가는 고속도로에 차를 달렸다.

어릴 때부터 비 오는 날을 좋아하는 걸 알았는지 오늘도 예상하지 않게 하늘에서 비가 조금씩 떨어지기 시작했다. 창문 앞에 보이는 회색 하늘과 초록색의 무성한 나무들, 눈앞에 바라다 보이는 파란 들판은 금방 목욕하고 나온 여인처럼 청초하고 아름답게 보인다.

그냥 지나가기가 아까워 차를 잠깐 세워놓고 길옆에 빈 의자에 앉았다. 이름모를 작은 들꽃이 나를 쳐다본다. 내가 어릴 때처럼 때묻지 않는 작은 꽃들이 앙증스럽고 예쁘기도 하다. 잠시나마 철없이 행복했던 지난날이 머릿속에 가득히 채워진다.

고향, 외할머니, 꽃을 좋아하던 엄마를 닮았나?

다른 때 같으면 앞만 보고 운전하고 갈 것을 오늘은 첫 휴게소부터 자동차를 세워놓고 동행이 없는 커피 한 잔을 샀다.

어디를 가는지 사람들이 왔다 갔다, 바깥에 놓여있는 빈 의자에 혼자 앉았다. 그동안 잊고 살았던 고향의 이야기들이 끝 간 데 없이 앞서거니 뒷서거니 내 눈앞에 어른거리고 있었다

거의 다섯 시간이 흘렀을까? 함양 산천을 뒤로하고 진주 남강을 지났다. 함안 법수가 나오는 걸 보니 마산이 내 곁에 가까워 옴을 알았다.

"보고싶어 그냥왔다."고 활달한 친구 중자에게 전화를 걸었다.

갑자기 왜 왔느냐고 물어볼 만도한데 가끔 가다가 뜬금없이 방황하던 내 모습을 미리 알아 차렸는지 반갑게 전화를 받았다.

엄마가 살아있을 때는 한 달이 멀다 하고 마산을 왔었는데 벌써 몇 년이나 되었다. 오랜만에 이곳에 와서보니 전에 없었던 아름다운 바닷길과 바다곁에 세워진 예쁜 집들이 꼭 외국에 온 것처럼 아름답게 변해 있었다.

바다와 바다로 연결된 콰이강의 다리, 가포해수욕장을 지나 충무까지 연결되는 길고 긴 바닷길, 마산에서 진해로 넘어가는 철로 위의 빨간 길. 우리 다섯 친구들은 차 안에 포개 앉아서 점심을 먹고 진짜 지중해에 온 것처럼 "지중해"라는 찻집에 앉았다.

진한 보라 색깔의 수국과 작은 분홍 꽃들이 바다 아래로 향한 꼬불꼬불한 오솔길에 줄을 지어 피어있던 그곳은 바다가 있는 마산이 아니고는 가볼 수 없는 그런 찻집이었다.

산과 바다만 있었던 마산이 이렇게 아름답게 변해 있을 줄은 정말 몰랐다. 거의 삼십 년 전이었을까 마산시가 창원시로 행정구역이 바뀌졌을 때 나는 똑똑한 마산의 인재들은 다 어디를 가고 하면서 슬퍼한 적이 있었다. 창원시에 편입된 마산구를 원망하면서 고향을 잃은 슬픈 고아처럼 쓸쓸하게 서울로 되돌아 간 적도 있었다.

지금도 여전히 오랜 역사와 전통을 자랑하던 마산은 아직까지 옛날의 마산시로 되돌아 오지는 않았지만 푸른 바다를 가진 자연환경이 만들어준

마산은 아름다운 나의 살던 고향으로 되돌아 갈것이라고 확신하고 싶었다.

내가 9살이 되던 한국전쟁 당시 밤이 새도록 탱크 소리, 비행기 포탄 떨어지는 소리에 무서움의 밤을 지새웠던 날들이 지금도 생생하게 기억이 난다. 죽음을 무릅쓰고 지켜냈던 마산의 진동고개는 그래서 적화되지 않는 자유 대한민국을 만들어냈던 마산의 위상을 보여준 것이라고 생각이 든다.

되돌아 오는 행복이라고 할까? 지금 생각하니 잃어버린 것에 대한 원망과 슬픔은 다시 이루어낼 수 있는 성공이 확신될 때 이겨낼 수 있다는 것을 이젠 알았다.

길 옆에 핀 아름다운 꽃과 바다 고향에 살고 있는 내 친구들을 번갈아 쳐다보면서 멋지게 변해가는 마산의 풍광이 세계적인 고향이 되기를 기대하면서 자존감을 느끼기도 했다. 금방 갔다가 친구들만 만나면 빨리 돌아오겠다던 나만의 여행은 그 다음날도 또 그 다음날도 우리들은 또 이렇게 만났다. 이젠 얼마나 더 만날 수 있을 것인가? 엄마도 돌아가시고 고등학교를 졸업한 지 60년이 넘었다. 헤어짐의 아쉬움은 나를 일찍 일어서게 만들지 못하고 결국 자정이 넘어서야 서울 집에 도착했다. 집에 오자마자 떠나지 않는 고향의 가득한 마음 때문에 친구한테 문자를 보냈다.

"중자야. 파란 마산의 바다를 쳐다보면서 어릴 때로 돌아갔던 우리, 정말 행복했었다. 그리고 고마웠다. 오래오래 건강해라. 영애 성자 영희 경자에게도 내 이런 마음 전해줘라. 영희가 싸준 삶은 계란, 성자가 꼭꼭 뭉쳐준 콩이파리 엄마 생각이 나서 울었다."

그리움, 아직도 마르지 않아~

김선진
시, 국문 66

문인들 모임 '가은회'에 갈 때마다 호정이가 살던 빌라 옆 〈한국관〉 한정식 집을 찾는다. 언제나 왼쪽에 위치한 그 빌라 4층을 나도 모르게 올려다보게 된다.

지금은 이 세상에서 함께 숨 쉴 수 없고 함께 배움의 장에서 만날 수 없는 친구, 호정이를 그리워하기만 한다. 고등학교 다닐 땐 같은 반을 한 번도 한 적이 없어서 그리 친할 기회가 없었다. 친구는 S대 기악과로 진로를 정하고 나는 E대로 갔기에 더 더욱 우정을 나눠 본 적이 없었다. 결혼 후 초창기에 10명의 여고 친구들이 우연히 모여 우정의 모임을 결성했다. 아름다운 꽃 속의 수술이 되자고 '꽃술회'라 명칭하여 지금까지 50여 년 동안 불리게 되었다.

초창기엔 부부 함께 참석하는 기회도 만들었고 지금까지 몇십 년의 변함없는 다정한 친구로 함께 살아왔다. 호정이는 남편을 따라 세계 여러 나라에서 젊은 시절을 보내다가 귀국하여 내가 사는 아파트 같은 라인 9층에 잠시 머물렀던 적이 있었다. 어느 날, 내가 친구를 보러 갔더니 마침 친구가 외출 중이었고 막내딸인 혜근이가(초등학교 3학년 무렵) 부재중인 어머니를 대신하여 소반에 김이 모락모락 오르는 차와 과일, 과자를 담아 챙겨 나오는 게 아닌가.

나는 너무나 놀라웠다. 그 어린 나이에 어머니 친구인 나를 아무 거리낌 없이 대접을 하다니. 호정이가 자식을 참 잘 키웠구나 생각했다. 지금까지도 그때 그 시절의 기억이 어제 일처럼 생생하게 떠오른다.

친구는 지극히 진취적이었으며 무엇이든 우리 친구들에게 알려 주고 다들 함께 참여하게 했다. 2003년 새해 벽두 걸려온 한 통의 전화, "친구야! 너무 좋으신 논어 선생님의 강의를 한 번 들어 볼래?" 언제나 다정한 친구의 음성에 거절도 못하고 얼떨결에 반신반의 하면서 정월 초사흘, 논어 강의실 문을 들어섰다. 역시 친구의 권유는 적중해서인지 15년이란 세월을 친구들과 배움의 징검다리를 건너가고 오곤 하였다. 참 잊을 수 없는 아름다웠던 시절이었다.

정호정 친구는 사교적인 성품으로 각 분야의 사람들과 교류하며 기억력이 유별나게 뛰어나서 어느 때, 어느 장소, 어떤 옷을 입고 누가 무슨 말을 어떻게, 어떤 표정으로 했다는 것도 다 기억해 내는 머리 좋은 비상한 친구였다. 정이 많아 누구에게든 베풀기를 좋아했으며 내가 한동안 이석증을 앓아 많이 고생하던 엄동설한의 어느 추운 겨울 날, 추위에 꽁꽁 언 듯한 얼굴을 하고 우리집 초인종을 눌렀다. 두 손에 들고 있는 갈비탕 두 그릇을 얼른 건네주고 총총히 어둠 속으로 사라져 가던 친구.

마음 씀이 얼마나 애틋한지 이제 곁에 없으니 그 우정 갚을 길이 없어 너무 안타깝다.

사랑하는 부군을 잃은 엄청난 고독과 싸우느라 숱한 몸부림에 서서히 몸은 무너져 내리고 당뇨와 대상포진으로 고생하며 굼 뜨는 행동으로 어디에서든 늦게 나타날 수가 있어 그럴 때 주위의 싸늘한 시선들로 인하여 참 많이 아파하기도 했다. 왜 도심지에 사는 마음들은 모두 도심의 빌딩 숲을 지나가는 바람을 닮아 갈까. 왜 그 그늘을 닮아 가는지.

세상은 한 치의 실수도 용서치 않고 따스한 배려란 실종된 지 오래인가.

세상의 모든 건 달라져 간다. 육친의 정도, 친인척간의 교류도, 친구의 우정도, 이웃사촌도 아예 점차 그 색깔이 옅어져 가고 있는 게 아닐까. 온 우주의 행성과 지구의 아름다움이 이변을 일으키고 있는 게 아닐까. 오로지 부(富)와 편리함에 매달려 이겨야 살아남는다는 철저히 비틀린 이기심이 현관문만 나서면 도처에 도사리고 있는 듯하여 세상이 두려워진다.

이제 이국땅에서 친구는 떠나갔다. 그 친구, 고국에서의 영결 미사가 열리는 날. 하늘에서 눈이 내렸다. 펄펄 내리는 눈송이들이 호정이의 따스한 손길이 되어 내 마음을 마냥 데워주는 듯했다.

너를 좋아하고 너를 그리워하는 가족, 친지, 친구, 많은 분들이 오셨다.

자신의 분신 삼 남매를 모두 두고 어떻게 매정하게 떠나갔느냐?

먼저 가신 부군의 하늘 집까지 어떻게 잘 도착하였느냐?

그곳에 가서도 역시 사람을 좋아하고 아낌없이 쏟고 있을 너는 사랑했던 그 많은 친구들 가슴속에 영원히 마르지 않는 청청한 소나무였다.

친구야! 그날, 믿기지 않는 너를 보내며 통한의 아픔을 하늘에 띄워 보냈다.

니가타에서

최양자
수필, 간호 67

몇 해 전 1월. 일본 니가타에 살고 있는 아들이 자기 집에서 새해를 함께하자고 했다. 그곳은 연말과 연초 열흘 동안 모든 기관이 휴무이며 대부분의 사람들은 어딘가로 떠난다는 것이다. 집도 새로 마련했으니 보여주고 싶었겠지. 하긴 우리가 더 궁금했다.

아담한 2층집. 아들이 처음 가져보는 집이다. 이층에 방 3개 아래층엔 손님방과 거실, 부엌이다. 특이한 것은 손님방에 천창이 있어 하늘을 볼 수 있고 구름도 쉬어가는 거였다.

니가타는 한국으로 치면 용인 정도의 농촌 마을이다. 일본은 평소에도 조용하지만 연휴 중이어서인지 더욱 차분했다. 작은 동네라 별로 볼 것도 없다며 온천을 가기로 했다. 집에서 자동차로 1시간쯤 가면 유명한 온천촌이라 했다. 가는 도중 멀리보이는 산이 희끗희끗 눈에 덮여있었다. 눈의 고장다웠다. 가는 도중 내내 눈발이 날렸으나 온천장으로 들어가는 길 표면에는 눈이 쌓이지 않고 금세 녹았다. 길 위에 낯선 손가락 굵기의 작은 고무 호수가 있었는데 그 호수를 통해 물이 흘렀다. 온천 지역이니 더운물을 흘려보내서 아마도 눈이 쌓이지 않게 해놓은 시설이 아닌가 짐작했다.

온천 지역 답게 각각의 간판을 건 온천장이 즐비했다. 알고 보니 유자와라는 지역은 온천으로 유명한 곳이었다. 그곳 '고성관'이라는 온천장에서 하루 묵기로 했다.

우리는 유카타를 입고 목욕탕으로 향했다. 목욕 후 프런트로 나오자 떡치는 행사가 벌어지고 있어 시끌벅적했다. 연초 손님들과 떡을 직접 만들어 나눠먹는 행사. 아이 어른할 것 없이 여러 사람이 한 번씩 돌아가며 떡메 치는 행사를 하고 있었다. 아들과 손자도 떡메를 쳤다. 생각처럼 잘 되지 않는지 어색한 표정이었다. 왁자지껄 떠드는 사이 어느새 따듯한 인절미가 만들어졌다. 사람들은 머리가 젖은 채로, 유가타를 입은 채로 즉석에서 두 개씩 인절미를 받았다. 마치 이곳이 일본이 아니고 내 나라 내 동네 이웃처럼 편안하게 앉아 떡을 조청에 찍어 먹으며 즐겼다.

다음날 아침 멀리보이는 산에는 축복 같은 흰 눈이 산 갈피갈피에 쌓여 멋진 설경이 펼쳐졌다. 마치 방안에서 눈 풍경 산수 병풍을 펼친 것 같았다.

창문을 열자 찬바람이 기분 좋게 들어왔다. 이곳 유자와 온천이 〈설국〉의 배경이라니. 유명 소설 배경을 따라 여행하는 것처럼 행운을 잡은 듯 기분이 묘했다.

〈설국〉의 요코가 역장에게 동생을 부탁하는 슬프도록 아름다운 목소리가 산을 타고 메아리처럼 들리는 듯했다.

주인공 시마무라는 매년 겨울이면 휴식을 즐기려 이곳 온천장을 찾아와 몇 달씩 묵는다. 우리가 바라본 저 산을 올라 다니고 우리가 목욕한 욕탕으로 들어가고 했겠지. 그러면서 여관에서 일하는 고마코와 연애하는 한량. 요코와 고마코 두 여인. 시마무라와 벌이는 사랑이야기. 소설 속 인물들을 그리며 마치 그 시대로 돌아간 듯했다.

멀리 산이 침묵하고 들판엔 꿩이 날아오를 듯한 풍경. 가족과 함께 연초에 맞은 설경은 차분했고 눈빛처럼 아름답게 빛났다.

세느강에서의 이야기

심상옥
시, 교육 68

루이 15세 퐁파도르 시대 후작부인
화려한 의상과 생활용품과 함께
파도와 같이 휘날리는 갈색머리에도
기댈 언덕이 있을까

화려한 의상에게도
그녀 생존시에 제작된 연질 도자기에게도
쉴 집이 있을까

비스크 자기에게도
휘날리는 갈색머리에게도
놀이터가 있을까

퐁파도르 부인에게도
후작부인 초상에게도

옛길이 있을까

장식 벽화에게도
나에게도 다음 정거장이 있을까

로코코양식의 도자기에게도
다채로운 색채가 되었을까

유약의 빛은 우아함을 가질 수 있을까
후작부인 같이 그렇게
—「AGAIN, BC」 全文

세느강 줄기를 따라 고풍이 짙은 루브르박물관이 보인다. 세느강의 꽁끄르트다리를 넘어 동쪽은 뛸르디공원에서 루브르 궁전과 서쪽은 샹제리제가, 북쪽은 마드레느 대사원에 이어진다. 루브르 궁전의 미술관은 남쪽의 세느강과 북쪽의 리볼리 거리 사이에 있다. 고대 그리스와 로마부분, 이집트부분, 오리엔트부분, 중세 르네상스 17세기 조각부분, 미술부분과 장식미술관으로 나뉘어 있다.

세느강은 파리 교외의 동부에서 서부로 흐르면서 파리 시가를 양쪽으로 나누는데 그 강 안에는 파리의 역사적 기원을 간직한 시떼 성과 쌍루이 섬이 있다. 또한 파리 시가는 기하학적인 구성으로 가로수가 많고 디자인의 왕국이라고 불리워지는 도시답게 향수를 비롯하여 각종 화장품과 패션 디자인, 상표를 파는 상점, 음악관, 음식점이 많은 것도 이 도시의 매력 중의 하나이다.

세느강 북쪽과 남쪽을 잇는 다리 중에 특히 퐁네프 교, 알렉상드로 3세 교, 꽁꼬르드 교 등 세 다리의 아름다움은 시떼 부근 강기슭의 고서점과 더불어 세느강의 명소로 손꼽히고 있다. 그중에서 알렉상드르 3세 교는 양쪽 편에 웅장하고 화려한 분위기의 조각이 나열되어 있다.

미술관, 박물관에 전시된 많은 문화재와 예술품, 궁전, 옛성, 사원들의 향취들이 흰 눈 덮인 알프스 피레네 산맥과 더불어 역사적 유산들이다.

루이 15세 때, 퐁파도우즈 부인의 화려한 의상과 파도와 같이 휘날리는 갈색머리, 생활용품인 식기류가 인상적이다. 그녀는 43세의 나이로 떠났지만 그 시대를 군림하였을 정도로 왕조차도 그녀가 원하면 들어주지 않은 것이 없었다. 사후에 재산목록을 보면 유화와 판화, 가구와 도자기에 이르기까지 막대한 양이었다. 그녀는 저택에 장식하는 취미가 대단하였다. 그중에서 로코코양식의 도자기를 즐겨 사용했다. 도자기의 다채로운 색채와 유약의 빛은 우아하게 보인다. 그녀는 왕에게 국립도자기제작소를 만들게 했다.

도자기 공장이 건설된 세브르는 세느강을 따라서 파리와 베르사이유 궁전 사이에 있다. 루이 15세 때 이 양자를 연결하여 왕이 건널 수 있도록 세느강에 길을 건설하였다. 이 길에 새로운 공장을 1756년에 준공하였다. 건물 내부에 왕실 전용의 방과 계단이 설치된 이 공장은 질이 좋은 도자기를 생산하여 상업적으로도 성공했다. 그녀의 이런 노력은 3년 후인 1759년, 이 공장을 왕실에서 사들어 정식으로 국립도자기제작소가 되었다. 저명한 조각가들이 원형을 공급하여 부인의 취미에 맞는 도자기를 만들어냈다. 종류도 식기, 꽃병, 인형에 이르기까지 다양했다. 퐁파도우즈 부인에 대해 아쉬운 것은 그녀가 죽은 수년 후에 도자기가 아닌 자기 제작을 했다는 점이다. 그녀 생존시에 제작된 것은 연질조자기와 비그킷 구이였지만, 어떻게 보면 그쪽이 그녀의 취미에 어울렸는지도 모를 일이다.

중세기 프랑스 도기는 다른 유럽과 같이 비잔틴계라고도 말한다. 14세기말 이탈리아의 르네상스 문화가 알프스를 넘어서 프랑스에도 전해졌다. 주석과 백유 바탕의 다채多彩도기 기법인 이탈리아의 마죠리카 도기가 남프랑스에 전해졌다. 이탈리아에서 옮겨 온 도공들에 의해서 요장이 만들어져서 마죠리카풍의 도기 생산이 시작되었다. 1442년 궁전에 가마를 만들었고 프랑스풍의 타일이 마죠리카 타일로 되어 크게 유행했다.

17~18세기 프랑스 전 지역에 주석과 백유 바탕의 다채도기를 만드는 요장이 만들어졌고, 당시 르네상스풍의 독특한 부조浮彫도자기까지 선보였다. 1740년부터 세브르요장이 자기 제작에 성공했다. 이 가마에서는 질이 높은 도자기를 만들어서 왕립자기공장이 되었다. 여기에 만든 연질자기가 전 유럽에 유행했고 1759년 국립세브르자기제작소가 된다. 그리고 로얄포세련이라는 이름을 붙여서 왕의 현납품까지 만들었다. 특히 루이왕가를 대표하는 청색, 홍색, 녹색, 황색의 바탕에 희게 칠해 축하 문양을 그렸다. 그것을 금채金彩로 선線장식을 한 제품이 그 당시 세브르요장의 대표적인 것이었다.

이 요장에서 만든 제품들은 르네상스풍을 반영한 독특한 조각이었다. 파충류과 어류魚類, 식물과 인물을 실물에 가깝게 부조해서 다채로운 유약으로 시문하기도 했다. 특히 단색화單色畵 자기에서 볼 수 있는 유약이 한층 미묘한 맛을 풍겼다. 이 자기는 중국풍의 당초 문양에 그리스풍의 목가적인 꿈을 더해 우아하게 보이기도 한다.

기분 내키는 대로 놀고 즐기기를 잘하고 그러한 데에 우수한 재능을 가진 사람들이 로코코 사람들이다. 그중에서도 퐁파도우즈 부인이 대표적이었다. 오늘의 프랑스 도자기 원류는 그녀에게서 시작되었다고 볼 수 있다.

화창한 여름휴가

이주남
시조, 영문 69

화창한 여름이 찾아왔다. 아파트 화단에 채송화 · 프리지아 · 팬지 · 튜립꽃들이 만발한 계절이다. 그러나 마음은 아직 한겨울이다.

여름방학이다. 난 가족을 위한 여행 계획을 세워본다. 아들 부부가 미국에서 한 달 휴가를 받아온다고 한다. 손자는 미국에서 태어났다. 대학생에 고2년이라 한 달 동안쯤은 잘 지낼 거라 믿는다. 아들 내외가 오면 호찌민시(사이곤)에 갈 계획를 세워볼까 한다.

몇 년 전이던가. 남편 친구 초대로 하노이 여행을 한 적이 있다. 그때 그곳 월남 사람들은 한국이 선망의 대상이라고 했다. 한국 전문 여행 가이드가 되는 것이 꿈이라고도 했다. 우리 일행을 부러워하던 그들의 눈빛을 잊을 수가 없다.

장미넝쿨이 어우러진 창밖에서 우짖는 새소리를 듣는다. 여행으로 짜여진 하루를 생각해본다. 나이가 들어가니, 꽃이 더 아름답게 보인다. 꽃말이 고운 유행가 가사가 더 가까워지고, 월남 여행 계획이 한층 더 즐거워진다. 지금은 집에서 편히 쉬며 호찌민시로 여행을 가서 돌아보는 꿈을 꾸며 누워있다. 마침 베트남 역사 기록을 들춰가며 쉬고 있는 날이라 더욱 편하다.

호찌민시는 다른 도시와는 다르다. 나라는 우리나라보다 3배 이상 크다. 하지만 관광 명소가 호찌민 시내 주변에 옹기종기 모여있다. 음식값 역시 싸고 맛있다. 베트남이 프랑스 지배 시절에는 호찌민시가 사이곤(saigon)이라 했다. 지금도 호찌민시를 '동양의 파리'라 부른다. 사이곤 시가지 건축양식은 하나같이 프랑스풍이다.

2019년엔 두 번째 베트남 북미 정상회담이 있었다. 그때 회담이 잘되어 북은 핵을 포기 선언한다고 했다. 미국은 대북 제재를 잘 풀어 나갔다. 남북 경제가 잘 해결되었으면 좋겠다. 그러나 웬걸 어처구니 없이 그만 중도에 불발 상태로 끝나버리고 말았다.

이제 나이도 실감하게 되고 보니, 우리 부부에게는 여행도 부담이 된다. 그래서 멀리는 말고 가까운 곳을 돌아보기로 한다. '노트르담 대성당' '벤탄 시장' '시립박물관' 정도만 둘러보고 한숨씩 쉬어 가야겠다. 아기자기한 책방거리는 꼭 봐야 한다. 그곳 조용한 길거리 카페에서 커피나 한 잔씩 마시며 오고가는 여행객들 눈요기를 하는 것도 별미다. 이렇듯 길거리 카페 풍경이 다양한 매력을 가진 호찌민 시가지 여행을 언제든지 기대해도 좋다.

창밖에선 빗소리가 좀 뜸하더니만 또다시 주룩주룩 내린다. 드디어 장마철이다. 순간 비에 갇혀서 듣던 그 빗소리… 고등학교 교과서에 실려있어 널리 알려져 있는 시 '나 이제 이니스프리로 돌아가리라'라는 시가 떠오른다. 윌리엄 버틀러 예이츠의 시다. 다시 되뇌며 읽어본다. 참 몽환적이다. 그리움을 노래한 수채화 같은 맑은 서정시. 지용의 향수에 젖은 시

'그곳이 꿈엔들 잊힐리야'와 도연명의 '귀거래사(歸去來辭)'를 문득 떠올리게 한다. 인간에겐 누구에게나 무심코 돌아가고 싶어하는 원형적 무한 공간이 눈앞에 펼쳐져 있다.

낭만적 꿈에 부푼 20대 후반 아일랜드의 첫 노벨 문학상을 탄 이 시인은 런던 거리를 걸으면서 잠시 어린 시절 추억을 떠올려 펼쳐 놓은 시— '나 이제 이니스프리로 돌아가리라'….

이제 일어나 가리라, 이니스프리로 가리라.
진흙과 나뭇가지로 작은 오두막집 짓고.
아홉 이랑 콩밭 가꾸고, 꿀벌 가득한 벌통 하나 두고,
그리고 벌들 윙윙대는 숲속에 홀로 살리라.

l will arise and go, and go to innisfree,
and a small cabin build there, of clay and wattles made:
nine bean-rows will l have there, a hive for the honeybees,
and live alone in the bee-loud glade.

그러나 현실적으로 나는 시조를 좀 더 아껴 쓰고 싶다. 내 안으로 돌아가는 마음 자세로 더 열심히 아름다운 언어를 골라 다듬어 누벼 수놓아 가며 살고 싶어진다. 더 열심히 고운 글을 쓰며 살고 싶어진다. 이 저녁 우리는 조요히 살아가면서 침대 위에 누워있으니, 매일매일 매사에 감사할 일이 너무도 많다. 삶살이 삶이 바로 축복이다. 그리고 이런 일도 코앞의 아름다운 슬픔이다.

문득 나에겐 이제 문학이란 새삼 진실하고도 오롯한 외길행이다. 느닷 모든 삶이 아까운 생명같이 여겨진다. 그렇다고 글에 매달리지 않고 살 수는 없다. 그러면서도 기쁨과 슬픔, 그리움들 모두가 아름다운 내 시조가

되어 내 따뜻한 품안으로 돌아오길 기다리는 마음이다.

우리 삶은 부메랑이다. 우리들의 생각, 말, 행동은 모두모두 언젠가는 다시 내 품안으로 되돌아온다. 정확하게 우리 자신에게 그대로 긍정적인 사랑의 언어로 조출히 기도하는 말씀이 되어 되돌아올 것이다.

며칠 전 우연히 본 좋은 시가 있다. 시적 반전으로 감동을 주는 시다.

커피 / 윤 보 영

커피에 설탕을 넣고/ 크림을 넣었는데// 맛이 싱겁네요// 아-/ 그대 생각을 빠뜨렸구요//

반칠환의 '겨울'을 '꽁꽁 언 냉장고'로 은유한 시 '봄'도 있다.

봄 / 반 칠 환

저 요리사의 솜씨 좀 보게/ 누가 저걸/ 냉동 재론 줄 알겠나/ 푸릇푸릇한 저 새싹도/ 울긋불긋한 저 꽃도/ 꽝꽝 언 냉장고에서 꺼낸 것이라네/ 아른아른 김조차 나지 않는가//

별이 쏟아지는 섬

— 마라도 여행기

박숙희

시, 교육 70

벌써 수년 전의 마라도 여행이었지만 오늘처럼 밤하늘 별빛을 볼 수 있는 날에는 그날의 여운이 가슴속에서 꽃처럼 아름답게 피어난다.

제주에서 한 달 살기가 끝날 무렵 아쉬움으로 가득해서 여러 생각을 하는 중에 제주 친구의 권유로 제주의 최남단에 위치한 작은 섬 마라도를 가기로 했고 우리는 별이 쏟아지는 그 섬에서 하룻밤을 경험하기 위해 민박을 예약했다.

제주 송악산 선착장에서 여객선을 타면 불과 30분 거리이고 거리는 약 11킬로미터 정도이다. 출발지는 제주 모슬포 운진항과 대정읍 송악산항과 두 군데서 출발하기에 여행자들은 이 두 곳 중에 한 곳으로 미리 예약을 해야 하는 것이 필수이다.

여객선은 하루에 5번 내지 6번 출발하며 마라도에 내려서 섬을 둘러보는 데는 약 1시간 정도면 충분하기에 하루에 다녀오려면 그 시간대를 맞추어 돌아오는 시간을 정해준다. 마라도는 국립해양공원으로 지정되어 있기에 약간의 입장료가 있고(약 1000원) 그곳에서 머무르고 싶은 여행자는 민박할 곳이 여러 곳이 있기에 예약만 가면 가능하다.
현재 40여 세대에 인구가 90여 명 정도가 살고 있다고 한다.

마라도 전설에 의하면 옛날에는 무인도였고 숲이 울창하고 나무들이 우거져 있었는데 제주에 살던 한 사람이 도박을 하다 빚을 많이 지게 되어 마라도로 도망하여 살게 된 것이 무인도에서 사람이 살기 시작이라고 전해온다.
그 사람은 외로움을 참지 못해 달빛이 쏟아지던 어느 날 달밤에 퉁소를 불었는데 그 소리를 듣고 수많은 뱀 떼들이 몰려와서 너무 놀란 나머지 뱀들을 제거하기 위해 큰 나무 숲에 불을 질렀고 석 달 열흘 만에야 불이 꺼졌다고 한다. 그날 이후부터 마라도에는 큰 나무도 숲도 없어지고 따라서 뱀도 개구리도 사라졌다고 한다.

마라도를 찾는 여행객들은 섬에 살고 있는 인구보다 다섯 배나 많은 여행객과 낚시꾼이 사계절 가리지 않고 방문한다. 특별히 봄의 마라도는 기암절벽에서 나오는 해산물이 풍부하고 보리밭과 푸른 초원이 아름다워서 청보리 축제를 보기 위한 관광객이 붐빈다.
마라도에 도착하면 많은 식당에 짜장면 짬봉집 간판에 놀라게 된다. 여러 방송 채널에서 마라도를 찾아와 촬영을 하고 그곳에서 짬뽕 짜장면을 먹은 것이 유래가 되었다고 하는데 값은 육지보다 비싸지만 해산물이 듬뿍하고 특별히 미역과 톳을 곁들인 짬뽕 맛은 어느 곳에서도 맛볼 수 없는 맛이 좋기로 유명하다.

작은 섬을 돌다보면 작고 예쁜 카페가 보인다.
그곳에 앉아 시원한 푸른 바다도 보고 잠시 휴식을 누리면 저절로 영혼의 힐링이 되는 느낌이다. 마라도 등대가 보이고 작고 예쁜 성당도 있다. 성당 안은 넓지 않지만 의자 대신 예쁜 방석으로 기도자들을 맞이하기에 한결 성스럽고 고요하여 저절로 고개 숙여 기도하고 싶어진다. 교회도 있고 부처님을 모신 절도 보인다. 무엇보다도 제주 섬의 전설 속에 나오는 "할망당"의 모습은 여행객이라면 누구나 찾는 곳이다. "할망당"은 마라도를 지키는 수호신이기 때문이다.

따듯한 날씨로 이곳은 겨울을 잊게 만든다. 평평한 들판을 한 시간 가량 건노라면 초록의 풀숲도 만나고 작은 들꽃의 미소도 만난다. 낮에는 햇빛이 눈이 부시도록 찬란하다. 그러나 마라도의 밤은 수많은 별들이 쏟아져 내리고 오직 파도 소리와 쏟아지는 별빛, 초승달을 아련하게 바라보며 무아지경으로 빠진다.

세상과 단절된 듯한 오묘한 느낌이다. 아주 먼 나라에 여행온 듯 착각에 빠져서 신비롭고 환상적인 그 밤의 느낌을 어떻게 표현할 언어가 부족하다. 고요한 밤에 바다 내음만이 물씬 코끝을 자극한다. 낚시를 즐기는 사람들이 마라도의 밤과 그 바다 위에서 주인공이 되기도 하지만 나는 무수히 쏟아지는 별빛과 파도 소리와 함께 단연 그 밤의 주인공이 되었다

우리나라 제주의 최남단에 위치한 섬 마라도
화산이 분화하며 이루어진 작은 섬 마라도
거센 풍랑과 기암절벽이 아름다운 섬 마라도
망망한 바다 위에 불빛이 되어 길잡이가 되어 주는 등대……별들의 고향 마라도…… 오롯이 아주 작은 섬으로 푸른 파도 위에 떠 있지만 여행객들에게 기쁨을 주는 마라도는 면적은 작지만 성스러운 교회와 성당과 절이 있고 등대와 카페가 있는 보기 드물게 신비롭고 아름다운 섬이다. 학생이 없어 수년째 문을 못 여는 작은 폐교가 마음 아프다.

제주 섬 속에 또 다른 최남단의 작은 섬, 마라도에서 하룻밤 머물며 거센 파도 소리와 무수히 쏟아지는 별빛과 대화하며 보냈던 그날의 여행은 지금도 아름다운 여운으로 남는다.

충현박물관의 향기

이자숙
수필, 식품영양 72

올해는 더위가 일찍 찾아오려나보다. 5월 첫째 토요일에 경기도 광명시에 위치한 충현박물관에서 제1회 한불문화예술협회 첫 시낭송회가 열렸다. 그곳은 모란꽃으로 알려진 곳이라는 이야기를 들었다. 그때쯤이면 모란꽃 향기로 가득할 것 같다는 기대도 해보았다. 야외 모임이니 관람객으로 가족과 함께 가면 좋은 봄나들이가 될 것 같다는 생각이 들었다. 모처럼 남편과 딸과 함께 두 시간 남짓 드라이브를 즐기며 모란꽃 향기에 취해 보기로 했다.

이른 더위 탓인지 모란꽃은 자취를 감추고 뜨락엔 향기만 가득 남겨 놓았다. 돌계단 위에 어른 키만 한 작약나무 한 그루가 탐스런 보랏빛 꽃송이 가득 피워 모란으로 반겼다. 먼저 온 분들을 따라 꽃나무를 배경으로 화려한 봄을 카톡 사진에 담았다. 고궁을 곱게 장식한 작약나무 한 그루가 꽃으로 만개되어 보는 이들의 마음을 풍성하게 채워주었다.

충현박물관은 조선 시대의 청백리 재상 오리 이원익(1547~1634)의 13대 종손 이승규 충현문화재단 이사장과 종부 황금자 관장이 2003년 설립한 박물관이다. 박물관의 명칭은 이원익을 배향한 충현서원에서 유래한 것이다. 전시실인 충현관에는 이원익 대감의 초상화, 친필, 문집을 비롯하여 후손들이 남긴 제기, 집기, 고문서 등이 전시되어 있었다. 그의 성실함과 세밀함이 배어 있는 유품들이었다. 야외에는 관감당, 오리 영우종택 등 다양한 유적들이 잘 보존되어 있었다.

광명시를 대표하는 문화 시설로 지역과 연계하여 박물관 교육, 학습자료 구축의 역할을 충실히 하고 있음을 알 수 있었다. 무엇보다도 충효, 청렴, 종가의 전통을 보급하고 대중의 문화 향유 증진에 이바지하고 있는 박물관임을 둘러보면서 깊이 느끼게 되었다.

봄이 무르익어 가는 계절에 유서 깊은 박물관 뜨락에서 저명한 선배 시인들과 함께 시낭송에 참가하는 영광을 누리게 되어 서승석 회장에게 감사를 드린다. 남편과 딸도 이런 고풍스러운 분위기에서 시낭송을 감상하고 파페라 가수의 가슴 울리는 노래에 감동하고 감미로운 아코디언 연주에 심취되었다. 파란 하늘에는 뭉게구름이 고택과 어울려 한 폭의 동양화 같았다.

오월의 충현박물관

이른 더위 밀려오니
모란은 뜨락에 향기 남긴 채
잎사귀만 싱그럽다

충현박물관 계단 위
작약나무 한 그루
탐스런 보랏빛 꽃송이 가득 피워
모란으로 반긴다

조선 시대 청백리 재상 오리 이원익
시대를 거슬러 삶의 귀감 되신 분
곳곳에 그의 정취 배어 있고

화창한 오월의 오후
선후배 시인들 숙연한 시낭송
파페라 가수 노래 가슴 울리고
감미로운 아코디언 연주 봄날 빛나네.

(졸시. 오월의 충현박물관 전문. 이자숙)

모처럼의 기회에 선조, 광해군, 인조 3대에 걸쳐 영의정을 지낸 명재상의 면모를 되새겨 보는 유익한 시간을 갖게 되었다. 오리 이원익은 임진왜란이 발발하자 왜적을 무찌르고 민심을 안정시키는 공적을 인정받아 호성공신 완평부원군에 봉해졌다. 대동법을 건의하여 조세 부담을 줄이고 나라의 창고를 넉넉하게 하였다. 항상 겸손하고 청렴하여 청백리에 녹선되었다.

종묘에 인조 임금 묘정에 첫 번째로 이원익이 배향되었다고 한다. "몸은 옷을 이기지 못할 것처럼 가냘프나 관직에 나아가서는 늠름했고, 말은 입에서 나오지 않은 것처럼 수줍으나 일에 임해서는 여유가 있었다네." "충성과 부지런함으로 나라의 부흥을 도왔으니 청백한 성품은 작은 가지였을 뿐이라네." 인조 묘정 배향교서의 내용을 풀이한 글이다.

충현박물관을 돌아보며 근 400여 년 전의 인물 오리 이원익이 새롭게 나의 가슴에 조명되었다. 시대를 초월하여 성숙된 인물의 일면모를 느끼고 감명을 되새기는 봄나들이였다. 자신의 이기적인 목적을 위하여 수단 방법을 가리지 않고 아부하는 군상들이 없어져야 하겠다. 교양을 외면하고 상대방에게 상처 주기를 일삼는 무례한 사람들이 없는 밝은 사회가 되어야겠다.

등나무 아래 야외 식탁에는 갖가지 봄나물에 보리밥이 곁들여졌다. 향긋한 더덕구이 향기가 입맛을 돋았다. 매콤한 북어구이도 곁들여졌다. 연탄화덕에서 방금 부쳐낸 야채 전을 돌리는 손길이 분주하다. 가족과 지인들과 더불어 먹는 소박한 점심상이 나들이 나온 이들에게는 더 맛나고 흡족했다.

오월의 첫 주말을 충현박물관에서 오리 이원익의 고귀한 인품을 새롭게 만나고, 모란꽃 향기가 배어나는 뜰에서 시와 음악의 향연을 즐긴 보람있는 나들이었다.

마두금과 낙타

한해경
시, 관현악 73

텔레비전 화면 속에는 몽골의 한 평범한 유목민 가정의 모습이 나온다. 모래바람 몰아치는 고비 사막, 나이든 할아버지는 삭정이를 주워 땔감을 모으고 할머니는 게르 안에서 음식을 만들고 있다. 젊은 며느리와 그의 남편은 출산의 진통을 하고 있는 어미 낙타를 돌보느라 여념이 없다. 어미 낙타는 밤새 진통하느라 기진맥진해 있으나 새끼는 아직 나올 기미가 없다. 한참이 지나서야 온 가족들이 고통스러워하는 어미 낙타를 달래며 거꾸로 앉은 새끼를 겨우 탄생시킨다. 그러나 이상하게도 새끼가 젖을 먹으려면 어미 낙타는 뒷발질을 하며 새끼가 곁에 오는 것을 거부한다. 얼마나 난산으로 고통스러웠으면 새끼가 곁에 오는 것까지 거부할까? 며칠이 지나도록 새끼 낙타는 젖을 먹지 못해 굶어 죽을 지경에 이른다.

할아버지는 손자를 읍내로 보내 도움을 청한다. 새끼 낙타를 구하기 위해 손자의 음악 선생인 마두금 연주자를 부르러 보낸 것이다. 선생의 손에는 몽골의 전통 악기인 마두금이 들려 있다. 나무 그늘진 의자에 앉아 마두금 연주자가 악기를 연주하고 젊은 며느리는 달래듯이 어미 낙타의 몸을 쓰다듬으며 나지막하게 노래를 부른다. 어미 낙타는 처음에는 저항하다가 자신의 잘못을 뉘우치는 듯 그 맑고 큰 눈가에 눈물이 맺히기 시작하더니 하염없이 눈물을 떨어뜨린다. 잠시 후에 새끼 낙타를 어미 곁에 데리고 가서 젖을 물리니 어미 낙타가 이제야 새끼를 받아들인다. 드디어 새끼 낙타는 태어나서 처음으로 어미젖을 먹게 되었다. 이제 더 이상 새끼 낙타의 가냘픈 목소리에는 슬픔이 담겨있지 않다.

낙타는 자기 새끼 아니면 절대로 젖을 주지 않는 습성을 가지고 있기 때문에 어미를 잃은 새끼는 굶어 죽는다고 한다. 몽골 유목민은 수천 년간 낙타와 더불어 살아오면서 어미 잃은 새끼를 살리는 방법을 터득했는데 바로 음악과의 교감이다. 몽골 고비 사막에서는 마두금의 연주를 들려주어 어미 잃은 새끼에게 다른 어미가 젖을 먹이도록 하고 있다는 것이다. 이제 새끼 낙타가 젖을 먹게 되어 가족들이 안도의 웃음을 짓는 것을 보고 나도 마음이 놓였다.

이렇듯이 음악으로 사람들의 마음을 치유하는 것은 고대 그리스 시대까지 거슬러 올라간다. 그리스 철학자들은 음악이 육체와 영혼을 치료할 수 있다고 믿었으며 구약성서에도 음악을 질병 치료에 활용했던 사실이 나타나 있다. 그리고 2차 대전 이후 전쟁의 충격으로 고통스러워하는 참전 군인들을 치료하는 과정에서 그들이 음악을 통하여 심신의 안정을 찾는 것을 발견하게 되면서 음악 치료가 현대적으로 구체화되었다고 한다. 그리고 그즈음 미국의 대학들에 음악 치료를 전문으로 하는 학부 과정이 개설되면서 지금은 세계적으로 하나의 학문으로 자리 잡게 되었다.

낙타와 함께 살아온 4,000년이 넘는 오랜 몽골 유목민의 삶 속에 스며있는 지혜와 따뜻한 정서에 나는 놀라움을 금치 못했다. 마두금 연주를 들으며 어미 낙타는 난산으로 인한 상처가 치유되어 눈물을 흘리고 모성애가 회복되었을 것이다.

몽골 전설에 의하면 한 소년의 꿈에 죽은 말이 나타나 자신의 몸으로 악기를 만드는 법을 가르쳐 주었다고 한다. 그 방법대로 소년은 말의 뼈로 악기의 목을 만들고, 말총으로는 활을, 가죽으로는 울림통을 만들었다고 전해진다.

마두금은 현이 두 줄이고 말총으로 만든 활을 비벼서 소리를 내는 현악기이다. 우리나라의 해금과 비슷한 악기로 긴 사각형의 울림통과 상부에 있는 줄감개 끝부분에 말처럼 생긴 장식이 달려 있어 마두금(馬頭琴)이라 불린다. 또한 민속 악기로서 몽골의 음악 문화에서는 빼놓을 수 없는 악기이다. 원어 명칭으로는 '모린 후르(morin khuur)'인데 2008년 유네스코에 선정된 인류무형문화 중의 하나이기도 하다.

우연히 보게 된 프로그램이지만 음악과 애정으로 동물을 보살피는 몽골의 전통 방식은 내 마음에 깊은 울림을 주었다. 심금을 울리는 소리, 낙타도 울게 만드는 그 소리를 더 듣고 싶어 구슬픈 마두금 연주를 들으며 나의 밤이 깊어간다.

크레이지 하우스

정훈모
수필, 국문 74

베트남 달랏에 있는 이 집은 곡선을 활용한 기괴한 모습으로 가우디의 작품을 연상시킨다. 테마파크에서 미로찾기를 하던 놀이공원처럼 즐겁다.

거대한 나무둥치의 외관에 구불구불한 터널식 계단으로 되어있다. 계단을 따라 점점 높은 곳으로 올라가면서 약간 공포심이 들었다. 공중다리를 건너면서 어릴 적 나무집에서 놀던 생각이 났다.

원래는 호텔로 사용되는데 호랑이 캥거루 거미 등의 테마로 꾸민 11개의 객실로 되어있다. 그러나 손님이 없을 때는 공개되어 구경할 수 있다. 이색적이고 환상적인 영감을 불러일으키며 창의력의 무한대를 생각하게 한다. 이 집은 2대 대통령의 딸 '당 비엣냐'의 작품으로 가장 창의적인 건물 10곳 중의 하나다. 우리는 올라가다 길이 끊겨서 다시 내려와야 했고 전망대에서 내려다보는 풍경은 가히 환상적이었다.

어릴 적 나는 집에 대한 로망이 있었다. 우리집은 집장사가 지은 신흥주택가에 있는 ㄱ형의 양옥이었다.

40평 남짓한 그 집은 방이 4개에 화장실은 복도 끝에 있는 푸세식이었다. 바닥이 나무로 되어있어 오줌을 자꾸 옆에 싸다 보니 썩어서 헐렁해져서 삐걱거렸다. 나는 화장실에 갈 때마다 무서워서 얼른 볼일을 보고 나오곤 했다. 나중에 집을 수리해 욕조와 화장실을 새로 만들었는데도 가끔 화장실에 빠지는 꿈을 꾸곤 했다.

바로 앞집은 번듯한 이층집 양옥으로 부러움의 대상이었다. 그 집에 누가 살았는지 기억이 나지 않지만 나는 늘 그 집을 동경했다. 20년을 살다 서교동 이층집으로 이사를 갔지만 나는 늘 꿈에서 돈암동집 골목들을 헤매다 깨곤 했다.

"미쳤다 미쳤어."

우리는 너무 놀랍거나 상상 밖의 풍경을 보았을 때 이런 소리를 한다.

내가 여행을 하다 본 건축물 중에 놀라서 소리를 지른 곳은 스페인의 알람브라 궁전, 가우디 성당, 파리의 샤르트르 대성당, 독일의 쾰른 대성당, 바티칸의 베드로 성당, 중국의 자금성, 일본의 금각사, 그리고 인도의 타지마할, 앙베르성 등이다.

건축물을 보거나 건물을 보면서 이 집에는 누가 살았을까 하는 생각을 하게 된다. 독특한 건물의 형태를 보면 저런데서 살면 무슨 생각을 할까. 하는 엉뚱한 상상을 하곤 했다. 남프랑스를 여행하며 세잔느, 고흐, 샤갈, 마티스 등이 살았던 작업실과 미술관 등을 보면서 그들의 미술세계가 탄생한 과정을 보는 듯하여 감탄을 했었다.

30대 초반 겁도 없이 집을 지었던 적이 있다. 그린벨트에서의 집을 짓는 것이 얼마나 어려운 줄도 모르고 덤벼들었다 코가 깨지고 말았다. 설계대로 완성하지도 못하고 고생만 했다. 종합예술인 집짓기는 그리 간단한 작업이 아니었다. 한 100여 개의 공정이 들어가는데 40개 정도는 알아야 한다는 것이다.

다음 생에는 건축을 전공해서 크레이지 하우스 같은 멋진 집을 지어 보고 싶다.

솔로뉴의 신비

서승석
시, 수학 80

파리에서 두 시간 반 정도 자동차를 달리면 프랑스 남부 솔로뉴Sologne 지방의 작은 마을 낭세Nancay에 다다른다. 알렝 푸르니에Alain Fournier가 『몬 대장Le Grand Meaulnes』을 집필하며 잠시 체류했던, 지금은 작은 호텔로 쓰이는 그의 삼촌 집이 있는, 유서 깊은 곳이다.

서정적 문장으로 유명한 환상적인 심리소설 『몬 대장』은 시골 고등학생 몬이 어느 날 길을 잃고 헤매다 도착한 낯선 저택에서 이본느를 만나고, 그녀의 배웅을 받고 돌아오다가 잠이 드는 바람에 길을 기억해두지 못하게 되어, 그 이후에 이 아름다운 소녀와 그 불가사의한 저택을 찾아 헤맨다는 이야기를 담고 있다. 이화여대에서 '불문학 강독'을 지도해주셨던 신현숙 교수님께서 어느 해 겨울 보내주신 크리스마스카드에, 하얀 앙고라 쉐터를 입고 방학 때 찾아뵈었던 나의 마지막 모습을 그리며, "서승석 학생은 꼭 『몬 대장』에서 꿈과 사랑을 찾아 이상적인 미지의 세계를 찾아 헤매는 주인공과도 같다."고 써주셨다. 꿈과 현실, 파리와 서울을 배회하며 이상향을 찾아가던 유학 시절의 불안하고 어설픈 나의 모습을 은사님은 그렇게 표현해주셨다. 그 때문이었을까? 나는 우연하지 않게, 낭세에 645

헥타르 영지를 상속받은 친구 P의 초청으로 그곳에 가게 되었고, 매번 갈 때마다 그 아름다운 자작나무 숲에서 길을 잃곤 하였다. 지층이 모래층이라 뿌리를 깊이 내리지 못하여 바람에 쉽게 쓰러지곤 하는 자작나무들이 즐비한 아름다운 풍광은 계절마다 다채로운 모습을 보여주었다. 봄의 유록빛 잎새며, 여름의 울창한 신록, 가을의 노르스름하게 물든 단풍… 특히 가랑잎을 떨구고 장엄한 나무둥치들이 새하얀 속살을 드러내는 겨울의 정취는 숭고미까지 선사했다. 이따금 밤에 잠을 설치게 하던 설해목 쓰러지는 소리의 운치란! 겨울에 사냥 시즌이 시작되면 P는 친구들을 불러 모아 사냥을 즐기곤 하였다. 또한 동물들이 짝짓기를 하는 계절이 돌아오면, 발정기의 수사슴이 암사슴을 부르는, 가히 처절하기까지 한 웅장한 노래가 숲속에 널리 울려 퍼졌다.

영지 안에는 두 채의 저택과 두 개의 연못이 있었다. 아침마다 이층 침실 창을 열고 내려다보곤 하던, 집 앞의 대나무로 둘러싸인 커다란 연못에는 수십 마리의 청동오리들이 물에서 놀다가 날아오르며 환상적인 군무를 보여주었다. 숲속을 산책하다가 만나는 작은 연못은, 가끔 설해목이 쓰러져 물속에 잠겨 얼어버린, 한 폭의 그림같이 운치 있는 색다른 풍경을 선사하였다. 망망한 영지 안에 거주자는 P와 별채에 애견과 사는 관리인뿐이었다. 어느 해 봄에, 집을 비워둔 채 오랜만에 별장에 와서 덧문을 열어보니, 2층 침실 처마에 커다란 벌집이 달려있고, 수많은 벌들이 윙윙거리며 분주하게 본채 건물 동쪽으로 망망하게 펼쳐진 유채꽃밭을 오가고 있었다. 긴급 출동한 구조대원들에 의해 벌집은 다행히 제거되었다. 별세계같이 모든 것과 단절된 이곳의 적막함을 나는 사랑했다. 또한 여름이면 바구니를 들고 나가 버섯을 따던 즐거움도 잊지 못한다. 그리고 심심하면 차로 15분 거리에 있는 마을 골프장에 가서 가끔 골프를 쳤는데, 어느 해 여름, 벌에 여기저기 물려서 무척 고생을 하기도 하였다. 골프장 곳곳에 융

단처럼 깔렸던 이름 모를 보라색 꽃들의 형언할 수 없이 감미로웠던 향기며, 비거리가 짧아 그 긴 폭을 못 넘기고 수없이 공을 빠뜨렸던 망망한 호수며, 한 폭의 그림같이 조용했던 그 골프장의 한적함이 그립다.

살바도르 달리의 그림 중에 시계가 엿가락처럼 축축 늘어져 나뭇가지와 탁자, 얼굴 위에 걸려 있는 〈기억의 고집〉이라는 작품이 있다. 끈질긴 기억의 고집은 길고 긴 시간의 강을 넘어 솔로뉴 숲 사계절의 교향곡을 아직도 내게 들려준다. 그리고 낭세 친구 저택에서 그와 함께 나눈 애틋한 순간들이 가끔 오버랩되며, 정겨운 풍경들이 중첩되어 주마등처럼 지나간다. 각 방에 걸려 있던 고풍스런 거울들과 그 속에 비친 다정했던 우리의 모습은 마치 요지경 속의 풍경처럼 다채롭고 호화롭다. 내가 좋아했던 현관 한켠에 보디가드처럼 우두커니 서 있던 갑옷을 입은 기사의 모습, 장식장 가득 진열되어 있던 크리스탈 잔과 은그릇과 고급 식기들, 벽장 가득 쌓여 있던 침대 시트며 수건들, 늘 열쇠로 굳게 잠겨 있는 벽장에 즐비하게 걸려 있던 온갖 멋진 총기들, 집 뜨락의 석상들과 조각품, 연못 앞의 이끼 낀 빈 돌의자, 그리스풍의 돌화분들, 당구 테이블, 테니스 코트, 저택 입구 왼편의 300년 이상 이 터를 지켜온 듬직한 아름드리 나무… 어지러운 세상사를 잊고 적요 속에 침잠하며 꿈을 펼치기에 적합한 것들이 그 영지 안에 다 은닉되어 있었다. 겨울이면 P는 장작을 쌓아 벽난로에 불을 지펴주었고, 은촛대에 불을 밝혔다. 그리고 노란 긴 가죽 소파에 누워 우리는 춤추는 불꽃을 바라보며 샴페인 잔을 기울였다. 그런 분위기 속에서 나는 시를 쓰고 친구는 소설을 쓰고 그림을 그렸다. 때로 우리는 커다란 카메라를 들고 나가서 드넓은 자연 속에서 태초의 아담과 이브처럼 자유롭게 온갖 포즈를 취해가며 사진을 찍기도 하였다.

파리 4—솔본느대학에서 나의 박사학위 과정을 지도해주신 로베르 모지 교수님에 의하면 19세기 프랑스 문학의 이해를 돕기 위한 핵심 단어는 '권태'라고 한다. 귀족들의 사랑놀이, 화려한 파티, 살롱문학, 수많은 전쟁… 이 모두는 결국 권태에서 해방되기 위한 인간의 행위라고 한다. 남북한을 합친 우리나라 크기의 대략 5배 정도 되는 프랑스의 드넓은 영토에서, 가도 가도 해바라기밭, 가도 가도 소들이 한가히 풀을 뜯는 들판, 차로 15분쯤 가야 집 한 채 나오는 사람 구경하기 힘든 프랑스 시골에서 권태란 정말로 치유하기 힘든 병이랄까? 우리도 부단히 이 권태를 극복하려고 노력했다. 주말이면 늘 어디로 떠나야 하고, 일 년에 5주의 바캉스를 어떻게 보낼까에 목숨을 거는 프랑스 사람들의 취향이 처음에는 의아했지만, 결국 어느새 나도 모르게 물들어버렸다. 낭세의 단조로움에 지치면, 우리는 근처의 고문형기박물관에 가서 중세 시대부터 마녀사냥이며, 죄인 취조를 위해 사용되어온 온갖 종류의 고문 도구들을 보기도 하고, 소설가 조르쥬 상드의 영지에 가서 그녀의 박물관을 둘러보며 쇼팽과의 운명적인 사랑을 확인하기도 하고, 모나코 · 니스 · 생트로페 · 생캅페라 등지를 여행하며 미풍에 라벤다 향기 흩날리는 남프랑스의 정취를 마음껏 만끽하였다. 생캅페라에는 P의 요트가 일년 내내 정박해 있어서 비교적 자주 갔고, 요트를 몰고 물살을 가르며 모나코에 가서 놀다가 석양을 안고 다시 돌아오곤 하였다. 그곳의 부야베스를 비롯한 다양한 해산물 요리들과 샴페인 맛은 정말 프랑스 요리의 진미를 음미하며 경탄하게 해주었다. 그리고 레오나르도 다빈치가 64세였던 1516년에 프랑스와 1세의 초청으로 발 드 르와르 지방에 와서 정착하고, 생의 마지막 3년을 보낸 클로 뤼세 성과 그의 묘지가 있는 앙브와즈 성을 가끔 방문하였다. 이따금 앙브와즈에서 열리는 전시회에 가서 다빈치가 발명한 여러 가지 기계 · 기구 · 비행기 · 탱크 · 광학 장비와 설계도 등을 구경하기도 하였다. 앙브와즈 성 근처 갤러리에서 구매해 온 50호 크기의 안개 자욱한 숲속의 나비 그림은 지금도 나의 식탁 위에 걸려 있다. 어느 해에 가보았던 릴드레의 겨울 바다의 파도 소리와 회전목마, 랍스터의 맛도 잊지 못한다.

코로나19가 앗아간 일상, 모든 단절된 관계들이 다시금 서서히 그리워진다. 지금은 아득한 전설처럼만 여겨지는 감미로운 추억들이 어제 일처럼 내게 슬며시 다가온다. 마치 영화 〈무도회의 수첩〉에서 미망인이 된 여주인공이 남편의 유품을 정리하다가 자신의 첫 무도회의 수첩을 발견하고, 그때 함께 춤을 추고 구애했던 남자들을 하나씩 만나러 찾아 나서듯, 한때 내게 무릉도원의 행복을 선사했던 P가 불현듯 보고 싶다.

자연인이 되던 날

정숙향
아동, 사회학 86

유럽을 다녀온 이웃의 한 한국 부인은 그중에서 스위스가 가장 아름다웠다며 여행 후일담을 들려주었다. 며칠 전엔 이곳 이슬라마바드의 혹독한 더위를 피해 어디론가 사라졌다가 와서는 스위스보다 더 아름다운 곳이 있더라며 감격해 했다.

지금 나는 그 비경의 한가운데에 들어와 있다. 파랗게 열린 하늘, 쭉쭉 뻗은 포플러 숲 안에 말갛고 잔잔한 호수가 동그랗게 떠 있다. 아련한 빛의 고운 나비들이 팔랑거리고, 귀 설은 새소리도 참 청아하다. 무릉도원이 있다면 여기가 아닐까.

먼 산에는 만년설이 덮여있고 계곡에는 차디찬 얼음물이 흐르는데 얼굴을 스치는 건 훈훈한 산들바람이다. 묘한 자연의 섭리가 신기하기만 하다.

차를 끓였다. 시린 눈으로 마시는 커피 한 모금의 맛을 어떻게 표현할 수 있을까. 그때였다. 막 호수 위를 노 저어 건너온 한 파키스탄 신사가 우리를 보고 반가워한다. 이런 오지에서 흔치 않은 외국인을 만난 게 즐거운 모양이다. 데리고 온 가족을 일일이 소개해 주며 함께 기념사진을 찍자고 한다. 애써 싸온 음식도 나눠주면서 라호르 여행 때는 꼭 자기 집에 들르라며 명함도 잊지 않는다. 이들의 인정에 잠시나마 고국을 떠나온 향수를 달래보았다.

산에서 내려올 땐 더운 바람으로 갈증이 났다. 간이매점에 들렀더니 음료수가 하나도 없다. 아쉬운 마음으로 돌아서려는데 눈 덮인 산 언덕바지 옆구리에 손을 쑥 집어넣던 매점 주인이 차가운 사이다 두 병을 꺼내오는 게 아닌가. 말 그대로 자연 냉장고였다. 바깥 기온은 얼추 30도에 육박하는데 눈이 녹지 않고 있다니….

이곳은 특히 송어가 많기로 유명하다. 간혹 보이는 식당마다 은빛 송어 떼들이 꼬리를 날렵하게 흔들어대며 푸드덕거린다. 우리도 매운탕을 끓여 먹을 요량으로 두 마리를 샀다. 그런데 막상 꼭 필요한 무를 구하는 일이 막연하였다. 깊은 오지라 작은 구멍가게조차 찾아볼 수 없었다. 냇가에서 잠깐 쉬는 사이, 건너편에서 농부들이 뭔가를 분주하게 씻고 있는 게 보였다. 유심히 보니 바로 우리가 찾아다니던 무다. 감자나 고구마같이 생긴 특이한 모양의 무를 출하를 앞두고 흙을 털어내는 중이었다. 반가운 마음에 두어 개만 사려고 다가갔지만, 말이 안 통해 머뭇거리고만 있었다. 힐끗 보던 농부가 내 마음을 눈치챈 듯 더 깨끗하게 씻은 한 아름의 무를 품에 덥석 안겨주는 것이다. 그는 서툰 영어로 '노 프라블럼'이란다.

혀끝에 감도는 군침을 삼켜가며 매운탕을 끓였다. 단지 송어와 무, 약간의 양념만을 넣었는데도 거의 환상적인 맛이 우러난다. 그게 탈이었다. 그동안 비위생적인 파키스탄 음식을 조심하느라 꾹 참았던 식욕이 고삐 풀린 망아지처럼 날뛰더니 결국 내 뱃속에서 반란을 일으킨 것이다. 누구나 이곳 파키스탄에 오면 피해 갈 수 없는 통관 절차가 지독한 설사라고 했는데, 나도 예외는 아닌가 보았다. 앞으로 가야 할 길이 족히 열두 시간이라는데, 더구나 가는 도중에 화장실이 없다는 사실을 익히 알고 있던 터라 그 암담함이란….

아니나 다를까, 출발한 지 채 한 시간도 못 돼서 내 뱃속에서 급한 신호를 보낸다. 길 한편에 차를 세우고 주위를 둘러보았다. 인적이 뜸한 탁 트인 벌판이었다. 가려줄 만한 곳을 찾아 황망히 떠도는데 퍼뜩 한 시인의 이야기가 머리를 스친다.

그도 인도 여행 중에 나와 같은 처지에 있게 되었다. 그러나 그는 버스 여행 중이었다. 급한 김에 차를 멈추어 세우고 내리니 나무 한 그루 없는 허허벌판이었다. 다시 소용돌이치는 배를 움켜잡고 십여 미터를 더 달려갔지만 역시 마찬가지였다. 결국 버스 안에서 나오는 뭇시선의 세례를 받으며 앙상한 나무 뒤에서 자기 눈만 가린 채 급한 일을 해결할 수밖에 없었다. 멋쩍게 다시 버스로 돌아온 시인은 화장실이 없는 인도에 대해 중얼거리듯 불평했다. 그러자 옆에 있던 한 인도 노인이 태연하게 대꾸한다.

"자연 속에서 자연적인 일을 처리하는데 뭐가 나쁘다는 겁니까? 왜 당신들 문명인들은 성냥갑만 한 공간 속에 숨어 더러운 냄새를 맡고 있나요? 우린 아침마다 대자연 속에 앉아 바람과 구름을 바라보며 볼일을 봅니다. 그것이 우리에겐 최고의 명상이지요."

사실 우리가 문명인이라고 해서 그들보다 더 낫다고 말할 수 있을까. 문명화될수록 자연은 더 더러워지고 망가져 왔다. 사람들도 더 이기적으로 되어가고, 무엇으로든 자신을 겹겹이 가리려고 발버둥치지 않는가. 자연은 인간의 근원이요, 모체이다. 그 속에서 인간은 생명의 힘을 부여받고 그 은혜의 산물을 마음껏 누린다. 그러나 정작 자연의 속앓이는 외면하고 있지 않은지…. 아침마다 대자연 속에서 여유 있는 명상을 즐기는 그들을 한 문명인이 불편하다고 어찌 탓할 수 있으리.

오랜 옛날 알렉산더 대왕이 인도 대륙을 정벌하고자 거쳐 갔다는 이곳 스왓(SWAT), 사방은 끝없이 펼쳐진 자연으로 통하고 내 몸 하나 가려줄 가냘픈 나무 한 그루조차 없는데, 부끄러운 구름 한 점만이 무심히 떠다녔다. 그날 나도 남편의 호위 속에 어설픈 파키스탄인이 되었다. 실은 나도 저 따사로운 벌판의 햇살과 해맑은 바람 속에서 완전한 자연인이 되어 내 온 존재를 드러내고픈 충동을 떨쳐버릴 수가 없었다.

유선진 _ 등이 말한다
김은자 _ 아버지의 뜰
홍애자 _ 소대장과 훈련병
장명숙 _ 다섯 마당집의 기억
한영자 _ 인생의 봄날
임완숙 _ 옛날에 금잔디 동산에
전연희 _ 어머니의 노래
이예경 _ 여보로봇
주문희 _ 어머니의 행복했던 시절
박명희 _ 기억 창고
김영희 _ 기다리는 거예요?
전혜성 _ 아흔 넷의 2월
조서연 _ 웃지 못할 해프닝

5부

다섯 마당집의 기억

등이 말한다

유선진
수필, 영문 59

우리 빌라의 뒤 베란다는 아치형이다. 두꺼운 유리 위의 놋쇠는 노란 황금색이다.

제법 운치가 있는 발코니이다. 1991년에 이사 왔으니 30년째 이 집에서 살고 있다. 어지간한 우리 부부이다. 결혼 생활 60년에 이사를 한 번 했으니, 이것은 전적으로 새로운 것을 거부하는 남편의 성격 탓이다.

1960년에서 오늘에 이르는 60년은 한강 다리가 일산대교로부터 팔당까지 31개로 서울이 확장되면서 이 땅의 주거 문화의 큰 변혁기이고, 주택이 재테크의 중심이었다고 해도 과언이 아니다. 그런 시기에 이사를 한 번밖에 할 수 없었던 우리 가정의 침체는 남편을 향한 나의 내적 갈등을 설명 없이도 알게 해준다.

오래된 낡은 주택에서 더 이상 버티기가 힘들어서 할 수 없이 이사해야 했을 때, 나는 강력하게 아파트를 주장했었다. 그러나 남편은 주택만 고집했다. 이번엔 나의 의지가 하도 강하니 절충안으로 빌라를 제안했다. 개인주택에서 물러나 준 것이 고마워서 향후 경제적 가치를 따져보지도 않고 우리는 빌라 한 채를 사들였다.

같은 가격의 아파트값이 천정부지로 치솟는 것을 볼 때, 제자리는 고사하고 뒷걸음하고 있는 내 집을 보며 상실감이 왔고, 그럴 땐 남편의 고집이 밉기까지 했다. 그래도 조금 위로를 삼을 수 있는 부분이 있었다면 뒤 베란다였다.

수도가 설치되어 있고, 김장도 하고 허드렛일하기에 넉넉한 공간. 식당과 평면으로 이어져 있어서 커피 한잔을 들고 바라보면 골목 건너 앞집의 잘 손질된 정원이 시야에 들어오고, 그 안에 가득한 나무와 꽃들을 즐길 수 있는 마당 같은 뒤 베란다이다.

뒤 베란다 앞은 6미터 골목이다. 오고 가는 사람들을 눈앞에서 볼 수 있다. 우리집은 이층인데 식구들이 아침밥을 먹고 현관을 나설 때 뒤 베란다에 나가 서 있으면, 대문을 열고 골목길로 걸어 나가는 그들을 배웅할 수 있었다.

우리가 이 집에 입주했을 때, 큰애는 먼 나라에서 공부하고 있었고, 세 아이는 대학생이었다. 사부자(四父子)가 집을 나가는 시간이 제각각이기 때문에 마지막 사람이 골목길에서 사라질 때까지 베란다에서 배웅하려면 보통 삼십 분이 걸렸다. 나는 황금색 신주 난간에 두 팔을 얹고, 정말 간절하게, 집을 나서는 식구들의 뒷모습을 바라보았다. 바라보고 배웅하는 그 자체가 지극한 기도였다.

사람의 뒷모습이란 왜 이리 선할까? 그리고 바라보는 사람마저 턱없이 순하게 만들까? 사람에게 상처 주는 입, 눈 흘김, 성난 콧방울, 이것들이 합동으로 만들어 내는 험상궂은 표정은 모두 앞 얼굴에 있고, 침묵하는 뒤통수와 어깨, 정직한 등뿐이기 때문인가?

타인의 뒷모습도 이러하거늘, 피붙이야 더 말해 뭘하겠는가? 멀어져 가는 식구들의 뒷모습에 시선을 꽂으면, 당시에는 대학생 데모가 많을 때라 의견이 달라 어젯밤에 아이들에게 고성을 냈던 일이 사무치게 후회가 되었고, 남편 때문에 손해 많이 보았다고 곱지 않게 대했던 일들을 반성하게 되었다.

세월이 흐르는 사이, 나는 뒤 베란다에 서서 집을 나서는 식구들의 등을 바라보지 못하게 되었다. 이제는 현관을 열고 계단을 내려가 대문을 나서는 식구가 없는 것이다. 은퇴한 남편은 늘 집에 있고, 자식들은 어쩌다가 다니러 와도 집 앞에 세워 놓은 차 속으로 들어가 부릉, 시동을 걸고 미련 없이 떠난다. 나는 사무치는 후회도, 가슴을 치는 반성의 자리도 잃으며, 후회도 반성도 모르는 고약한 늙은이로 되어 간다. 다시 한번 식구들의 등을 보며 살고 싶구나. 그들의 등을 보며 무사하기를 간절히 염원했던 그 옛날의 배웅이 그리워진다.

염원하면 이루어진다는 말이 지금 내 경우에도 해당되는지 알 수 없지만, 요즘 나는 시도 때도 없이 남편의 등을 바라보며 살고 있다. 노환의 후유증으로 바깥출입이 어려운 남편과 '실내 걷기'를 시도하여 걷는 연습을 함께 하는 것이다. 손을 잡고 거실, 식당, 안방 건넌방을 걷다가 이제는 당신이 홀로 걷고 나는 그 등 뒤에서 따라 걸어간다. 작아진 키, 굽어진 등의 노쇠한 남편이 부실한 걸음을 옮긴다. 행여 넘어질까 세밀히 살피며 나는 그 뒤를 걷는다.

앞서 걸어가는 그의 등에 사내아이 넷과 그 넷의 무게를 합친 것보다 더 무거운 짐으로 얹혀 있는 내가 보인다. 그 무게가 남편을 저 모습의 노인이 되게 했구나. 하염없이 시야가 흐려진다. 한 줄기 통증이 훑고 지나간다. 아프다. 매우 아프다. 이게 뭘까? 이 통증의 정체는?

그때 그의 등이 내게 말한다.

사랑하니까 아프다고. 60년 동안 미워했던 정 때문이라고. 미운 정이 쌓여 아픔이 되었다고, 아프지 않은 것은 사랑이 아니라고.

아버지의 뜰

김은자
수필, 국문 60

연희동 집을 지을 때, 아버지께 말씀을 드려 친정집 뜰에 있던 동백나무 세 그루와 천리향나무 한 그루를 옮겨왔다. 새집 구경도 하시게 할 겸 해서 아버지도 잠깐 모시고 올라왔다. 아버지는 오시는 동안의 피곤함을 잊으시고 시종 흐뭇한 표정을 지으시며 집 및 주변 경관을 둘러보시고 나서는, 나무들이 둥지를 틀고 살 장소를 정해주시기까지 했었다. 아버지의 나무에 대한 사랑은 늘 극진하셔서, 그동안 정성을 다해 키운 나처럼 나무들을 바라보시며 보람을 느끼시는 듯했다.

아버지께서 식목을 하실 때는, 우선 땅의 형상과 함께 흙의 점착성 여부를 살피신 후 땅을 파게 한 다음, 당신이 직접 뿌리를 일일이 손으로 펴 자리를 잡아주셨다. 그 위에 물을 뿌려주시면서, 마치 먼 길을 떠나는 이에게 당부라도 하시는 듯 몇 말씀을 흙과 함께 섞어 뿌려주셨다. 그리고 일꾼들에게 흙을 충분히 덮어주고 단단히 다지라고 이르셨다. 아버지는 어떤 말씀을 나무에게 들려주시곤 했던 것일까.

사실 아버지께서 특히 정을 주셨던 나무들을 옮겨오는 일은, 거리 문제도 있고 해서 뜻을 접을 수도 있었다. 하지만 끝내 포기하지 않고 감행했던 것은 딸로서 그분의 체취라도 가까이 느끼고 싶어서였다. 아버지는 어떤 나무든 가리지 않고 좋아하셨지만, 그중에도 동백과 그 향기를 천 리 밖에서도 만날 수 있다고 하는 천리향을 많이 아끼셨다. 겨울의 혹독한 바닷바람에도 굴하지 않고 서 있다가, 이제 때가 되었다는 눈짓을 하곤 환하게 웃음과 향내를 피워올리던 나무들. 지금과는 달리 그때의 겨울은 시쳇말로 장난이 아니었다.

어느덧 오십여 년 아니 반백년이 훨씬 지난 일이 되었지만, 그땐 마당에서 물일을 하고 언 손을 녹이려 방에 들어가기 위해 문고리를 잡으면 손에 '쩔컥' 달라붙을 정도였다. 지금도 그때의 기억을 떠올리면 손끝이 옴찔해질 때도 있다. 그러니 그때 이 나무들 또한 겨울나기가 얼마나 고통스러웠을까.

이런 나무들의 사정을 속속들이 헤아리신 아버지는 가을 끝 무렵부터 겨울이 대문 문턱을 들어설쯤이 되면, 날을 잡아 정원사의 도움을 받으셔서 나무들을 볏짚으로 감아 싸주시거나, 그것으로는 모자란 듯 그 위에 비닐까지 덧씌워주곤 하셨다. 아버지가 이처럼 나무들의 월동 대책에 옷소매를 걷어붙이시고 손수 나서 챙기셨던 것은, 그들을 통해서라도 봄을 봄답게 맞고 싶은 마음이셨을 것이다.

때가 무르익어 마당 곳곳에 영산홍이나 자목련이 어우러져 말 그대로 곳곳이 온통 꽃동산이 되면, 사람들을 청해 조촐하게나마 잔치를 열 정도였다. 한국전쟁이 할퀴고 간 상처로 인해 곳곳이 폐허로 변해 다들 꽃 같은 것엔 안중에도 없었던 때에도, 아버지는 골 깊은 우울함을 나무나 꽃들을 통해 달래시곤 하셨다. K시에 있던 친정의 뜰은 전쟁을 겪은 곳 같지 않았다. 작은 꽃나무들은 전지가 잘된 향나무 곁에 그리고 단풍나무 옆에는 꽃이 소담스럽게 피는 나무들을 나란히 늘어놓아 단풍잎조차 꽃처럼 보이게 만들어 놓곤 하셨다. 특히 바위의 틈 사이에 일년생 풀꽃들을 끼워 넣기도 하셨으니, 자연과 인공이 조화를 이룬 아름다움의 극치가 과연 어떤 것인지를 당신의 정성을 통해 보여 주셨다.

물론 아버지는 이처럼 꽃과 나무에 심취하셔서 당신의 수고와 시간뿐만 아니라 적잖은 비용을 들이셨다. 하지만, 내 학비와 용돈을 부족함이 없도록 충당해 주실 수 있었던 저변에는, 석작(사각형의 대바구니)에 떡 대신 돈을 담아 부쳐주셨던 할머니가 계셔서 가능할 수 있었다.

아버지는 콩알 반쪽이라도 나눔을 실천하셨던 분이었지만, 그렇다고 결코 심약한 분은 아니셨다. 참다운 삶과 멋이 어떤 것인지를 아셔서 때론 풍류를 즐기시기도 했다. 가끔 술을 드시면 목청껏 소리도 잘하셨고, 가야금을 타는 정인(情人)을 만나러 기방 출입도 마다하지 않으셨다. 뿐만 아니라 적잖은 값을 치르고라도 예인(藝人)들이 공들여 그린 그림이나 정성을 다해 쓴 글씨로 만든 병풍을 비롯해 족자나 현판 등을 사 들고 오셔서 벽에 기대놓고 감상하시며 그 안에 담긴 풍취에 취하시곤 했었다. 지금도 가만히 귀를 기울이면, 그때 유행했던 노래인 '리루리루'를 부르시며 통금 직전 파출소 순경의 부축을 받으며 돌아오시던 아버지의 호탕한 웃음소리가 들린다. 아버지는 다음 날 새벽에 언제 그런 일이 있었냐는 듯이 뜰에 나가 나무들과 만나시며 그네들을 보살피곤 하셨다.

그 새벽 아버지는 아직 잠에서 깨지 않은 나무와 꽃들 사이를 조용히 걸으시며 무슨 생각을 하셨을까. 어쩌면 아버지는 전쟁 때문에 폐허가 되어버린 당신의 암담한 현실이 너무 안타까워 말 못하는 그들을 붙들고 '어쩌면 좋으냐, 어떻게 하면 이 난관을 이겨내고 사는 것처럼 살아볼 수 있겠냐'며 나무들에게 당신의 답답함을 털어놓으셨는지도 모른다. 아니, 그분은 그 순간 숨 막힐 정도의 암담한 현실이 당신의 분신인 나에게까지는 이어지지 않기를 무수히 기원하곤 하셨을 것이다. 유난히 정이 많으셨던 분이셨으니….

언젠가 자전거 뒷자리에 아직 어린 나를 태우고 달리시며, 기차가 어떻게 해서 내달릴 수 있으며 군함이 무엇을 하는 배인지를 말씀해주시곤 하셨다.

내색은 안 하셨지만 내가 살아내야 할 날들을 상상하시며 얼마나 여러 생각을 하셨을까. 사실 곳곳에 인산인해를 이루고 있던 북이나 서울 등지에서 내려온 피난민들로 그야말로 북새통이었으나, 어쩌면 아버지는 이런 참담함을 머리와 눈에서 씻어내기 위해, 그리고 당신의 어린 자식에게는 이런 날이 다시는 없기를 비는 마음으로 눈만 뜨시면 뜰로 나가셔서 꽃과 나무들 곁에 붙박이처럼 서서 지내셨는지도 모른다. 징을 가지고 다가가면 모든 사물은 하나가 되는 것이니….

나무도 그렇고 사람도 역시 환경의 지배를 받을 수밖에 없다. 고요와 어우러져 산 존재들은 그들 나름의 분위기가 있을 수밖에 없고, 시끄러운 도시 속에서 부대끼며 살고 있는 꽃나무들에게는 또 그들 나름의 애잔한 사연이 남아 그들의 몸매를 통해 생생하게 느낄 수 있다. 아버지 손에서 자라 연희동까지 왔던 동백이나 천리향나무가 그랬듯이.

동백나무와 천리향나무를 보고 있으면 그 뒤에 서 계신 아버지가 보인다. 풍류가 담긴 그윽한 눈으로 세상을 다독이곤 하셨던 '세기의 풍류객' 이셨던 우리 아버지가….

소대장과 훈련병

홍애자
수필, 국문 60

그리운 어머니

한국전쟁 때 저희 식구가 피란을 가다가 하차한 곳이 천안이었죠. 부산으로 가려던 기차가 더 이상 갈 수 없다고 해서요. 40여 리를 시골로 들어가 장수마을에 거처를 정하고 아버지께서는 농사가 아주 많은 집에 방을 구하셨습니다. 그 댁은 노할아버지와 아들 내외, 딸 세 식구 외에도 일꾼들이 여러 명이 살고 있었어요.

어머니는 제게 주인댁은 참 고마운 분들이니 어떤 일이든지 도와드려야 한다고 일러주셨지요. 저는 그 댁의 모든 환경이 너무나 새롭고 외양간에 소들도 처음 보는 것이어서 얼마나 신기했는지요.

아침저녁으로 선선한 바람이 불어 옷깃을 여미게 하던 늦여름이었죠. 어머니께서 "경이야, 마당에 나가 병례 언니(주인집 딸)를 도와 주거라" 하시며 도리깨라는 것을 주셨어요. 그것이 무엇인지 어디에 쓰이는 것인지도 모른 채, 제 키 두 배나 긴 장대를 들고 큰 마당으로 나갔습니다. 그것은 콩과 깨, 수수와 조 이삭을 두드려 낟알을 떨어내는 농기구였어요. 저도 신바람이 나서 열심히 두들기는데 작은 알갱이들이 털려 나오는 게 여간 재미있는 게 아니었어요. 정말 신났어요.

사랑하는 어머니

어머니께서는 제가 하는 일마다 칭찬을 해 주시며 한 번도 본 적이 없고 해보지 않은 일들을 골고루 시키셨어요. 꾀를 부리거나 싫어하지 않고 덤벙대며 해내는 저를 대견해하셨던 어머니, 이제 생각해 보니 무남독녀인 저를 강하게 키우고자 하셨던 게 아닌가 싶어요. 결혼을 하더라도 서툴지 않게 무슨 일이든지 잘해내도록 훈련을 시키셨던 것 같았어요.

어느 날 학교에서 돌아오니 어머니께서 굵은 나무통에 옷감을 둘둘 말아 방망이 한 쌍을 주시며 조심해서 고르게 잘 두드리라고 하셨죠. 그것이 홍두깨였어요. 물론 두드리는 법을 알려주셨지만 신명이 나서 두드리다 보니 옷감이 여기저기 터져버렸지요. 사고를 친 제게 꾸중하시는 걸 보신 아버지께서 만류하시며 다시 그 옷감을 사오겠노라 하시며 겨우 어머니의 화를 갈아앉혀 주셨습니다. 그 옷감은 할아버지 추석빔으로 한복을 지을 안 채집 것이었어요. 어머니께서도 기억나시죠? 다음날 마침 천안장이 서는 날이어서 아버지와 저는 달구지를 타고 시장엘 가 같은 옷감을 샀어요. 그제야 비로소 그 감이 아주 비싼 명주인 줄을 알았지요. 다시 어머니께서 푸새를 해 홍두깨에 감아주시고 저는 날렵하고 리듬 있게 강약으로 두드렸죠. 점점 주름이 펴지고 반들반들해지는 명주의 변화를 보면서 놀랍고 마음에 큰 설렘이 일었습니다.

이런저런 힘든 일에도 어머니를 원망하거나 짜증을 낸 적이 없었죠? 그저 생소한 시골 일들이 그냥 재미있기만 했어요. 그래서인지 어머니께서는 여섯 마리의 소여물도 끓이게 하시고 지게를 매어주시며 뒷동산에서 나무를 해오라고도 하셨지요. 소들을 세수시킨다고 눈곱을 닦아주고 콧등도 닦아주는 제게 할아버지께서 “소들은 세수시키는 게 아니다” 하시며 빙긋이 웃어 주셨습니다. 정말 재미있었어요. 어머니.

그렇지만 이웃 분들은 혹시 어머니가 친모가 아닌지 모르겠다며 수근

대곤 했답니다. 어머니께서는 그런 남들의 뒷말을 웃어넘기시며 여전히 저를 훈련시키셨고요. 그런데 참 이상한 것은 처음 해보는 어려운 시골 일들이 왜 그렇게도 즐거웠는지 모릅니다. 피란을 온 게 참 좋다고 생각했어요.

어머니께서는 인자하시지만 늘 제게 엄격한 소대장 같은 분이셨어요. 저는 철부지 훈련병이구요. 제가 아이들을 양육하면서 그제야 어머니의 교육이 아이들 성장 시기에 꼭 거쳐야 할 값진 덕목임을 깨우치게 되었습니다. 바로 그 마음이 저를 사랑하시는 방법이었다는 것도요, 저 또한 제 아이들을 어머니처럼 엄격하지만, 큰 사랑으로 키웠습니다.

보고 싶은 어머니

어머니의 크고 높은 사랑을 제 심장에 깊이 간직하고 필요할 때마다 아이들에게 한 쪽씩을 꺼내 줍니다. 지금의 제가 이 자리에 있는 것, 어머니의 분신으로 아이들 앞에 당당히 설 수 있는 것은 어머니께서 마련해주신 소중한 저의 자리가 있기 때문입니다. 어머니의 기일이 10월 15일이죠. 해마다 그날은 저 홀로 어머니의 사진을 꺼내 놓고 조용히 기도를 드린답니다. 또한 그 시간은 제 자신을 돌아보는 가장 소중한 시간이기도 합니다.

어릴 적 제게 보여주신 어머니의 강인하고 후덕한 마음을 잊지 않고 제 삶의 지평을 열어가고 있습니다.

어머니 사랑합니다. 많이 많이 보고 싶어요.

*도리깨 : 도리깨는 장대 끝에 서너 개의 휘추리를 잡아매어 휘둘러서 앞으로 내리쳐 알곡을 떨어낸다. 바짝 말린 보리나 밀, 콩, 수수, 조 등의 이삭을 펼쳐 놓고 타작하는 농기구.

*홍두깨 : 빨래한 옷감을 감아서 다듬잇돌 위에 얹어 놓고 반드럽게 다듬는, 단단한 나무로 만든 방망이.

다섯 마당집의 기억

— 영화 '건국전쟁'을 관람하면서

장명숙

수필, 불문 62

이번 5월의 어느 날 두 친구와 셋이서 영화 '건국전쟁'을 극장에서 관람했다. 감개무량했다. 우리들이 어렸을 때 겪은 일들이어서 어느 하나도 이상하다고 느껴지지 않았다. 나는 어렸을 때 어머니가 3 · 1운동 때의 이야기를 해주셔서 간접적으로 3 · 1운동을 알면서 자라왔다. 이번 영화를 보면서 우리 아이들에게 이야기보다는 글로 써서 읽을 수 있도록 하는 게 좋겠다는 생각이 들었다.

나는 한국전쟁 당시 종로구에 있는 수송국민학교 5학년이었고 그해 9월에 서울 수복을 거쳐 12월에는 중공군의 참전으로 대전, 대구를 거쳐 부산으로 피난을 갔으며 3년 후 서울로 돌아왔다. 한국전쟁 이후 서울 수복 사이에 서울은 시가전과 폭격으로 불바다에 쑥대밭이 되었고, 인민군의 수탈과 착취, 납치로 하루하루가 지옥 같은 생활이었다. 곡식을 다 빼앗겨서 당장 먹을 것이 없어서 집안의 물건을 하나 들고 나가서 팔아야 보리쌀 한 되 정도 살 수 있었다. 다행스러운 것은 그렇게 폭격이 심했는데도 우리집(중구 다동)은 아무 피해가 없었다는 사실이다. 하늘이 도우신 것이라며 할머님은 감격하셨다. 당시 우리는 오빠가 몰래 숨어서 듣던 단파 방송에 의지하여, 국군이 서울로 진격하는 인천상륙작전 같은 소식을 듣고 견디며 살았다.

우리집은 집안에 마당이 다섯이나 있어서 '다섯 마당집'이란 별명을 가진 제법 큰 축에 드는 집이었다. 가을이면 시골에서 타작한 일년 양식인 쌀가마가 쌀 광에 꽉 차게 쌓였고, 나무 광에는 겨울에 땔 장작이 키 같이 쌓였으며, 김치 광에는 김칫독이 여덟 개나 묻혀 있는 큰 집이었다. 동향 대문에 남향집. 큰 대문을 들어서면 작은 마당이 있고 거기서 우측 사랑채로 들어가는 중문이 있고, 왼쪽으로는 안채로 들어가는 중문이 있다. 들어서면 안채가 중앙에 있고 거기서 오른쪽으로 가면 사랑채로 들어가는 작은 문이 있고 바로 왼쪽으로 난 문은 뒷마당으로 들어가는 중문이다. 다시 안채에서 왼쪽으로 꺾어 가면 새로운 한옥이 또 한 채 자리 잡고 있으며 앞에 널찍한 마당이 있으니, 우리들의 놀이마당이었다. 안채의 마당 건너에는 아래채라하여 방이 셋에 마루가 있고 그곳에는 찬모(요리사)와 침모(바느질하는 이)가 기거하며, 부엌 도우미도 같이 살았다.

그러니 한국전쟁 때 서울에 온 인민군이 우리집을 눈엣가시로 보고 아무 때나 들이닥쳐서 모든 것을 수탈하고 수시로 드나들며 빼앗아갔다. 남은 것이라곤 빈독뿐이었다. 그 당시 우리는 집안에 있는 물건 하나를 들고 나가 팔아야 보리쌀 한 되를 살 수밖에 없었다. 그것으로 묽게 죽을 쒀서 간장으로 하루 한 끼로 연명하며 살았다. 한국전쟁 전 해인 1949년 10월, 우리 아버지가 간경화가 발병하여 갑자기 사흘 만에 세상을 떠나셨다. 우리집은 어머니와(7남 3녀) 십 남매란 거대한 식구뿐 아니라 할머니와 큰아버지(아버지의 형님)까지 모두 열세 명이란 대식구였다. 한국전쟁이 터지자 모든 도우미들이 제 고향으로 떠나가고 나니 어머니가 혼자서 집안 살림을 떠맡게 되었다. 어머니의 어깨는 너무나도 무겁고 감당하기 어려운 지경에 이르렀다. 그해 여름은 유난히도 더웠고 긴긴 장마로 살기가 몹시 힘들었다. 그때를 생각하면 지금도 생생히 기억나지만 어떻게 이겨내고 살았는지 이해가 되지 않는다.

7월에 접어들어 큰아버지(아버지의 형님)는 당시 장안에서 이름난 변호사이셨기에 납치할 인물 1호로 찍혀 붙잡혀 가셨고 곧 이어 수재 중에 수재로 알려진 넷째 아버지(아버지의 동생)는 당시 식산은행 부두취(부행장)이었는데 납치되어 북으로 끌려가셨고 이어서 교육자이신 이모부(어머니의 언니의 남편)와 그의 대학생인 아들도 모두 7월 초에 거의 같은 시기에 납치되어가고 소식이 끊겼다. 하루아침에 대들보가 뿌리 채 뽑혀 나간 집이 되어 살아갈 길이 막막하고 몹시 불안하고 힘들었다. 우리집만 그런 형편이 아니고 주위에 우리같이 당한 사람들도 많다고 서로 위안을 해주곤 했다.

당시 나의 큰오빠는 1950년 봄에 연희대(연세대)를 졸업한 재원으로 바로 통역장교로 들어갔고, 둘째 오빠는 연희대 의대(연세의대)생이어서 곧바로 군의병으로 들어갔고, 미국유학 후 최근까지 플로리다에서 의사로 사셨다. 셋째 오빠는 연희대 정외과 우수학생으로 이름을 날리더니 공보처장 비서로 뽑혀갔다. 넷째 오빠는 고3 학생이었는데 자진하여 육군에 입대해서 훈련 후 일선에서 싸우다가 휴전협정 때 극심한 철의 삼각지 전투에서 행방불명되어 아직도 유해를 찾지 못한 채 발굴 소식을 기다리고 있다. 다섯째 오빠는 고2였는데 육군사관학교에 입학하여 전두환 전 대통령과 동기라고 하며, 사업가로 살았고, 여섯째 오빠는 서울중학교 2학년생, 나는 국민학교 5학년, 남동생은 3학년. 여동생은1학년, 막내는 5살 여동생. 7남 3녀의 대가족이었다. 난리 중에 어머니와 할머니, 우리 다섯 남매, 일곱 식구가 서울 수복까지 근근히 생명을 유지하며 살아온 것은 오직 국군의 서울 탈환에 대한 희망 하나뿐이었다고 할 수밖에 없다. 1950년 9월 28일을 며칠 앞두고, 인천상륙작전으로 서울을 탈환하기 위한 아군의 전투가 극심했고, 적군도 서울을 사수하려고 안간힘을 썼다. 길에서 아무나 총을 쏴서 사살하는 것이 다반사였다. 국군과 적군은 최대의 화력으로 빼앗기느냐 탈환하느냐로 절체절명의 싸움이었기에 우리 같은 시민은 속수무책으로 집안에서 벌벌 떨고 만 있을 뿐이었다.

바로 이곳이 전쟁터였다.

그런 와중에도 할머니와 어머니는 추석 차례를 조상님들께 올리려고 준비에 골몰하셨다. 조상님들 덕분에 우리가 이 정도로 살아가고 있음에 감사하자는 의미였으리라. 그날 오후 마침 셋째 오빠가 집에 다니러 왔다가 안마당에서 날아가는 유탄(총알)을 뺨에 맞고 입에서 선지 같은 피를 토하면서 쓰러졌다. 안방으로 옮겨서 지혈을 해 봤으나 출혈이 끊이지 않아 몹시 위태로워 보였다. 인근에 가깝게 지내는 이비인후과 의사에게 사정을 설명하고 목숨만 살려 달라고 애원했다. 의사가 오셔서 응급조치를 해주시니 안심이 됐다. 이튿날 다시 오셔서 경과를 보고 오른쪽 귀 뒤에 박혀 있는 총알을 빼냈다. 이 사건은 하늘이 도우신 일이라며 할머니와 어머니, 우리 식구 모두가 감개무량해했다. 그후 오빠는 1953년 미국 뉴욕 컬럼비아대학에서 국제정치학을 수학하고 교수로 사셨다.

그러고 며칠 후 수복이 되어 국군이 서울에 들어와서 집집마다 태극기를 달고 울면서 기뻐했고 반가워했고 고마워했다. 어제까지 적군과 싸우면서 쓰러진 시체들이 대문 앞 길가에 가마니만 덮힌 채 여기저기 널브러져 있고 길 건너 앞집은 폭격을 맞아 불이 나서 완전히 모두 타서 재만 남았다. 불을 끄려고 동네사람들이 우리집 뒷마당에 있는 우물물을 길어다가 부었지만 속수무책이었다. 한옥이라 오랫동안 마른나무이기에 불쏘시개처럼 활활 타서 뜨거운 재가 우리집에까지 날아와서 몹시 위태로운 상황이 벌어지기도 했다. 서울 수복 앞서 치열한 시가전을 준비하는 인민군은 저녁에 해가 어둑어둑해지면 동네 반장을 불러 한 집에 한 명씩 나와서 부역(전쟁 중 점령당한 지역에서 적에게 협조하는 행위)하러 끌려 나가는데 우리집에서는 내가 나갈 수밖에 없었다. 노인 할머니를 두고 어머니가 나갔다가 무슨 일이 일어날지 모르므로 두려워하셔서 열두 살의 어린 내가 대신 부역을 나갔다. 나는 무서워서 반장의 뒤만 졸졸 따라다니면서 모래주머니를 반도호텔(지금의 롯데호텔) 출입구마다 방어벽을 쌓고 집으로 돌아왔다. 서울이 수복되었다고 전쟁이 끝난 것이 아니었다.

북진하여 평양까지 올라갔으나 1950년 12월, 50만이나 되는 중공군의 개입으로 다시 남쪽으로 밀려 내려오기 시작하여 서울서는 짐보따리를 싸 들고 피난의 길을 나서야만 했다. 마땅히 갈 곳도 없으면서 12월 10일 우리들은 친척의 도움으로 트럭을 타고 대전으로 향했다. 우선 적을 피해야 하므로 떠나야만 했다. 남아 있으면 죽을지도 모른다는 두려움이 컸다. 대전에서 한 달간 지내다가 정세가 좋아지면 서울로 오는 것으로 계획을 했다. 그러나 정세가 점점 나빠지면서 대구로 내려갔고 곧 이어 부산에 이르렀다. 당시 부산은 유입된 인구가 너무 많아서 포화상태라 부산에 들어오는 것을 철저히 막고 있었다. 부산에서는 친지의 집에 잠시 머물면서 집을 구해 나갔다. 못 쓰는 창고라도 얻을 수만 있다면 운이 좋은 편이었다. 부산진—서면 근처에 허름한 창고를 얻고 기거하기 시작했다. 그 와중에 피난 온 학생들을 수용하는 서울 남대문국민학교 부산 분교가 열려서 다니게 되었다. 1952년 중학교 입학시험을 치르고 중학생이 되었으며 1953년 7월 27일 휴전협정 후 서울로 환도하면서 그리운 집으로 돌아왔다.

부산에서 남대문국민학교 졸업식 때 윤형모 교장선생님의 훈시를 아직도 잊지 않고 기억하고 있다.

"어디서든지 꼭 필요한 사람이 되어야 한다."

"있으나 마나 한 사람 되지 마라."

"아무데서도 쓸모 없는 자가 되지 마라."

교실이 없어서 오래돼서 못 쓰게 된 유리창도 없는 전차를 교실로 사용하면서도 우리들은 슬퍼하거나 부끄러워하지 않았다. 지금도 그때 동창들을 가끔 만나면 부산 시절 이야기로 꽃을 핀다.

7월 27일 휴전협정 이후 서울로 환도(귀경)하는 일이 여간 어렵지 않았다. 그 많은 피난민이 기차표 사기도 어려울뿐더러 표가 있어도 기차를 타기가 어려웠다. 한꺼번에 부산역에 모여서 제가끔 기차에 올라타려 몰려드니 아수라장이 따로 없었다. 오늘 못 타면 내일 더 일찍 나와야만 했다. 이튿날 기차는 어찌어찌하여 탔으나 8월은 아직도 더위가 극심하여 소나기도 갑자기 쏟아지기 때문에 옷 입은 채 비를 그냥 맞고 얼마 지나면 지나가는 바람에 어느새 뽀송뽀송하게 말라 있었다. 기차에 유리창이 없으니 하루에도 몇 번씩 소나기가 쏟아졌다 해가 났다 반복하다가 12시간 만에 서울역에 도착했다. 처음부터 서서 오다가 중간에 누가 내리면 앉았다가 아픈 사람이 있으면 자리를 내어주곤 했다. 전쟁 중에 인내심이 많이 자라난 것 같다. 인내심이 없으면 아무것도 할 수가 없었다고 생각된다.

일찍이 아버지와의 사별로 혼자되었고 사회 경험이 하나도 없는, 오로지 근면 성실하시고 자기 몸을 아끼지 않고 할머니를 정성껏 모시던 어머니의 부단한 노력으로 우리 십 남매는 모두 대학을 졸업했고 부끄럽지 않은 사회인으로서 살아갈 수 있었음에 감사한다.

인생의 봄날

한영자
수필, 의학 62

한겨울이다. 꽁꽁 얼어붙은 개울 둑길을 따라 한 모자(母子)가 걸어가고 있다. 겨울 냇물도 이 모자의 슬픔을 아는가, 조잘조잘 흐르던 냇물이 하얀 석회로 변하여 가슴속으로 흐느껴 울고 있는지, 하늘조차 흐르던 눈물이 하얀 싸락눈이 되어, 모자의 온몸을 휘어 감고 이들의 굳어 가는 몸과 함께 울며 가고 있다.

두 달 동안 묵었던 이 개울가 요양병원을 등 뒤로 하고, 또다시 겨울 나그네가 된 엄마와 아들, 외로운 유랑길에 오른 이들은 길고도 험한 인생길을 걸어왔다.

갑부집 며느리 멋쟁이 엄마는 남들의 부러움을 한몸에 받고 살다가 서른 살에 선천성 지체저능아를 첫 아들로 낳은 후부터 그녀의 운명이 바뀐다.

아들을 고쳐보려고 수많은 병원을 찾아다니다가 그 많던 재산 다 잃고, 남편마저 사별한 그녀는 어느덧 70대에 중환자가 되었고, 아들은 40대 중년이 되었다. 환아 아들은 소변 줄을 탯줄처럼 배꼽에 달고 팔다리를 문어같이 후들거리며 침을 줄줄 흘리고 다닌다.

나는 이 환자의 소변 줄을 일주일마다 갈아준다. 그때마다 모든 일을 미루고 긴장을 해야만 한다. 기운 센 남녀 간호사들이 총동원하여 나의 시술을 돕지만 이때 만일 발작을 일으키면 큰일이기 때문이다.

돌이켜 보면, 5년 전의 그녀는 건강하고 당당했었다. 아들만 입원시켜 놓고 엄마는 화려한 미모에 멋쟁이 여성이었다. 며칠에 한 번씩 병원에 와서는 아들의 치료를 일일이 따지며 잘잘못을 까다롭게 지적하곤 하였다. 한데 그녀는 결국 우울증과 정신병을 얻어 불면증에 시달렸고 아들과 함께 입원 치료를 받게 되었다.

한데 이때부터 문제가 더욱 커지기 시작했다. 엄마는 노인 여성 입원실에 있고 아들은 젊은 남자들의 방에 따로 입원하고 있는데, 아들이 밥을 먹다가 옷을 벗은 알몸으로 엄마를 부르면서 소변 줄을 질질 끌고 여자들 방마다 휘휘 젓고 다니는 소동을 벌이기 때문이다. 그런 아들을 볼 때마다 엄마도 통곡하며 쓰러져서 경련발작을 일으킨다.

이처럼 사건이 점점 잦다보니, 병원 안은 온통 난장판에 이르게 되었다. 허나, 내 마음은 힘들지만 이 엄동설한만은 넘고, 봄이 올 때까지라도 참아냈으면 싶었다. 그러나 다른 환자들과 보호자들의 불만과 항의가 나날이 심해져서 병원 운영난 위기까지 몰고 갔다.

하여 의료진들과 직원들이 긴급대책회의 끝에 모자 입원을 감당할 수 없다는 결론을 내리게 된 것이다. 이들은 이미 앞의 수많은 요양병원에서도 퇴출당해서 이젠 갈 곳 잃은 떠돌이가 되었다니, 그들의 봄은 언제 오려나, 가슴이 사뭇 시리다.

아마도 저들은 허공에서 방황하는 갈대 잎새 칼바람이 되지나 않을지, 아린 마음으로 바라보았다.

계절은 어김없이 흘러간다. 인생도 간다. 멀지 않아 저 차디찬 개울물도 따스한 봄날 되어, 개나리꽃 활짝 피우는 봄노래를 부르리라. 생각하니 문득 아들 행복 해바라기 엄마의 웃음소리가 떠오른다.

'아가야, 내 예쁜 아들아, 엄마가 왔다, 엄마야, 하하하.'

지난해 봄부터 병원 안에 온통 웃음꽃을 차랑차랑 피워내던 그녀, 행복엄마의 웃음소리가 산울림처럼 귓가를 울린다.

그녀는 병원 문에 들어서자마자, 아들을 향한 기쁨의 찬사와 감격의 탄성, 횃불 웃음을 터트린다. '아이고 저 장한 내 아들 좀 보소' 하고 깔깔 웃는 그녀를 향해, 일시에 모든 시선이 그녀 쪽으로 쏠렸다. 그때 생전 처음 저 혼자 휠체어를 밀고 엄마를 향해 방실방실 웃고 있는 아들의 환한 미소를 마주보며 그토록 신기해하였다. 마치 아기가 첫 걸음마를 뗄 때 같은 희열의 기쁨, 그런 모습이었다. 아들은 머리가 유난히 크고 몸이 뚱뚱하다. 또 앞이마부터 뒷목까지는 거미줄 같은 흉터가 안쓰럽게 보인다. 아들은 말을 하지 못한다. 단지 '엄마' 소리만 하고 빵긋빵긋 웃는다. 그런 아들만 보면 엄마는 늘 기쁘다. 아기가 두 살 때 경기로 머리를 다친 후, 열네 살 때까지 머리 수술을 일곱 번이나 받는 동안 뇌기능이 돌된 아기에서 멈춰버렸다. 허나 엄마는 죽지 않고 살아있음에 그저, 늘 감사하며 산다. 남편도 사별하고 유일한 아들이 기쁨이고 행복이다. 식당 일, 도배일, 대리운전, 농사일 등등 해가며 아들 뒷바라지를 하고 있다.

어느 날이었다. 봄 농사 밭일로 새까맣게 탄 얼굴로 또 경악의 웃음꽃을 터트렸다.

'어머나, 우리 아들 좀 봐요. 글쎄 저 혼자 쉬를 다 했네요. 하하하.' 손뼉까지 치며 눈물을 흘리는 그녀를 보고 말문이 막혔다.

그날 오후, 나는 병실 회진을 하다가 그 아이 병실 앞에서 멈칫, 발길을 멈추었다. 점심 식사 후, 행복엄마의 웃음소리가 들리지 않아 이상하다 했더니, 그사이 창틈으로 스며드는 봄 햇살을 담뿍 받으며, 엄마는 아들을 꼭 껴안고 평안히 잠들어 있지 않는가. 순간 '이 세상에서 가장 행복한 모자상이요' 라며 사진을 찍고 싶었다. 하지만, 한 폭의 생화처럼 신선한 모자상의 행복을 행여 깨뜨릴까 해서 사진기를 내려놓고 살며시 방을 빠져

나왔다.

올해는 겨울이 더디 왔으면 좋겠다.

지난겨울에 떠나간 슬픈 모자(母子)가 다시 떠오른다.

'비린내 나는 골목길 /더러운 골목을 /헤매고 다녀도

촛불처럼 짧은 사랑 /저 하늘이 외면하는 그 순간,

인생의 봄날은 간다…'라는 노랫가락이 자꾸자꾸만 귓가에서 메아리친다.

옛날에 금잔디 동산에

임완숙
시, 국문 68

코로나 거리두기 비상이 한꺼풀 느슨하게 풀리자 호숫가를 찾는 사람들의 무리가 눈에 띄게 많아졌다. 호수에 거꾸로 누운 싱그러운 산 그림자는 흰 구름 더불어 넘실넘실, 눈을 들어 둘러보면 반짝반짝 온통 꽃보다 아름다운 신록이 눈부시다. 오월이다. 온천지가 축복으로 가득 차서 흥에 겨워 우쭐대는 듯하다.

낚시꾼들은 마치 흰 구름을 낚으려는 듯 물속 푸른 숲에 낚싯줄을 던져놓고 우두커니 앉아있다. 호수 복판 여기저기에는 물오리들이 여나믄 마리씩 떼를 지어 점점이 자맥질 분주하고 두루미가 큰 날개를 펴고 날아간다. 그때 어느 낚시꾼의 텐트에선가 감미로운 노래가 흘러나왔다. "옛날에 금잔디 동산에~~~"

나는 길을 가다가 느닷없이 명치끝을 세차게 공격당한 사람처럼 헉 숨을 들이키며 발걸음을 멈췄다. 노래는 지나간 시절을 기억하게 하는, 추억을 소환하는 화석(化石)이라 했던가. 갑자기 30년도 훨씬 더 전의 한 장면이 전광석화처럼 번쩍 머리에 떠오르며 가슴이 미어지듯 아팠다. 목이 메고 눈물이 솟았다. '아! 아버지!…'

아버지의 환갑 잔칫날이었다. 우리 칠 남매가 올리는 술잔을 받으시고 기뻐하시며 여흥 분위기가 무르익었을 때였다.

"형부! 오늘의 주인공이시니 노래 한 곡 해주세요! 형부 노래 꼭 듣고 싶어요."

처제들의 간청에 아버지는 흔쾌히 노래를 부르셨다. "옛날에 금잔디 동산에 매기같이 앉아서 놀던 곳, 물레방아 소리 들린다. 매기 내 사랑하는 매기야… 지금 우리는 늙어지고 매기 머린 백발이 다 되었다. 옛날의 노래를 부르자. 매기 아 희미한 옛 생각" 아버지는 목소리가 맑고 아름다운 미성(美聲)이셨기에 노래의 감흥은 대단했다. 아버지는 어쩌다 술기운이 혼혼하실 때는 당신이 좋아하는 일본 가수가 부르는 일본 가요를 낮게 흥얼거리셨다. 그러나 그것도 손가락으로 꼽을 정도로 있었을 뿐, 가곡을 이처럼 잘 부르실 줄은 몰랐었다. 처음 듣는 아버지의 아름다운 노래에 우리는 뒤집어질 듯 박수갈채를 보냈지만, 91세로 먼 길 떠나실 때까지 그것이 우리가 들은 아버지의 처음이자 마지막 노래였다.

그때는 그저 아버지가 노래를 뛰어나게 잘하신다는 생각만 했을 뿐, 아버지에 대한 애정 어린 깊은 생각을 못한 채 그 노래에 대한 것을 까맣게 잊고 살아왔는데 이제 아버지 가신 지도 벌써 일곱 해, 오늘 번개처럼 소환된 세월 저편의 노랫소리가 아버지를 눈물처럼 새로이 그리게 한다.

신동(神童)이라 일컫던 아버지가 일제강점기 시대 학도병으로 끌려갈 위기에 놓이자 할아버지께서 강제로 학업을 중단시키고 매파를 넣어 결혼을 시켰다. 당시 여학교를 졸업하고 회사 타이피스트로 일하고 있던 어머니 쪽 역시 처녀들을 정신대로 끌고 간다는 흉흉한 소문 속에 결혼을 서둘렀다고 한다. 20대 청년인 아버지는 아름다운 어머니를 보자 첫눈에 반하여 짧지만 뜨거운 교제기간을 거쳐 두 분은 결혼했고, 시를 쓰고 바이올린을 연주하기도 했던 낭만적인 청년 아버지는 당신의 꿈을 가슴에 묻고 은행에 취직을 하여 생활인으로 발걸음을 내딛었다. 효심(孝心)이 지극한 10대

독자 외아들인 아버지는 무거운 책임감으로 당신의 꿈과 야망을 모두 내려놓고 일생을 충실한 가장으로 묵묵히 집안을 이끌고 살아오셨다.

지금 생각해보면 환갑날 부른 '매기의 추억'은 아버지가 평생 가슴에 묻어두었던 젊은 날 어머니와의 아름다운 사랑의 순간을, 당신의 꿈과 사랑이 가득했던 학창 시절을 그리며 부르셨던 게 아닌가 싶다. 우리 칠 남매를 건사하느라 당신만의 오롯한 시간을 갖지 못하고, 오직 생활인으로만 살아내야 했던 아버지, 어쩌다 어머니와 부부다툼이 있을 때면 우리가 잠든 뒤에 일본말로 조용조용 말씀하시던 모습이 아프게 떠 오른다. 우리 칠 남매를 키우시며 큰소리 한 번 안 내시고 언제나 웃는 낯으로 부드럽게 말씀하시던 자애로운 아버지. 평생 금슬 좋던 어머니가 일찍 돌아가시고 20여년을 홀로 바둑과 책을 벗하며 밝고 긍정적인 모습으로 사셨던 아버지.

이제 고요히 생의 뒤안길을 짚어보며 아버지의 일생을 생각해보면, 얼마나 고독하고 외로운 길을 걸어오셨는지 환히 보인다. 왜 살아 계실 때는 아버지의 마음 깊은 곳을 헤아리지 못했을까. 이제야 아버지 생각에 목이 멘다. 새록새록 가슴이 아프다. 풍수지탄(風樹之嘆)이라 아무리 후회하고 또 후회한들 무망(无妄)할 뿐이다.

내 발목을 잡았던 노랫소리가 끝났다. 자꾸만 솟아나는 눈물을 삼키고 나는 나지막하게 '매기의 추억'을 부르며 천천히 호숫가를 걸었다. 아버지의 맑은 노랫소리가 들려오는 듯했다. 나는 목이 메어 하늘을 올려다보았다.

'아버지! 그곳에서 어머니와 만나 이제는 외롭지 않게, 즐겁게 지내고 계신가요?'

어디선가 달콤한 찔레꽃 향기가 은은히 풍겨왔다.

어머니의 노래

전연희
시조, 국문 69

어머니는 이태 전부터 부쩍 사진을 찾으셨다.

열대여섯 살 무렵 친구들과 찍은 갈래머리 모습의 사진이었다.

큰오빠네에 있던 색이 누렇게 바랜 옛날 사진을 어렵사리 찾아드렸더니 침상 곁에 두고두고 보셨다. 사진만 찾은 게 아니었다. 그때 부르던 '산골짝의 등불'을 나지막이 부르곤 하셨다.

남쪽나라 바다 멀리 물새가 날으면
옥양목 흰 앞치마 물빛으로 젖는 나절
보리쌀 치대다 말고 먼 하늘을 보시네

연분홍 치마가 봄바람에 휘날리더라
3절까지 용케 건너 목이 메는 으스름녘
닳아진 양단 치마를 곱게곱게 펴시네

그 산골짝 황혼질 때 꿈마다 그리는 나의 집

열여섯 갈래머리 사진 속을 찾으시네
몰랐네 연분홍 고운 꿈 소녀이던 어머니
— 졸시 「어머니의 노래」

자주 부르던 〈고향초〉며 〈봄날은 간다〉는 제쳐 두고 부쩍 〈산골짝의 등불〉을 불렀다. 열대여섯 살 고운 날들이 아른아른 솟아나는 듯 어머니의 얼굴이 잠시 환해진다.

어머니는 한국전쟁 이후 그 시절의 여느 어머니처럼 가난과 인고의 세월을 눈물과 함께 보내었다. 내가 초등학교 4, 5학년 무렵 아버지 월급이 나오지 않던 두 해 남짓 화장품이며 옷가지 등을 꾸린 보따리 장사까지 마다하지 않았다. 키가 작은 편인 어머니가 몸보다 더 큰 보따리를 이면 파묻힐 정도였다.

백부의 파산으로 얼마 안 되는 전답까지 다 날려 그 궁핍함만 막내아들인 아버지의 몫으로 남았다. 이것은 고스란히 어머니가 견디고 극복해야 할 일이었다. 사돈에 8촌까지 챙기는 호인 아버지로 어머니의 심신은 위로받을 길 없이 고되기만 하였다.

절편처럼 납작하게 갈비뼈에 새긴 시를
참회하듯 읊조리는 어머니 낮은 기도
돌이켜 아프지 않은 그런 날이 있었을까

몸보다 무거운 짐 덜지 못한 버거운 정
눈물도 너무 가벼워 삼켜내던 울음소리
당차게 길을 열수록 덮쳐오던 물너울

이만한 매운맛이 어디 그리 흔하냐고

태양초 골라 닦아 지에밥, 익힌 매실
엷어진 등을 구부려 아직 장을 담그시는

열여덟 꿈은 길어 잠속 꽃을 가꾸시네
고집도 숙으시고 할 말 많이 놓으시네
가시밭 끝없는 길을 이제 가만 어르시네
— 졸시 「어머니 시편」

아흔넷까진 간장, 고추장, 된장, 김장김치까지 손수 담갔다. 아들, 딸, 손주 몫까지 챙겼다. 그만하시라고 말려도 "이런 일도 못하면 무슨 낙이 있냐"며 멈추지 않았다. 가까이 살고 있는 나야 쉽게 실어가면 그만이지만 서울 오빠네엔 간장, 된장, 고추장, 김치며 갓 짠 참기름까지 꼼꼼히 꾸려 직접 우체국에 가서 부쳐 보내었다. 내가 들를 때가 되면 갖가지 반찬과 따끈한 군고구마까지 마련해 놓고 기다렸다.

조그만 공터에도 푸성귀를 가꾸고 창밖엔 단단한 선반을 덧붙여 작은 온실을 만들어 겨울에도 꽃을 피워냈다. 태생이 부지런한데다 채소나 꽃을 가꾸는 일을 무척 즐거워했다. 그러나 어머니는 몸이 성치 않았다. 그보다 멀쩡한 곳이 별로 없다는 말이 더 정확한 말이다. 손목, 갈비뼈 부상에다 두 무릎 관절 수술, 탈장 수술 등 52세부터 시작된 수술은 십여 군데가 넘을 정도로 잦았고 갖가지 약을 복용하며 파스며 붕대로 아픈 곳을 가렸다.

하릴없이 흔들린다 수초 몇 그러안고
오체투지 온몸으로 붕대 감아 지내온 길
서럽다 서럽지 않다 여운 남아 붉은 해

폴드로 접힌 몸을 곧추세워 일으키면
쌀가루 체에 걸러 절구질은 해를 넘고
가마솥 타는 장작불 저녁상이 따스했다

현관 한켠 오두마니 앞섶에 물을 담고
구멍 뚫린 뼈마디에 눈물 층층 보태어서
어머니 마른 갈댓잎 바스라져 내린다
— 졸시 「돌확」

어린 시절 어머니의 절구질이 왜 기억 속에서 사라지지 않을까. 그때엔 고추를 빻거나 삶은 콩에 이르도록 절구질이 잦았다. 잘 불린 쌀을 해종일 빻아 고운 체에 쳐서 가마솥에 쪄내면 고슬고슬 백설기가 되었다. 때론 찹쌀로 찐 지에밥을 돌확에 넣고 절굿공이로 쳐대어 콩가루에 묻혀내면 고소한 인절미가 되었다.(이건 형편이 나은 외가에서나 종종 보던 일이다) 맛있는 백설기를 기다리는 즐거운 조바심 외에 절구질의 고됨을 나는 기억한다. 작은 손으로 한두 번 절구질해 보면 손바닥이 금세 시뻘겋게 부풀었다. 가족에게 즐거운 날들을 선사하기 위해 어머니의 몸은 이렇듯 일찍부터 금이 간 것일 게다.

내 떠나면 읽어 보라 서랍 속에 둔 일기장
무엇하러 남기냐는 퉁명한 딸을 두고
원망도 오래전 접은 채 보낼 찬을 챙기신다

갈피갈피 소설보다 빼곡히 더한 사연
남편도 큰아들도 먼저 보낸 삭은 기억
하루도 마른날 없었으리 첩첩 접힌 골주름

성서를 넘겨 읽는 눈길 자꾸 침침해도
철 따라 창안 가득 베고니아 장미 국화
그 환한 꽃빛으로만 남은 생을 가꾸시길
— 졸시 「어머니의 일기장」

어머니는 수십 년 동안 일기를 썼다. 큰아들을 일찍 보낸 아픔에다 아버지께 대한 미련도 많았는지 곧잘 떠나고 없는 아버지를 원망하곤 했다. 성서를 읽고 기도하던 어머니지만 넘치는 일들을 일기로 풀어냈다. 대학노트에 빼곡히 쓴 일기장이 열두 권이 넘었다. "무엇하러 이런 글 남겨요?" 퉁명스런 딸의 말에도 아랑곳 않은 채 자신의 굴곡진 삶을 줄기차게 쏟아내었다. 어머니는 이광수의 『흙』, 『사랑』 등을 애독하고 박경리 소설을 좋아했다. 『김약국의 딸들』, 『토지』 등의 줄거리며 인물에 대해 생생하게 이야기하곤 했다. 사는 일에 그렇게 용쓰지 않았다면 필히 소설가가 되었으리라, 저 장대한 일기장을 엮은 그 솜씨로.

입원실로 옮기고도 이틀 꼬박 지새우다
링거에 매달린 채 설핏 잠든 여윈 얼굴
봄꿈을 꾸고 계신가 입가 환한 햇무리
— 졸시 「프리지어」

중환자실에서 어머니는 겨우 의식을 되찾고 입원실로 옮겨졌다. 가느다란 이른 봄 햇살이 창에 아른거렸다. 갓 핀 프리지어를 창가에 꽂았다. 링거에 의지한 조그마한 몸이 프리지어처럼 연약하고 곱다. 억척같이 살아내던 힘이 저 몸 어디에서 나왔을까. 앙상히 여윈 빈 나무껍질 같은 여리디여린 내 어머니를 눈물 속에 본다.

96세 어머니는 퇴원을 했다. 무거운 외투를 벗고 겨울을 견딘 나비처럼 팔랑팔랑 걸음을 옮긴다. 아니 휘청휘청 겨우 걸음을 뗀다.

집으로 돌아온 어머니는 이내 자신이 털실로 뜬 보라색 숄을 풀어 느릿느릿 둥글게 뭉쳐냈다. 푸는 일만 해도 한 달이 넘게 걸렸다. 그리고 찬찬히 뜨개질을 다시 시작했다. 침침한 눈으로 코를 빼 먹으면 다시 풀어 굼뜨게 스웨터를 짰다. 거의 6개월이나 지나서야 스웨터가 완성되었다. 무언가를 만들고 일을 해야만 직성이 풀리는 성격 탓일까. 딸에게 마지막 선물을 하고 싶어서일까.

꼭지가 헐리도록 새들 마구 파먹고 간
물기 없이 여윈 자국 어머니 마른 가슴
감나무 벗은 가지에 이끼 끼어 까맣다

주름에 검버섯에 덕지덕지 앉은 더께
거울 속 낯선 사람 어머니 마주본다
증손자 다 본 나이에 애틋할 일 무어라고

물수건 비누 묻혀 무엇을 지우시나
어제는 잊어먹고 내일은 까마득히
긴 날을 그을린 가슴, 움푹 패인 그늘 한 채
— 졸시 「그늘 짙은 날」

충렬사 감나무에 지난해 따라 감이 유난히 총총 매달렸다. 새순이 나고 감꽃이 피고 발갛게 익어도 충렬사 감나무는 관상용이다. 건사하지 않기에 해마다 감은 작아지는지 얼핏 보면 개암 같다. 늦가을 들어서부터 겨울내내 붉은 등을 켠 것 같은 감나무 사진을 찍어대느라 사람들의 손길은 바쁘고 눈길은 뜨겁다. 온통 주위가 얼음 속에 갇히면 새들은 감을 쪼느라 분주하다. 텃새 직박구리는 단골손님이다. 때론 까치도 끼어든다. 주변에 떨어져 널린 감 조각은 비둘기 몫이다. 사람이 손대지 않기에 감은 겨울새들의 넉넉한 양식이다.

물끄러미 아름드리 감나무를 보고 있던 나에게 감나무 둥치가 눈에 확 들어왔다. 그 화려한 열매에 비해 군데군데 터지고 검푸른 이끼가 잔뜩 묻어 있는 감나무. 자식에게 아낌없이 다 바치고 살아낸 어머니는 저 검푸른 이끼로 뒤덮인 한 그루 감나무였을까.

얼굴에 피어나는 검버섯을 어머니는 못 견뎌했다. 머리카락이 조금만 길어도 안될 일이었다. 검버섯을 지우느라고 때론 찧은 솔잎, 몇 가지 처방을 한 우유 제품을 얼굴에 자주 바르곤 했다. 그 깔끔한 성격에 얼굴에 묻은 시커먼 자국이 못내 성가신 탓에 거울 속 낯선 얼굴을 오래 들여다보곤 했다. "긴 날을 그을린 가슴, 움푹 패인 그늘 한 채"로.

어머니 떠나신 후 첫봄을 맞았어요
아버지 봉분 곁에 한 줌 재 보드랍게
원망도 미움도 지운 새순으로 오시네요

첩첩이 쌓인 곡절 건너시던 깊은 고랑
따스한 위로 한 첩 드린 적이 없음에도
열두 권 일기장 끝내 못다 읽고 덮어요

생전에 부르시던 찬송가 낮은 둘레
무덤가 억센 풀을 다듬다듬 달래면서
보송한 봄꽃 한 다발 오시는 길에 놓습니다
— 졸시 「돌아온 봄」

어머니 가신 지 한해가 지났다. 이 세상 가장 아름다운 말, 어머니.

신이 이 세상을 다 돌볼 수 없어 어머니를 두었다는 말을 새삼 기억한다.

언젠가는 누구라도 영원한 이별을 하게 됨을 잘 알면서도 곧잘 영원히 살 것처럼 잊고 살 때가 많다. '좀 더 잘해 드렸으면…' 명치끝이 아려온다.

갓 핀 프리지어 한 다발을 떡과 과일 대신 놓는다.

어머니 고운 얼굴이 떠오른다.

아아, 늦게야 깨닫는다 '연분홍 고운 꿈 소녀이던 어머니'를.

여보로봇

이예경
수필, 교육 70

일행과 함께 우리는 식당에서 나와 골목에서 나오던 참이었다. 앞사람만 쳐다보고 골목을 빠져나올 무렵, 갑자기 발목이 휘청, 현기증으로 별들이 번쩍했다. 보도블록 하나가 빠져있는 줄도 모르고 발을 헛디뎠다. 발이 떼어지지 않아 부축을 받으며 골목 식당으로 도로 들어와 앉아서야 숨을 돌릴 수 있었다. 십여 분이 지나 애써 몸을 추스르며 귀갓길을 재촉했다. 50대에 넘어지면 달포 만에 거뜬하나 70대엔 해를 넘기게 된다고 그냥 넘어갈 일이 아니라는 말이 떠오른다.

"여보오!"
"여보!"
"여봇, 뭐 해!"

연달아 세 번이나 나를 부르는 남편의 목소리가 베이스로 시작해서 점점 톤이 높아간다. 뭔가 급한 일이 생겼을 때 들려오는 환자의 목소리다. 남편이 노환으로 툭하면 보행동결이 와서 큰아기로 변했다. 아내는 간병인이 되어 24시간 동행을 해드리자니, 외출 시에 번번이 휠체어를 밀고 다니느라 좀 힘들다. 관악산과 청계산으로 둘러싸인 동네라 특히 잘 다니는 길에 경사진 곳이 많아서다. 분주한 중에 체력까지 내리막을 향한 줄도 몰랐다. 의사는 현상태로 계속 쉬지 못하면 회복이 어려우니 일단 거동이 어려운 남편의 요양원 입원이 급선무라 했다.

간단치 않은 문제다. 남편이 입원을 원치 않고, 수시로 여보를 부르며 도움을 청하는데 어쩌나. 그의 파킨슨 전문의는 그 병이 내리막은 있어도 회복은 없다고 했다. 아침에 눈을 뜨자마자 내가 따뜻한 물 한 잔 대령, 몸을 일으켜 이동시켜야 하고, 이동변기를 들고 다니며 하루를 시작한다. 휠체어에 앉혀 식탁으로 이동, 식탁 의자에 옮겨 앉힌 후 자세를 바로잡을 때까지 의자를 밀고 당기고 여러 차례 후에야 식사를 시작할 수 있다. 반찬들은 잘게 잘라서 부드럽게 익히지만 큰아기라 씹는데 시간이 걸린다. 다시 휠체어에 앉혀 화장실로 이동. 변비를 기다리느라 30분도 짧다. 일어날 때는 주로 보행동결 현상 때문에 내가 양손을 잡아 일으켜 세우려니 매번 노랑별이 번쩍, 무슨 뾰족한 수가 있을까.

몸만 큰아기지 인지기능은 일반 어른이다. 매사에 의견이 많아 하루 종일 수시로 여보를 부르는데 어쩌다 금방 오지 못하면 언성이 점점 높아진다. 간병인도 할 일이 많아 금방 못 갈 수도 있는 건데 기다려 주는 이해심은 어디로 간 것일까. 이럴 때 천사도 아닌 간병인이 루시퍼로 변하는 건 시간문제다. 그러나 짜증을 내어서 무얼 하나. 어떤 상황에서도 세상 모든 사람들은 환자 편인 것을… 여보는 수시로 사표를 내고 싶지만 참으려고 노력 중이다.

피할 수 없는 건 즐기라고 했다.

"주인님, 여보로봇 왔습니다. 뭘 도와드릴까요?"

마음속 독초가 뿌리를 내릴까봐 이렇게 여보로봇을 부른다. 전자기계 로봇이 무슨 감정이 있나. 마음의 쓴 뿌리 같은 건 아예 없다. 열 받지 않으니 항상 순종적이고 평온하다. 툭하면 속이 시커멓게 되는 일도 없고 눈물도 없다. 그냥 급한 불을 꺼주고, 여보가 하던 일들을 소리 없이 다 해놓고, 열 받은 주인이 진정될 즈음 여보로봇은 슬그머니 사라진다.

용기는 절망에서 생긴다고 했다. 여보로봇은 평소의 내가 아니니 뭐라도 할 수 있다. 잠시나마 로봇이 되어 보면 환자가 내 남편도 아니니 속이 좁던 성질 급하던 '웃기는 남자가 또 있구나' 하면서 지나칠 뿐이다. 온종일 매달리는 간병 중에 그 정도 연기쯤이야 해볼 만하다. 어차피 가야 하는 길이기에 더욱 그렇다. 소나기 후에 햇빛이 오듯, 고통 후에 낙이 온다는 말도 있는데, 좋은 것을 공짜로 주는 적이 없었던 신께서 이번 고통 후에는 어떤 좋은 것을 주시려나. 고통이 크면 선물도 클는지 모른다.

낙상 사고 후 엑스레이 사진을 찍어보니 내 몸의 균형에 문제가 있어 정형외과에서 도수치료를 받고 있다. 집에서는 여보로봇이 친구되어 들락날락, 외출할 때는 옆에서 지켜주는 친구, 지팡이도 생겼다. 오늘도 몸의 균형을 위해 배에 힘을 주고, 마음을 추슬러가며 두 친구와 함께 조심조심 걸어간다.

어머니의 행복했던 시절

주문희
수필, 의학 70

금년 1월 20일 친정어머니가 101세(만 99세)로 백수하시고 소천하셨다.

토요일 오후 몇 개월 만에 만난 고교 선후배 4명이 신촌 이대 캠퍼스 안의 한식당 '자연솜씨'에서 점심식사 후 ECC 속의 스타벅스에서 한참 이야기꽃을 피우고 있을 때 경기도 안산에 사는 막내 여동생이 전화를 했다. 요양원에 계시던 어머니가 갑자기 숨쉬기 힘들어 하셔서 병원으로 모시고 가고 있다는 연락이었다.

대강 이야기를 마무리 하고 서울에서 안산으로 가니 어머니는 병원 중환자실에서 산소 호흡기를 달고 4시간 만에 우리곁을 떠나셨다. 어머니를 뵌건 입관하실 때인 이틀 후였다. 어머니 얼굴이 얼마나 평안하고 아름다운지 1년 반을 요양원에서 지낸 분 같지 않아 감사했다.

모든 장례절차를 잘 치르고 가족묘지가 있는 마석으로 가는 차 속에서 어머니에 대해 많은 생각들이 파노라마처럼 떠올랐다. 사람이 죽음을 앞두고 눈을 감기 전에도 이렇게 자기 일생이 파노라마처럼 스쳐 지나가는 것이 아닐까 하는 생각을 했다. 어머니에 대해 잘 해드린 일보다 못 해 드린 일들이 마구 떠올랐다. 귀가 어두워 세월이 지날수록 말을 잘못 알아들으셔서 전화하거나 만나서 대화하려면 점점 고역이었다. 나중엔 치매까지 걸리셔서 어머니와 소통하려면 그저 어머니 손을 붙들고 어머니 얼굴 쳐다보며 웃거나 어머니하시는 말씀만 열심히 들어주는 일이 고작이었다. 귀 어두웠던 초기에는 교회 이야기, 등산 이야기, 친구들 이야기를 주로 하시다가 95세쯤부터는 확실히 귀가 어두워 오래 살아서 부끄럽다는 얘기, 손자, 손녀들 안부 묻는 것이 늘 반복되는 어머니 말씀이셨고 많이 먹으라고 반찬을 우리들 앞에 가져다주시곤 했다. 어머니가 돌아가시니까 가장 회한으로 남는 일은 왜 어머니가 알아듣든 말든, 매일 전화해서 잘 주무셨느냐, 식사는 하셨느냐는 안부 인사를 안 한 것이 너무나 후회되었다. 자주 전화 안 하고, 가 뵙지 못하는 딸과 아들들에 대해서 어머니는 어떤 마음을 가지고 살아가셨을까?

어머니는 85세까지 교회 여집사들과 함께 등산클럽에서 등산을 하셨다. 그만큼 건강하셨다. 85세 생신날인 음력 9월이 되니까 등산클럽도 중단하셨고 어머니댁에서 명절 때나, 크리스마스, 부모님 생신 때 만들어 주시던 음식도 이제는 못하겠다 하셔서 형제들이 돌아가며 대접하게 되었다. 음식 솜씨 좋았던 어머니 음식 맛은 이렇게 해서 추억 속으로 사라졌다.

어머니는 명절이나 자녀손들의 생일에는 반드시 축하의 금일봉을 연령에 맞추어 주시면서 기뻐하셨다. 어머니 78세에 아버지가 하늘나라에 가셨으나 여전히 등산클럽과 친구들 집 방문으로 바쁘게 지내셨다. 85세 이후부터 92세까지 아들, 딸, 며느리, 사위, 손자, 손녀, 증손자, 증손녀 등 30명 이상의 생일에 축하의 금일봉을 주기 위해 거의 매달 1~3회 자녀들 집을 방문하셔서 즐거운 시간을 보내시며 잘 대접받고, 난 매달 생일이라고 좋아하셨다. 어머니 말씀대로 우리는 일년에 한번 어머니를 대접하는데 어머니는 손수 그 많은 자녀손들을 하나하나 생일을 챙겨 주시고 댁으로 돌아가실 때는 우리들로부터 교통비로 쓰시라며 드리는 봉투를 안 받으시겠다고 서로 실랑이를 했는데 이것도 추억으로 남는다.

92세 때는 내 생일에 축하금을 주시면서 이제부터는 힘들어서 안산서 서울까지는 못 오겠다. 이것이 마지막 내 선물이라고 하셨다. 이후 어머니 댁에 가면 어머니는 성경 읽는 일과 옆동에 사는 막내딸이 만들어 드리는 밑반찬에 밥만 해서 드시는 일과 물건 정리해서 버리는 일이 일과가 되었다. 그렇게 잘 걸어 다니시던 분이 외출이라고는 장보러 나가시거나 간식거리 사러 나가는 일, 주일에 막내딸 내외와 교회에서 예배 드린 후 같이 점심식사하거나 주말에 가끔 방문하는 우리 형제들과 식사하려 나가는 일이 어머니의 나날들이었다. 이때부터는 몸도 쇠약해지고 귀도 더 갑자기 어두워져서 텔레비전을 왕왕 울리게 켜 놓고 외부 세계와 소통하셨다. 다행스러운 것은 어머니는 이때까지도 지팡이나 타인의 부축없이도 천천히 잘 걸어 다니셨으나 운동을 아무리 하시라고 권해도 전혀 안 하셨다.

어머니의 젊은 시절은 어떠했는지 잘 모르지만 나이 드시고 아버지가 소천하신 후 내가 옆에서 지켜본 결과는 어머니는 85세부터 92세까지가 가장 행복했던 시기였던 것 같다. 당시 어머니는 병원에서 뼈 사진을 찍으면 의사들이 통뼈라고 놀란다며 자랑스러워하셨다. 고혈압 외에 건강하셨던 어머니는 이 친구, 저 친구 집에 가서 이야기를 듣고 점심식사를 같이 하고 노시다 우리 병원에 들리셔서 상기된 표정으로 친구와의 일과를 말씀하시면서 행복해하시며 전철 한번 갈아 타고 버스 타시고 2시간 걸려서 안산 어머니 집으로 가시곤 했다. 지금도 그때의 어머니의 상기되고 행복한 목소리가 들리는 듯하다. 이렇게 어머니는 7년 가까이 관절염으로 외출 못하는 이 친구, 저 친구들의 초청을 받아 놀러 다니며 친구들의 메신저 역할을 담당하셨다. 본인뿐 아니라 친구들까지 행복하게 하시며 어머니 인생의 황금기를 보낸 것 같다. 육체적으로는 건강하셨으나 귀가 점점 어두워지고 치매 증상이 서서히 나타나기 시작하자 친구들도 하나 둘 사망하고 친구가 와달라 전화해도 어느 순간부터 어머니가 거절하기 시작했다. 나는 이런 낌새를 알아채고 시끄럽다고 끼지 않고 방치해둔 보청기를 괴롭더라도 3개월만 계속 끼면서 참고 견디면 소음이 어렴풋이 들릴 테니 끼시라고, 귀 어두우면 치매된다고 아무리 강권해도 이미 치매 초기로 들어선 어머니는 어찌나 고집이 세신지 누구 얘기도 듣지 않으셨다.

95세가 되자 어머니는 이제는 너희 집에 들어가 살아야겠다고 하시며 옆동의 막내 여동생 집으로 들어가셨다. 나와 큰남동생이 각자 우리집으로 오시라 해도 오래 이웃으로 살았고 어머니를 매우 좋아했던 막내 사위와 같이 살고 싶어 하셔서 즐거운 마음으로 막내딸 집으로 들어가셨는데 딸 집에서 편해졌을 텐데, 어머니는 점점 치매증상이 심해졌다. 돌아가시기 1년 반 전인 99세 여름에는 식사를 뱉어 내기 시작해서 병원에도 입원했으나 계속 음식을 거절해서 콧줄을 끼고 요양원에 들어 가셔서 1년 반을 고생하다 돌아가셨다

내가 이렇게 장수하신 어머니를 지켜본 결과 우리 어머니는 92세까지가 가장 인간답게 사신 시기였고 95세까지는 육체도, 정신도, 모두 쇠약해지면서 죽음을 준비하는 시기였던 것 같다. 그리고 95세부터 99세까지 질병으로 고통받기 시작한 시기였고 그 이후 101세까지 1년 반은 억지로 생명을 연장한 시기로 보인다. 그래서 우리 어머니는 죽음을 준비할 수 있었던 95세까지 오랫동안 살던 집에서 돌아가셨으면 바람직하지 않았을까 하는 생각을 가끔 한다. 내가 의사이면서도 99세인 어머니가 음식을 뱉어 내신다 할 때 어머니가 곧 하늘나라로 가실 것 같으니 병원에 모시고 가지 말라고 말하고 싶었으나 막내 여동생이 모시고 있어서 차마 말을 못했다. 그래서 내가 모시고 있었으면 음식을 뱉어 내실 때 내가 링거 주사를 나 드리며 죽음을 편안하게 맞이 할 수 있게 해 드렸을 텐데 하는 회한이 늘 남아있다.

목소리가 뛰어나서 여학교 음악 선생님이 동경으로 가서 성악 공부를 하라고 권했으나 아버지와 결혼하시고 6남매를 낳아 기르시면서 맏아들을 먼저 앞세워 하늘나라로 보내고 둘째 아들이 사업 실패로 유일한 재산

이던 집까지 날리셨으나 아버지 연금 70%를 받아 경제적으로 걱정없이 사셨고, 나머지 자녀들로부터 위로 받으시며 번창한 자녀손들을 통해 늘 감사하며 사셨던 어머니, 오랫동안 건강하게 사셔서 친구들의 절친으로 사셨던 어머니, 그립습니다.

기억 창고

박명희
소설, 국문 71

아부지! 부르고 보니 그리움과 서러움이 뭉클 차오릅니다.

서설瑞雪이 하얗게 쏟아지던 날 아버님의 몸이 흙 속에 안장된 지 수십 년인데도 그날의 정경이 아직도 활동사진처럼 제 머리에 그대로 저장되어 있습니다.

아버지가 입원해 계셨던 그해 12월 끝자락부터 다음 해 1월까지 20일여 일은 한겨울답지 않게 춥지도 못했습니다. 차라리 정신을 못 차릴 만큼 혹한이 저희 오 남매를 괴롭혔다면 슬픔도 조금은 얼어붙을 수 있지 않았을까요. 겨울을 추위 없이 넘겨서인지 그해는 봄도 시들해져서 계절이 바뀐 것도 모르고 5월까지 두꺼운 옷을 걸친 채 겨울 속을 방황했습니다.

아버지를 우리에게서 빼앗아 간 1일은 한 해를 시작이었지만 계절과는 끝이었습니다. 왜 계절의 시작인 봄이 한 해를 열지 않고 겨울이 먼저 오는 것일까요. 얼마 전 어머니도 아버지 곁으로 가셨습니다. 그 몇 해 전 어머니는 아버지와 함께 공들여 지으신 그 집을 떠나셨습니다. 한옥의 불편함이 더 이상 혼자 사시던 어머님이 감당할 수 없었던 겁니다. 서울 사는 저희는 어머님께 수년 전부터 아파트로 옮기실 것을 권유해 드렸지만 막상 어머니가 이사를 결정하시니 아버지와의 추억을 아주 지우는 것 같아 미련도 남고 집안에서 맴돌고 계시는 아버지의 영혼을 두고 떠나는 듯 마음이 쓰였습니다.

그해에도 어김없이 우리집 정원에는 봄꽃들이 와 하고 함성을 지르며 일제히 터트렸습니다. 영산홍, 자산홍, 황철쭉 등이 함께 어울려 봄 내내 보여주던 그 원색의 자지러지는 웃음들을 아버진 기억하시지요. 우리 가족들의 웃음이었습니다. 저 또한 그 집과 인사도 없이 작별해야 합니다. 만나면 헤어진다는 회자정리會者定離의 공식은 사람에게만 적용되는 것은 아닌가 봅니다.

대도시의 무미건조하고 맥없는 시멘트 건조물만을 보고 사는 우리 형제들은 고향이란 단어는 부모님과 함께 살던 집 지붕의 날아갈 듯한 용마루 선과 철마다 모습을 바꾸던 정원, 여름이면 은하수를 올려다보며 별을 헤이던 대나무 평상 등의 모습을 의미했습니다. 또 있습니다.

손전등을 켜고 올라가는 다락방 말입니다. 그곳에는 우리 가족들의 공통분모를 이루는 추억의 조각들이 한가득 잠을 자고 있었습니다. 어쩌면 그때 이삿짐을 꾸리시던 어머니는 수십 년을 묵혀온 짐들을 들추면서 가족들과의 추억을 줍고 계셨을 겁니다. 아파트의 단순한 구조에 들어설 자리가 없는 그 짐들은 대부분 버려지겠지요. 흡사 새 생활을 결심하고 오랜 정인 곁을 떠나기로 작정한 여인네가 과거를 지우듯이 말입니다.

다락방 안에는 아마도 우리가 학생 때 쓰던 공책과 빛바랜 앨범들, 그때 나름대로 대단하게 여겨졌던 상장과 트로피, 그리고 책갈피에 끼워둔 풀꽃으로 꾸민 카드, 하염없이 답장이 이어지던 친구들과의 은밀한 편지 묶음들이 다발로 쌓여있을 겁니다. 여고 때 잃어버리고 몇 달을 안타까워했던 빠이로트 만년필도 뒤지는 책들 사이 어디에서 나올지도 모르겠습니다.

동생은 아버지께서 사정에 활 쏘러 가실 때 입으시던 감색 스웨터를 찾아내 헐렁하게 입고 다닌답니다. 군데군데 좀이 슬어서 올이 터진 곳을 코바늘로 말끔하게 매만져 입은 동생은 옷에서 아버지의 체온을 느낀다며 흐뭇해합니다.

막내딸로 자라 아버지 정을 제게서 빼앗아 간 동생에게 질투를 느낀 적도 있었다면 아버지께서는 웃으실까요.

아버지 가신 후 그 집은 친정집의 의미를 잃어버렸습니다. 아버지 생전에 저는 언제나 그 집은 제 가족에게 반갑고 귀한 손님이었건만, 아버지가 안 계신 집을 갑자기 고적한 추억만을 간직한 채 쇠락해졌습니다.

한편 아버지를 생각하면 봄날 담장 키를 넘기는 넉넉한 볕과 같은 웃음보다는, 꽃샘바람이 뼛속까지 스며들어 웅크리고 돌아서신 아버지의 뒷모습이 떠오릅니다. 문득 돌아다보시는 아버지의 표정에는 빛보다는 어둠이, 기쁨보다는 근심이, 따스함보다는 스산함이, 가뿐함보다 고단함이 들어있어 안타깝기만 했습니다. 남 보기에 당당하고 다복한 아버지를 저는 왜, 그리도 초라하게 기억하는지 모르겠습니다.

아버지에 대한 저의 유년의 기억은 병치레를 많이 해서인지 병원에서 시작됩니다. 저를 가운데 두고 아버지와 의사 선생님이 나누시던 대화의 내용을 알 수는 없지만, 그때의 어두운 분위기 불구하고 저는 겁나지 않았습니다. 죽음의 의미를 모르고 철없던 저는 오롯이 저만을 위한 아버지의 애씀이 내심 마땅했는지도 모르겠습니다.

딸을 키움에 철저하게 유교적인 사고를 가지셨던 아버지는 때로 더할 수 없이 엄한 분으로 다가오셨습니다. 제가 아버지의 완고함에 반항하지 않고 다소곳이 따랐던 것은 엄격하심 뒤에 몇 배 더한 자애로움을 피부로 느껴서입니다. 여고 때부턴가 저는 행동을 하기에 앞서 아버지의 뜻을 헤아리는 버릇이 생겼습니다. 내가 이런 행동을 하면 아버지가 어떻게 여기실까?

저는 아버지가 원하시는 아버지 맘에 흐뭇한 딸이 되고 싶었습니다.

저는 해마다 어버이날이 되면 부모님의 선물을 사고 근사한 그곳에서 외식하고, 부모님과 여행을 즐기는 친구들이 부럽다 못해 오기가 납니다.

배고픈 아이가 남의 집 진수성찬 앞에 침이 고이듯 이 나이에도 속절없이 아버지가 고픕니다.

樹欲靜而風不止 子欲養而親待(수욕정이풍부지 자욕양이친부대) 한시외전

기다리는 거예요?

김영희
수필, 약학 73

전날 올레길을 걷고 나서 오랫동안 잊고 있던 친구들을 생각하다가 기일을 잊고 말았다. 꿈에서도 가끔 뵈었는데. 오래지 않은 꿈에 나타난 아버지는 환한 얼굴로 서 계셨는데 아무 말이 없어서 서운했다. 전보다 밝아진 표정은 나를 향한 염려를 더는 하지 않겠다는 것으로 느껴졌다.

감나무가 많은 산고을, 평안도 철산에서 태어난 아버지. 할머니는 6살 때 돌아가셨다. 방 한쪽에 걸어놓은 사진으로 할아버지 모습이 내 기억에도 남아있다. 그를 뵈러 고향에 갈 날을 손꼽으셨으리라. 그리움을 기다림으로 견디셨을 것이다.

아버지 환갑 생신이실 때 엄마와 같이 나도 제주도에 갔었다. 아버지는 유채화 밭에서 멀리 바다 풍경을 보시며 사진을 찍으셨다. 활짝 웃지 말고 반쯤만 웃으라고 하신다. 아주 활짝 웃는 건 중도에 어긋난다고 생각하셨던 것 같다. 사서삼경을 깨우치고 한자의 세대를 사셨으므로 어느 야유회에서는 시조도 읊으셨다.

고등학교 시절 수학을 좀 더 잘하고자 종로학원을 등록한 적이 있었다. 시간이 수요일 저녁이었는데 저녁 시간이라는 이유로 반대하셨다. 지금보다 훨씬 안전한 시절이지만 외딸이어선지(5남 1녀임) 집안에서 화초로 있기를 바라셨다.

대학에 다니면서부터 나는 유교적 풍습, 사상 등에 비판적으로 바뀌었다. 학교 교육은 서양 교육을 받았고 점점 정신적 토양은 그쪽으로 갔으므로 받아들이지 않았다. 아버지는 거침없는 딸에 대해 걱정이 많았다. 등산가는 것도 반대했으니까. 수업이 토요일에도 있다 보면 등산갈 수 있는 날이 주일일 때가 있었는데 너무 산에 가고 싶었다. 몰랐던 산의 매력에 빠져서 아버지께는 알리지 않고 소백산에 겨울 등반까지 나섰었다.

관습은 아직도 많이 그틀을 벗어나지 못했지만 우리집은 기독교로 입문했다.

약국을 할 때 "주일에 교회 출석은 몸이 힘들면 쉬어. 기도는 길에서 하면 된다"라고 하셨다. 이런 경우 아버지는 딸이 힘들지 않아야 하는 간절함이 주일 성수보다 우선이라고 생각하셨던 것 같다.

안방 책상에는 커다란 성경책이 있었고 아침 8시에 소리 내어 읽었다. 성경책 읽는 아버지 목소리가 들리는 듯하다. 그리고 거의 1시간을 공들여 기도하시곤 했다.

아침 식사 시간이 지나가는데 1시간을 기다리는 건, 어머니로서는 마음이 급해질 수밖에 없었을 것 같다.

"어서 빨리 좀 나오시우. 식전에나 하실 일이지
밥 먹는 것도 다 잊고 뭐하시우? 어서."

어머니는 성정이 급하시고 아버지는 점점 더 느려지셨다.

반복되다가 어머니가 스트레스를 받았다. 어머니를 닮은 나도 나의 조급함 때문에 걱정을 하게 된다.

아이들이 가정을 갖게 되어 이젠 남편과 둘이 산다. 코로나에도 살아 남았다는 안도감이 있지만 이것저것 조심할 것이 늘고 있다.

이이는 식구 모두를 향해 틈만 나면 '조심하자! 기도하자!'고 말한다.

아이들의 출근 전화 속에서도 '조심하자! 기도하자!'고 한다. 비교적 짧은, 똑같은 말을. 아이들은 내가 느끼는, 반복적 언어의 답답함도 무난한 얘기일 뿐 아무렇지 않아 보인다.

그러나 그의 생략된 언어는 '남편으로서 이것저것을 다 조심해야 하기 때문에 일일이 다 참견해야 하는 남편의 결정은 옳다…'인 것 같다.

젊었을 때 전래 풍습으로부터 자유로워 보였던 그가 남녀의 위계 질서로 이해시키려는 것 같다.

'버릇처럼 되뇌는 건 좋은가?' "똑같은 말 좀 그만할래요?" 중얼거린다.

그는 아버지처럼 행동이 느려지고 말도 반복하는 걸 느끼지 못하는 것 같다.

식탁에서는 '우선 먹는 일부터 하고 우편물을 읽으려고 안경찾는 건 나중에 해야 하지 않을까?' 병원에서 심장 수술 후부터 변한 것 같다.

몸이 천천히 움직여 주기를 바라면 '기다리자!'

그 순간들이 다 필요할 것이다.

음악이 전공이라는 것도 약간의 매력이 있었다. 그가 들려주는 노래는 재미있고 감미로웠다. 바람 부는 초겨울 날 종로를 지나다가 사람들의 시선이 있었음에도 '그대의 찬손'을 흥얼거려 즐거웠었다. 그에게 좋은 점은 어떤 '명랑성'이다.

상대방이 편하도록 끊임없이 재미있게 이야기를 해서 청춘의 내 고민들이 날아갔었다. 게다가 그의 음악 얘기를 들으며 나의 감성도 자극되곤 했다.

그를 만나고 나는 잘 웃었다.

그와의 처음 만남이 생각난다. 어느 봄날 저녁, 103번 버스로 신촌에 내렸을 땐 이미 해거른 시간이었다. 그곳에서 그는 3시간째 기다리고 있었다. 연인 사이는 됐는데 애쓸 때였다.

"어머나! 여태 기다리는 거예요?~~~"

한국전쟁을 겪으며 부산으로 피난 갔을 때 어머니가 시장에 일하러가면서 목에 열쇠를 걸어 주었단다. 그러면 툇마루에 앉아서 오실 때까지 기다렸단다.

그는 기다림에 대한 강한 유전자를 가지고 있는 걸까?

느긋한 성정 때문인가? 쫓기듯이 사는 우리네 삶에서 한 발짝 앞인지 뒤인지인 곳에서. 여전히 눈짓하는 듯이 기다린다.

그의 진심은 기다리는 것으로, 나를 이겼다.

아흔 넷의 2월

전혜성
소설, 철학 83

"세상에, 정정하시네요!"

아흔 넘은 아버님이 가게 보신다고 하면 모두 입을 딱 벌렸다. 실상과는 좀 달랐어도 그런 감탄을 듣는 순간만은 어깨가 으쓱여졌다. 사실 그만한 분은 안 계셨다. 아버님은 꽤 큰길가에 자리 잡은 자그만 슈퍼를 30년 넘게 꾸려오셨다. '자그만 슈퍼'라니 이상한 말 같지만 실제 보면 그런 느낌이 든다.

아버님은 서른 살이나 어린 막내며느리보다 건강하실 정도로 병치레 같은 걸 안 하셨다. 시력도 1.0 유지. 충청도 농촌 마을 출신이라 평생 일찍 일어나고 일찍 주무셨다. 1951년 6월 한국전쟁에 참전해서 휴전 때까지 복무하고, 54년에 화랑무공훈장을 받으셨다. 술 담배는 입에 대지도 않으셨고, 삼 형제 잘 키우는 것만을 삶의 목표이자 낙으로 삼으셨다.

막내아들 내 남편은 그런 아버님과 가장 가까운 존재였다. 오래전부터 본인 직장 다니면서도 주말이면 아버님 가게로 가서 문 닫는 것까지 돕곤 했다. 5년 전 어머님이 돌아가신 다음부터는 가게 닫으면 아버님 댁으로 같이 가서 저녁상 차려 함께 먹고 설거지까지 해놓고 돌아왔다. 우리집은 경기 북부고 아버님 댁은 서울 동쪽 끝. 최단거리로 쳐도 40킬로가 넘는 장거리다. 밤 열 시 넘어 들어설 때면 나보다 더 희게 타고난 낯빛이 칙칙하게 꺼져 보였다.

3년 전 퇴직하고선 베이스캠프를 아예 아버님 가게로 옮겼다. 주말뿐 아니라 주중에도 가게로 출근했다. 건강이 자랑 1호였던 아버님 기력이 90세를 고비로 뚝 떨어졌기 때문이었다. 심장 오른쪽에 '제세동기' 시술을 받고, 큰길 하나 거리인 집과 가게 사이를 지팡이 짚고 조심조심 걸으셔야 했다. 가게 오가는 것조차 위태로워진 아버님 변화에 남편은 자나 깨나 전전긍긍했다. 그런 날이 안 올 것 같았는데 아버님도 어느덧 집에서 안전하게 지내셔야 할 단계였다.

퇴직 후 큰길가 임대상가 한 칸을 얻게 된 건 아버님 인생의 기적 같은 선물이었다. 그 아담한 공간이 얼마나 흡족하셨던지, 남한테 나쁘게 못하는 대신 늘 바글거리는 속도 거기만 들어서면 착 가라앉았다. 자신에겐 안 쓰기에 자식들한테 생활비 기대지 않는 정도가 아니라 손주들 교육비를 도우셨다. 가장 행복했던 시간은 어머님 계셨을 때 날마다 쟁반에 차려 내오시는 점심 식사하시는 때였다. 자그만 슈퍼는 아버님 자부심의 터전이요 날마다 힘껏 살아야 할 이유였다.

그런 아버님 일을 놓게 한다는 건 세상 진땀 나는 노릇이었다. 불시에 나빠지는 몸 상태가 좀만 회복되면 가게 나가겠다 고집을 피우셨고, 남편이 일요일 하루 가게 닫는 것도 못 견뎌 하셨다. 서서히 수그러드신 건 길에서도 넘어지고 심야에 응급실 가는 일이 잦아지면서였다.

남편은 아버님을 집에서 요양시켜 드릴 작정으로 하나하나 꼼꼼히 진행했다. 요양등급받고 요양보호사 정하고 노인요양 휠체어 대여해놓고 집안에서 다닐 때 의지하실 보행기도 샀다. 그뿐이랴. 세 끼 식사와 집 청소, 틀니, 보청기, TV 위치, 드시는 약, 병원 스케줄 관리에 심기(心氣) 감당까지 모든 게 그의 몫이었다. 그렇다고 좋은 말만 듣느냐 하면 아니었다. 아버님은 뜻대로 안 되는 울분이나 집안에 들어앉은 갑갑함을 가장 가까운 막내한테 주기적으로 풀고야 마셨다. 그러다 나를 보면 뜨끈뜨끈한 손바닥으로 내 손을 꼭 잡아 쥔 채 간곡하게 말씀하셨다.

"미안하다, 아범 고생시켜서. 이제 좀만 나아지만 그전처럼 아버지가 다 할 거여."

그렇게 아흔 넷이 되셨다. 올 2월 하순, 병원 갔다 오신 날이었다. 기능들이 조금씩 저하되는 것 말고는 노인성 치매까지 의료적으로 큰 이상 없으시다 했다. 모시고 다녀온 둘째 시숙님이 돌아가기 전에 당부드렸다.

"아버지, 아버지는 이제 넘어지시지만 않으면 돼요. 그것만 조심하세요!"

정기검진받거나 좋아하는 양념갈비 드시러 나갔다 온 날이면 기분이 좋아지셨다. 아버님의 11층 아파트 베란다에선 건너편 마을이 탁 트인 전경으로 보인다. 돌아온 아버님은 그 풍경 한번 시원하게 보시고 요양보호사 부축받아 안방 침대에 누우셨다. 부엌 앞 식탁에 저녁밥 차려놓고 요양사님이 퇴근한 건 다섯 시쯤. 겨울 해라 금세 저물었고, 나갔다오신 게 고됐던지 아버님은 잠이 드셨다.

식사하셨나 보고 다음날 아침까지 안전하게 주무시도록 살피는 게 남편의 마지막 일과였다. 서둘러 닫는다고 해도 가게 나서면 여덟 시 반이 넘었다. 여느 날과 다름없이 현관문 열고 들어섰을 때였다. 자기 이름 부르는 비명 소리가 칠흑 같은 어둠을 찢어발겼다. 화들짝 놀라 불을 켜니 저만치 아버님이 보였다. 식탁 밑에 보행기와 함께 엎드러져 목이 터져라 아들 이름만 부르고 계셨다.

언제부터 저러고 계셨던 건가. 보행기 밀면서 방에서 식탁까지 오다가 미끄러지신 것만 확실했다. 다리가 아파 꼼짝도 못하셨다. 119를 불렀다.

찬바람 몰아치는 길 위에서 남편은 혼비백산한 채 전화를 걸고 또 걸었다. 응급실 갈 적마다 달려갔던 근처 두 종합병원 중 한 곳 앞이었다. 의대 증원 문제로 일어난 의료사태로 응급실마다 문전박대였다. 찾는 반경이 점점 넓어졌다. 낯선 동네 처음 보는 이름의 병원까지 쾅쾅 두드려도 열리지 않았다. 한바탕 난리를 치고서야 겨우 한 대학병원 응급실에서 오라고 허락했다. 검사만 해주고 입원은 못한다는 조건이었다. 아무데나 갈 수 있는 것 자체가 구원이었다.

구급차에 올라 벨트에 고정되어 누워 계신 아버님을 보자 안도의 한숨이 내쉬어졌다. 아들만 바라보는 아버님 눈과 마주쳤다. 오랜 세월, 온갖 풍상 속에서 서로를 봤던, 말 안 해도 아는 두 눈빛이었다. 병원만 가면 모든 게 원상으로 돌아갈 거야! 그 순간만 해도, 두 사람 눈에는 그런 믿음인지 바람인지 모를 뜨거운 기운이 그득했다.

웃지 못할 해프닝

조서연
수필, 국문 84

어제 있었던 일이다.

그저께 저녁은 우리집 제삿날이었기 때문에 오빠 집에 다녀왔다. 동생은 참석을 하지 못했기 때문에 나는 오빠 집에서 나와 지하철역으로 걸어가는 도중에 동생에게 전화를 했다. 그런데 전화를 받지 않았다. 그래서 집에 도착한 후에 다시 전화를 했는데도 받지 않았다. 저녁 늦은 시간에 동생이 전화를 받지 않는 경우는 한 번도 없었기 때문에 조금 걱정이 되었다. 이런저런 생각으로 뒤척이면서 잠을 잘 이루지 못했다.

어제 아침, 식사를 마치고 또 전화를 해보았다. 벨소리는 울리는데 여전히 전화를 받지 않는 것이었다. 나는 걱정스런 마음이 가득해졌다. 그래서 청주에 살고 있는 동생에게 전화를 했다. 그래서 의논한 끝에 112에 신고를 하기로 했다.

예전에 아는 동생이 내가 연락이 되지 않는다고 112에 신고를 해서 밤 12시에 경찰관이 우리집에 찾아온 일이 있었다. 그래서 나는 112에 신고를 하면 경찰관이 출동해서 확인을 해준다는 사실을 알고 있었다.

신고를 하고 얼마되지 않아서 우리집에도 경찰관 2명이 찾아왔다. 묻는 대로 이것저것 대답을 했다. 동생 집을 찾아간 경찰관에게서도 전화가 걸려왔다. 인기척이 없다고 혹시 현관 비번을 알고 있느냐고 물었다. 나는 동생 집 공동현관 비번은 알고 있지만 동생 집 비번은 알지 못한다. 모른다고 대답을 했다.

또 밖으로 동생을 찾으러 다닌다는 경찰관에게서도 연락이 왔다. 동생 사진이랑 특징 등을 알려 달라고 했다. 나는 지난 어버이날 엄마가 계신 요양원에 방문해서 엄마와 동생과 셋이서 찍은 사진을 보내주었다. 그리고 동생의 체격이랑 머리 스타일 등을 이것저것 알려주었다.

한참 동안 전화가 여기저기서 걸려오더니 확인이 되면 알려주겠다는 말을 끝으로 아무런 연락이 없었다.

나는 불안한 생각이 머릿속을 떠나지 않았다. 오빠에게도 연락했고 엄마에게도 말씀드렸다.

핸드폰 위치 추적을 해본다고 하더니 어디인지 장소는 알려줄 수 없다고 했다. 집 안으로 나오면 강제로 현관문을 열고 들어가 볼 수 있지만 집이 아니라는 듯이 말을 했다.

나는 이런저런 생각에 아무 일도 할 수 없었다. 매일 즐겨 듣는 kbs 클래식 음악방송도 틀지 않고 바닷속처럼 깊게 가라앉은 침묵 속에서 하루 종일 불안하고 초조한 마음으로 시간을 보냈다. 오빠와 청주 동생과 엄마와 몇 번 전화 통화를 하면서….

열쇠 수리공을 불러서 동생 집에 들어가 보아야 하나. 열쇠 수리공에게 전화해 보았더니 경찰 입회하에야 문을 개방해줄 수 있다고 했다.

오빠는 지금으로선 기다리는 방법밖에 없다고 장기적으로 연락이 되지 않으면 동생 집에 들어가 보아야겠지만 3일 정도는 기다려 보자고 했다.

지금쯤 어디에 있을까. 혹시 납치된 것은 아닐까. 납치하고 동생 휴대폰은 어딘가에 버린 게 아닐까. 그래서 벨만 울리고 있는 건 아닐까.

동생 모습과 목소리가 귀에 쟁쟁하게 울렸다. 만약 동생에게 무슨 일이라도 생겼다면 앞으로 어떻게 해야 하나. 요양원에 계신 엄마는 동생이 맡아서 이것저것 사무적인 업무도 챙기고 케어하고 있는데, 나는 아무것도 모르고 할 줄도 모르는데 어떻게 할까.

엄마는 우리 형제들에게 계속 전화를 해서 동생을 빨리 찾으라고 "나는 그 애 없으면 살 수 없다"고 재촉을 하셨다.

나는 부처님께 계속 기도를 드렸다. 동생이 아무 일 없이 무사히 돌아올 수만 있다면 무슨 일이라도 할 수 있을 것 같았다.

다음 주에 약속도 많고 스케줄이 많은데 다 취소해야 하나. 아니면 연락을 기다리는 중에도 일상 생활은 영위하는 게 나을까. 판단이 잘 서지 않았다.

오후에 경찰관이 전화를 해서 동생은 그저께 오후 1시에 차를 타고 집에서 나갔다고 알려주었다. cctv를 다 확인해 본 것 같았다. 혹시 강릉 집에 갔을까 생각해 보았지만 강릉 집에 갈 때는 보통 새벽에 나갔다가 저녁에 돌아오는데 강릉으로 간 것 같지는 않았다. 오빠가 경찰관에게 전화를 해서 꼬치꼬치 물어보아서 핸드폰 위치 추적한 장소가 적어도 위험한 지역은 아니라는 말만 들었다고 했다.

청주 동생은 아침에는 걱정을 많이 하더니 오후가 되니 자기는 걱정하지 않는다고 했다. 평소에 너무 힘들어서 잠깐 쉬러 갔을 거라고 했다.

나는 오후 6시가 되어서야 내가 평소에 매일 하루 종일 듣고 있는 클래식 음악방송 라디오를 틀었다. 익숙한 음악을 들으니 불안한 마음이 조금씩 사라지는 것 같았다.

오후 7시가 조금 넘어서 전화벨이 울렸는데 애타게 기다리던 동생 이름이 떠 있었다. 나는 기쁜 마음으로 흥분되어 몸이 날아갈 것만 같았다. 동생은 춘천에 골프 치러 갔다가 오는 길이라고 했다. 핸드폰은 깜빡 잊고 차에다 두고 친구 차로 옮겨타고 같이 이동을 했기 때문에 전화를 받을 수 없었다고 했다. 그동안 경찰서 몇 군데와 가족 등 스무 곳이 훨씬 넘는 곳에서 전화가 와 있었다고 나보고 쓸데없는 일을 벌였다고 했다. 나는 동생의 질책하는 목소리를 들으면서도 너무 행복했다. 즉시 여기저기 전화를 해서 동생의 안전함을 알렸다. 나에게 몇 번 전화를 해준 젊은 경찰관에게도 전화를 하고 잠시 마음을 추스린 후에 다시 문자 메시지를 보냈다.

"동생과 연락이 안된다고 신고를 해서 하루 동안 신경 쓰게 해드려서 죄송합니다. 노고에 늘 감사드립니다. 언제나 건강하시고 하루하루 좋은 날 되시기를 기원합니다."

"저는 너무나 절박한 심정이었는데 이제는 날아갈 것만 같습니다. 진심으로 감사드립니다."

얼마 후에 보니 경찰관의 답장이 와 있었다.

"괜찮습니다ㅎㅎ 안전한 곳에 있는데 개인정보보호법 때문에 알려드릴 수 없었습니다."

6부
이상한
장독

황소와 자동차

채정운
소설, 국문 59

벌써부터 자동차가 신발이라는 말은 일반화된 지 오래이다. 주택가나 아파트 단지 내에 즐비하게 세워둔 자동차의 꼴을 보고 차 주인의 생활수준을 가늠하기란 손바닥을 들여다보듯 자명한 현실이다.

차 주인의 안목에 따라 자동차의 내부구조도 다양하게 꾸며지고 있어 누구는 집치장보다 더 신경을 쓴다는 말도 있다. 왜냐하면 집에 거하는 시간보다 차 안에서 지내는 시간이 더 많다 보니 그러하다는 이유가 과히 지나치지 않다.

사업을 하는 사람도 그렇거니와 샐러리맨의 출퇴근용 자동차 보유대수가 날로 증가하고 있다. 차의 종류도 다양하거니와 그 색깔도 주인의 취향을 좇아 각색이다. 또 진기한 풍경은 차 주인들이 시간의 여백이 있을 때면 의례히 차를 세워둔 곳으로 집결해 있는 것이다.

그들은 모여서 잡담을 하거나 아니면 차에 대한 정보를 교환하기도 한다. 그리하여 자동차를 보다 더 좋은 것으로 개비할 사람과 중고차라도 내 차를 장만하고자 하는 사람들과의 거래도 이루어진다. 이렇게 사고하는 흥정에는 으레 입심 좋은 사람이 거간 노릇을 하게 마련이다. 거래가 이뤄지면 간단한 식사 대접이나 술 대접이 모임의 흥을 돋운다.

나는 자동차 근처에 옹기종기 서 있는 차 주인들을 볼 때마다 생각나는 일이 있다. 비록 그 상황이나 사람들의 겉모양새는 같다 하지 않을지라도 되어지는 일들은 예나 지금이나 별반 차이점이 없는 성싶다. 나는 그들을 바라보면서 자동차와 황소를 연상한다. 지금은 자동차의 차종이 그 차 주인의 경제적 여건을 보여줌 같이 전에는 황소가 그 집안의 형편을 가늠해 주었다. 농가에서 유일한 동산이 소였다. 때문에 소를 소중히 여겼고 소를 팔고 살 때는 소를 매우 신중하게 처리했다. 또한 소에 대한 징크스도 많았다. '소를 팔아서 집은 사되, 집을 팔아서 소를 사면 망하고 소 팔아 혼수해 가는 딸은 시집가서 잘 살지 못한다.'며 소에 얽힌 금기사항도 가지가지다.

지금도 기억나거니와 어렸을 적 마을 어른들이 소를 매어둔 두엄자리에 모여서서 나누던 이야기들이 생각난다. '거 아무개네는 소를 팔고 살 때는 꼭 돈을 떼어 쓰고 비루먹은 놈을 사들여 센 일 해 먹기가 힘들다느니, 거 아무개네는 소 하나는 확실하게 외양간에 매어 두어 일 해 먹기가 수월하다.'는 의견들이 분분하다. 지금 돌이켜 생각해보면 전자의 경우는 소를 수익성으로 매어 두는 일례일 터이고 후자는 농사일만을 위주로 소의 기능면을 생각하고 소를 멕이는 관례였을 것이다. 그러나 그때 사람들은 그때 나름대로 소에 대한 관심이 대단했었다. 하긴 호되게 일을 부려먹일려면 좋은 황소를 외양간에 매어 두어야 농사일이 수월했을 터이니까. 소를 부리는 입장에서라면 불평불만이 나올 만하다. 자동차도 좋은 것은 안정감있고 쾌적한 속도감을 느낄 수 있듯이 소도 비실비실하는 놈을 부리기란 사람이 힘이 더 들었을 터이다.

그러나 무엇보다도 소에 대한 의논의 심각성은 소도 생명체이고 보니 소가 가진 성품에 있었다. 옆집 옥이네 집은 소가 사나워 가끔씩 사람을 받았다. 이때마다 옥이네는 쉬쉬하면서 소를 내다 팔고 암소를 들였다. 한

번은 들에 있던 황소가 고삐를 끊고 달아났다. 마을 사람들은 작대기를 들고 고삐 풀린 황소를 몰러 나섰다. 고삐 풀린 소가 다른 소에게 달려들어 황소 싸움이 될까 봐 마을 사람들은 몹시 염려하고 두려워했다. 아이들과 아녀자들은 모두들 대문을 굳게 걸어 잠그고 숨죽였다. 남의 집 소가 대문 안으로 들어오면 그 집안이 매우 불길하다고 그랬다.

그러나 황소는 들판에서 용케도 자기 집을 찾아 달려와서 외양간 안으로 문제없이 들어섰다. 옥이네는 소가 안마당으로 들어서서 집안 사람들을 해칠까봐 무척이나 근심했다. 이런 일이 있은 후 마을 사람들은 그 집은 집터가 세서 그렇다느니 순한 황소도 그 집 외양간에 들었다 하면 사나워진다느니 말이 많았다. 이러한 불상사가 있고 난 연후에는 옥이 할머니가 외양간에 꼭꼭 고사를 지냈다.

지금도 자동차에 대한 징크스는 황소를 교통수단으로 쓰던 때와 매한가지로 까다롭다. 거 아무개가 몰던 차는 다른 사람에게 팔았다 하면 뒤끝이 결코 언짢다느니, 자동차가 여러 대다 보니 불상사도 많다. 또 차 가진 사람들의 인심이 사납다는 말이 나온다. 차 없는 사람이 남의 차를 탈 때는 호의동승이란 법적용어도 알아둘 만하다. 그러니 차 없는 사람들은 부득이한 경우를 제쳐놓고는 소신껏 사양하는 것이 예의일 성싶다.

세상이 변하고 인심도 조석지변이라고들 하지만 그러하지 않은 면들도 많이 있다. 나는 자동차 앞에 옹기종기 서 있는 차 주인들이나 차에 관심을 둔 사람들을 눈여겨본다. 그들의 겉모양이 핫바지 저고리나 등걸 잠뱅이가 아니고 번질번질한 양복과 대상이 자동차일 뿐이지 그들의 사고방식이나 생활풍속은 면면히 이어져 내려오는 한족의 그 테두리에서 벗어나지 않았음을 엿볼 수 있다. 어느 시대 어느 사회건 사람들의 심성에는 변함이 없다. 십여 리 이십여 리 길을 문턱처럼 걸어서 드나들던 때도 그리 먼 과거가 아니다. 어쩌다 신작로를 지나가는 빈 마차를 만나 짐보따리라도 얹어주면 무척이나 고마웠던 때도 있었다. 빈 마차일망정 주인은 소가 힘겨

워할 것을 안쓰러워해서 걸어서 마차를 몰았다. 이십여 리 길을 하루같이 걸어서 학교에 다니는 학동들이 도중에 마차를 만나면 동심을 자극했다. 짓궂은 아이들이 주인 몰래 마차 뒤꽁무니에 매달려가는 모험을 한다. 그러다가 마차 주인에게 발각이 되는 날에는 호되게 혼쭐이 났다.

변한 것이 있다면 요즘은 남의 사정을 전혀 고려하지 않는 점이 서운하다. 예전에는 집에서 부리는 마소도 인격적 대접을 해주었다. 그러나 요즘은 사람이 사람의 사정을 몰라주는 일들을 접할 때마다 나는 비애를 삼킨다. 하긴 가족들 사이에서도 서로의 형편을 헤아리지 못하는 지경이 허다하니 하물며 남들과의 사이야 더 말할 나위도 없을 테다.

나는 자동차를 닦고 광을 내고 매만지는 사람들의 모습에서 아버지와 할아버지의 모습을 찾아본다. 나의 기억 속의 아버지와 할아버지는 짬날 때마다 소를 돌보셨다. 겨울철에는 쇠덕석을 반듯하게 입혀주고 소를 양지에 매어 놓고 볏짚을 한 아름씩 안아다 먹여 주었다. 그리고 또 황소의 등을 글겅이로 긁어주며 궁둥이에 묻은 쇠똥을 떨어주던 그때 그 모습을 연상한다면 이것은 나만의 향수가 아닐 법하다.

이상한 장독

배정향
수필, 약학 61

그 장독들을 마당에 심어 놓았다. 그냥 풀어 놓았다라기보다 굳이 심어 놓았다고 말하고 싶다. 그 장독들은 모두 100여 년 된 것들이다. 그들은 머리에 가슴에 발에 훈장을 달고 있다. 깨졌거나 금이 갔거나 상처 난 것들이다. 시멘트 가루나 회칠을 두르고 있는 것들, 와이어로 이리저리 매듭지어 엮은 훈장들이다. 시어머님 생전에 아침저녁으로 닦고 씻어서 반들반들 거울 같았던 것들. 시어머님의 부지런함과 깨끗함과 알뜰함을 증명하는 것들이다. 그들은 지금 상처에서 후광이 솟아나 날마다 더욱 광채를 발하고 있다.

이 장독들을 바라보고 가난과 역경을 이겨낸 여인들의 견인주의 정신을 생각한다. 이 장독들이야말로 그들 일생 일대의 생활예술품이라 할 수 있을 것이다. 생활은 때를 맞춰 어김없이 찾아오는 虛氣(허기)이다. 그 모든 생활의 허기를 위하여 한결같은 마음으로 제자리를 지키는 일은 참으로 용기있는 일이며 눈물겨운 갸륵한 일이다. 희생과 봉사라는 질료로 빚어진 생활예술품, 그 장독들은 크고 넓어서 옛 여인들의 넉넉한 인심과 관대한 성품들을 잘 나타낸다. 참으로 원형질의 모태이며 그들의 大地이다.

여학생 시절 선생님께 들은 얘기, 70년 세월이 흘렀어도 잊혀지지 않는 얘기가 있다. 장독에 관한 얘기다. 우리나라 장독대야말로 세계 어디서도 구경할 수 없는 고유한 풍경일 것이다. 한국전쟁 때 참전한 서양군인들의 말이다.

"한국 사람들 참 위생적이야. 대변통, 소변통, 애기 변기, 어른 변기 다 따로 있네."

크고 작은 장독에 가득 담긴 간장과 된장을 보고 놀랐을 것이다.

항아리 가득 갖가지 김치가 담겨지던 김장철이면 이웃끼리 품앗이 하던 일. 장독을 둘러 싼 오손도손한 이야기들. 근심은 서로 털어놓고, 부족함은 사과하고 자랑할 일 있으면 마지못해 옷자락 살짝 보여주듯 자랑해도 아무 흠이 안되던 장독대 주변. 다시는 돌아오지 못할 낭만의 보고였다. 나는 장독을 통하여 옛날과 지금을 보며 긴장과 이완을 반복한다. 치열한 삶 속의 한적하고 평화스러운 공간, 빛나는 공간, 푸른공간이다. 오랜 숙성시간을 거쳐 발효되는 은은한 빛과 향기. 우리 옛 여인들의 은근과 끈기를 닮아 있기 때문이다.

오늘날 우리들의 생활양식은 편리하게 갱신되었다. 단순화 생략화되었다. 내 집 마당의 빈 장독들은 아무 하는 일이 없어졌다. 그들은 깊은 사색에 잠겨있을 것이다. 밤이면 별보다 많은 아파트 창문의 불빛을 바라보고 동트는 새벽이면 짙고 깊은 어두움이 엷고 푸르스름하게 물들어 가는 것을 바라볼 것이다. 좀 더 아침으로 가면 불그스레 온기가 도는 동녘 하늘을 가슴 설레며 바라볼 것이다. 신비하고 신선한 아침 해를 가슴 벅차게 바라볼 것이다.

이 장독들은 지금은 비어 있지만 실상은 비어 있는 것이 아니다. 옛 여인들의 뜨거웠고 아팠고 자랑스러웠던 이야기들로 가득 차 있다.

"소금 먹는 집으로 시집 갔어."

너무 가난하여 장독이 없었다. 콩도 메주도 그것을 숙성시킬 여유도 없었다. 시간도 없고 공간도 없는 생활이었다. 기다리는 것은 아이들과 노인들의 서러운 울음뿐. 여인들은 제 살과 피를 짜낼 결심을 했으리. 자기 몸의 이천 배의 실을 자아올리는 누에가 될 것을 결심했으리. 길고 긴 고달픔과 각고 끝에 조그마한 장독 하나를 장만하고 세간살이를 불려 갔으리. 그런저런 이야기들로 가득 차 있다.

그런데 참 이상한 일이 벌어졌다. 내 집 마당의 장독에서 줄줄이 옛 여인들이 살아 나오는 것이었다. 헤진 치마저고리에 헝클어진 머리의 아파트 창문보다 많은 여인들이 장독을 이고 지고 어떤 이는 금이 간 장독을 들고, 기뻐하며 슬퍼하며 줄줄이 살아 나오는 것이었다. 그 줄 맨 앞에 내 시어머니와 친정어머니가 서 있는 것이었다. 언제부터인가 이 장독들은 내 그리움과 등가물이 되어 있었다.

오늘도 장독은 신비롭게 당당하게 서 있다. 생명이 태동하는 소리를 발하면서, 스스로 그들 품격을 높이면서, 그들 삶의 테두리를 지키면서, 옛날로 가는 부드럽고 따뜻한 길을 보여주면서, 숨 막히는 성과사회에서, 숨 막히게 살아가는 젊은이들이여 한 번쯤 나를 바라보라 외치면서…

나는 모자 마니아

이상희
아동, 국문 62

요즘 백화점이나 시장 곳곳에 즐비하게 쌓여 있는 여러 모양들의 모자들을 많이 볼 수 있다. 거리, 지하철, 버스 곳곳에서 남녀노소 구분없이 많은 사람들이 모자를 쓰고 다니는 모습들을 자주 본다 의상뿐만 아니라 모자, 신발, 핸드백, 악세사리 등등 다양한 패션 아이템이 넘쳐나는 이 시대에, 선택의 폭은 무한(?)하다고 할 수 있다. 옛날에는 생각도 할 수 없었던, 풍요로움의 행복을 거리의 곳곳에서 느낀다.

나의 유년기부터 청년기 때는 기성복이 없었다. 양장점에서 맞춘 옷이 아니면 여학교 때 배운 의상 기본 도안에 의해서 만들어 입었는데 그것도 쉽게 만들 수 있는, 여름옷에 한해서였다.

1961년 12월 대학 졸업 후 이듬해 봄, 신입사원 시절이었다. 동트기 전 캄캄한 새벽, 공기를 가르며 달리는 통근버스 안에는 차창 옆에 앉아 짧은 파마머리를 날리며 출근하는 극소수의 여사원들이 있었다. 잔잔한 미소로 하루를 시작하며 일과를 열어갔다.

서울 도심에서 멀리 경기도 시외 변두리에 자리한 공장들, 넓은 들판 한 가운데에서 신입사원으로 열심히 각 부서의 트레이닝을 받으며 적응해 나갔다. 그 과정에서 울(wool) 꼬깔모자 때문에 해프닝이 일어났던 일이 60년이 지난 지금도 그때 생각이 떠오르면 씁쓸한 마음에 얼굴이 붉어진다.

한 부서에서 훈련을 받던 중, 갑자기 등 뒤에서 누군가 모자를 훌렁 벗겼다. 긴 머리카락이 흐트러지며 산만한 모습이 되고 말았다. 당황한 나는 획 뒤돌아보았고, 그 순간 온몸이 경직된 채 서 있을 수밖에 없었다.

내게는 아버지뻘 되는 중견 임원이 내 모자를 벗기곤 "머리에 이상이 있어서 모자를 쓴 게 아니구먼". 화난 어투로 말씀하셨다. 이어 "머릿결이 꽤 길고 좋은데 벙거지 같은 모자는 왜 쓰고 다니는가?"라고 물으셨다. 질문에 불쾌하기도 하고 아무리 임원이라도 무례하다는 생각에 당돌하게 대답했다. "첫째는 보온이 돼서 좋아요. 둘째는 미장원에 안 가도 돼서 편하고요. 셋째는 위생적이어서 좋아요. 넷째는 시간에 쫓기지 않아서 좋아요. 다섯째는 모자 쓴 제모습이 단정해 보이지 않나요?" 살짝 웃으며 말했다. 보기에 딱해 보였는지 연구실 실장이 웃으며 "여자들은 실내에서도 모자를 쓰는 게 결례가 아닙니다."라고 편(?)을 들어주어 황당한 자리를 면했던 기억이 새삼스럽다.

나는 대학 시절이나 지금이나 미장원을 1년에 한 번 갈 때도 있고 그렇지 않을 때가 더 많다. 미장원에서 2~3시간 견디기가 힘들어서 찾게 된 실용적인 생활 패턴이 모자를 사용하게 되었다. 그 당시에는 생머리를 풀고 다니는 여대생들을 주위 사람들이 곱지 않은 시선으로 바라보았다. 그래서 봄, 여름엔 운동모자, 가을, 겨울엔 털실 산타꼬깔모자, 베레모 등을 즐겨 쓴 습관이 지금까지 모자를 좋아하게 되었다. 그렇다고 모자 수집가는 아니다. 생일이 되면 손자 손녀가 선물로 사오고, 남편과 딸들, 친지들도, 나 역시 해외여행 중 마음에 드는 모자가 있으면 사서 쓴다. 그렇게 모아진 모자가 옷방 한옆에 진열되어서 조그마한 모자점 같다. 일상생활에 맞게 모자를 사용할 뿐인데 모자 마니아란 별명이 생겼다.

1958년 서울의 대중교통은 출퇴근 시간에 몰려드는 인파로 인해 버스 안은 몸을 움직일 수도 없을 만큼 꽉 차 있었다. 깨끗하게 다려 입고 등교했다 가도 하차할 때쯤이면 온통 구겨진 옷 때문에 하루의 시작부터 불쾌지수가 높아졌다.

어쩔 수 없이 버스 타기를 포기하고 아침 일찍 밀집모자를 눌러쓰고 걸어서 4km를 왕복했다. 집 방향은 서쪽이고 학교는 동쪽이어서 등교할 땐 떠오르는 햇살을 맞으며, 하교할 땐 석양을 바라보며 걸었다.

궁여지책으로 따가운 햇볕을 피하기 위해 챙이 넓은 밀집모자를 항상 썼다. 한국전쟁 이후 모든 사람들이 퍽 살기가 궁핍했던 시절이라 지금처럼 다양한 패션 모자 종류들의 모자는 없었고 중, 고등학교 학생들의 교모와 군인, 경찰들의 모자뿐이었다.

겨울은 추위 때문에 검정색 울(wool)로 산타 꼬깔모자를 대바늘로 짜서 썼다. 우리 대학교는 사치가 심하다고 소문이 돌았지만 실제로는 그렇지 않았다. 이따금 개성 있는 선 후배들 덕분에 신선한 감동으로 유쾌한 학교 생활을 보내기도 했다. 대부분 실용적이고 합리적인 생활 방식으로 재기 발랄하고 예쁜 숙녀들이 많았던 것이, 어쩌면 사치스럽게 보였을지도 모른다.

오랜만에 지난가을 딸들, 사위, 손자, 손녀와 함께 목포로 가족여행을 다녀왔다. 유달산에 올라서서 앞바다에서 보이는(충무공의 혼이 깃든) 긴 섬 고하도, 그림같이 아름다운 삼학도, 푸른 바다 물결, 너울거리며 무리 지어 멀리 날아가는 갈매기들, 바닷소리 들으며 무아 속으로 잠시 시간을 잊었다.

목포 시내는 일제 시대의 건축물들이 아직도 많이 남아, 고풍스러운 전통가옥과 적산가옥이 나란히 공존하고 있었다. 근대역사문화거리를 걷다 보면, 오랜 역사가 숨 쉬는 듯한 도시 풍경이 인상 깊었다.

그 가운데 오랜 역사가 숨 쉬는 영해동 거리에 자리한 100년을 지켜온 모자 박물관 '갑자옥'이 깨끗하게 단장하여 모자 아트 갤러리로 명칭만 바꾸어 모자 전시관으로 보존하고 있었다. 진열된 여러 형태의 모자들은 보온 또는 멋, 신분, 계급에 따라 제작되어 그 시대를 짐작할 수 있었다.

여자 모자의 유래를 서양에서 찾았던 나의 막연한 생각과 달리, 우리 전통 한복 복식문화와 함께 면면히 이어져 왔다는 사실이 놀라웠다. 우리 선조들의 패션 모자의 역사를 미니 영상으로 흥미롭게 접할 수 있었다. 전통문화의 소중함을 마음 깊이 담았다.

조상들의 통한의 삶, 일제 시대의 전리품, 적산가옥들을 돌아보고 한없이 나약했던 식민 시절을 떠올리며 이 땅에 다시는 부끄러운 날이 결단코 있어서는 안된다고 다짐했다. 각양각색 시대별로 나열된 모자들을 만져보며 사위, 손자, 손녀, 딸들과 함께 각자가 선택한 모자를 폼 잡고 눌러쓰고 즉석 사진을 찍고, 찍은 사진을 보며 호기스럽게 활짝 웃었다.

품격 있고 멋스런 조상들임을 마음 깊숙이 자랑스럽게 간직하며 외할머니께서 우리집에 오실 때마다 계절 따라 꼭 쓰시던, 비단에 수를 곱게 놓아 만든 우아하고 아름다운 전통복식 모자 조바위(봄, 가을용), 남바위(겨울용) 모양이 떠올랐다. 왠지 그냥 흐뭇한 마음으로 콧노래를 부르며 '갑자옥'을 나와 이곳저곳 문화가 거리를 찬찬히 두루 살펴보면서 우리 가족 모두는 주님의 은혜와 축복에 감사드리며 즐겁게 다음 행선지를 향해 걸었다.

자목련

정운헌
시, 국문 64입

친구가 사진을 보내왔다.

여름이 오고 있고 장마도 시작되었는데 생뚱맞게 꽃을 피운 자목련을 좀 보라고 했다. 너무 신기했다. 우거진 잎들 사이로 얼굴을 내민 보랏빛이 유난히도 맑고 반짝거렸다. 잎도 없이 피고 진 꽃도 볼만했지만 잎들과 함께 핀 꽃도 아름다웠다.

문득 내 기억 속의 자목련이 살아나기 시작했다.

오래전의 일이다.

우연히 보게 된 TV에서 중년의 아들과 어머니가 만나게 되는 친부모 찾기의 프로가 진행되고 있었다. 한 평도 안 되어 보이는 허름한 방안에 웅크리고 있는 할머니와 깡마르고도 작은 그 노인의 손을 한없이 어루만지고 있는 마른 체구의 아들이 번갈아 조명되고 있었다. 갓난아기 때 아들은 해외입양이 되었었고 운좋게 훌륭한 양부모님을 만나서 그 나라의 국립오케스트라단 단원이 되었다고 했다. 누구에겐 단 한 줄로도 요약될 수 있는 그 많은 세월의 질곡들이 그 아들에겐 얼마나 길고도 아팠을까. 아들은 간절한 염원으로 친 부모님을 찾았고 그 뜻을 이루었다. 그러나 막상 만나보니 어머니는 여전히 지독한 가난 속에 있었고 병든 독거노인이 되어 눈물만 글썽이고 있었다. 고개를 숙이고 있었다.

이 순간에 누가 무슨 말을 할 수 있겠는가!

그 아들의 고뇌에 젖어있으면서도 결연함이 깃든 표정과 선한 눈빛을 가지고 있음에 응원을 보내고 싶었다.

긴 시간을 무성영화 시대의 느린 화면처럼 표현할 수 없는 침묵이 흘러 내가 앞일이 더 궁금해져 갈때 아들은 어머니를 부축해 마당으로 나아갔다.

나는 지금도 손바닥만한 그 마당을 잊을 수가 없다.

석양빛이 출렁이는 마당 한가운데에 핏빛 같은 꽃들을 가득 안은 자목련이 한 그루 있었다. 그는 그 나무 아래에 휠체어를 두고 자기의 바이올린을 가져와 연주를 하기 시작했다.

어머니가 놀라실까봐 고요히 천상의 소리를 불러오고 있었다.

나는 그 곡이 무엇인지 알 수 없었지만 정겨웠고 그가 연주로 많은 말을 하고 있다고 생각했다.

그날 그 자목련도 바라보고 있었으리라.

구부정하게 어머니를 향해서서 온몸으로 연주하고 있는 아들과 힘없이 바라보고 있는 어머니를, 그리고 유난히 짙은 석양빛과 그 빛에 잠긴 두 사람의 긴 그림자를 오래오래 내려다보고 있었으리라. 아름다운 현의 떨림 속에서.

잊어버리자고
겨울을 모두

보내야만 된다고

때가 지나도
넌지시 보내주고 계시는
당신 영혼 속의
피꽃 같은 말씀들을

기억할게요
뿌리를 찾아가요
이젠 죽지 않는 꽃으로
살아갈 수 있어요

말 한마디의 힘

김남순
수필, 영문 65

'따뜻한 말 한마디가 세상을 행복하게 만든다.'는 문구를 본다. 매주 가는 사무실의 한쪽 벽면에 쓰여 있어서 이곳에 드나드는 많은 사람들이 읽을 테고, 적어도 몇몇 분은 마음에 담고 갈 거라고 짐작해 본다. 따뜻한 말만 한다고 금세 행복한 세상이 될까만, 그래도 희망을 가지고 매번 읽게 된다.

근래에는 사람들이 좋은 말, 따뜻한 말보다는 해서는 안되는 말을 더 뱉어 내서 상대방을 불행으로 밀어 넣는 경우를 뉴스에서나 주변에서 자주 보게 된다. 세상이 더 강퍅해지기 전에 '따뜻한 말하기' 캠페인이라도 벌이면 행복해질 수 있을까?

팔십여 년 동안 나는 많은 말을 하며 살아왔고 지금도 말하는 일을 하고 있다. 말하는 것이 즐겁기도 하지만, 누구와 대화하거나 전화 통화할 때 몇 초간의 침묵의 시간을 견디지 못해서 계속 말하게 되는 경우도 많다.

모임에서 이런저런 말을 끊이지 않고 하다 보면 한 두 마디 실수가 생기게 마련이어서 물색없는 사람이 될 때가 있다. 눈치 없이 남의 상처를 건드리기도 하고, 틀리는 낱말을 연거푸 듣게 될 때는 참지 못하고 지적해서 상대방을 빈정 상하게 만들기도 한다. 그런가 하면 내 치부를 가감 없이 드러내고는 이내 스며드는 찜찜함과 헛헛한 기분을 지긋이 누른 채 그 자리를 떠날 때는, 다음엔 기필코 듣기만 하리라고 마음을 굳게 다잡곤 한다.

지인이나 친구뿐만 아니라 가족 간에 오가는 대화 중에도 말 한마디로 서로에게 상처를 주게 되면 순간 나잇값을 못하는 것 같아 자책하게 된다. 이 세상에 마음을 기쁘게 하는 말이 차고 넘치는데 왜 그것들을 사용하지 않고 아껴두는지 모르겠다. 어쩌다 무심코 하는 말이라도 상대방에게 삶의 의욕을 상실하게 만드는 말은 삼가야 할 것 같다. 어떤 경우라도 해서는 안되는 말을 내뱉는 행위는 고문이나 다름없기 때문이다.

오래전에 TV에서 십대 소년이 식물인간으로 병상에 누운 지 10여 년 만에 깨어났다는 기적 같은 이야기를 뉴스에서 본 적이 있다. 소년의 어머니는 수년간 정성을 다하여 아들이 깨어나기를 바라며 간호해 왔는데 몇 해가 지나면서 점차 물심양면으로 고통스럽고 지쳐가는 상태가 되었고, 너무나 힘겨운 나머지 어느 날은 깨어날 기미가 보이지 않는 아들을 쓰다듬으며 이런 말을 했다고 한다. “이렇게 누워만 있을 거라면 이제 그만 하늘나라로 가면 좋겠다.” 소년이 깨어난 후 처음으로 했던 말은 자신을 포기하는 어머니의 말 한마디, 그 절망적인 목소리를 들었을 때 살아보려는 의지가 꺾였다고 했다. 어머니의 말 한마디는 마치 법전의 문구처럼 강력한 힘을 지니고 있어 어떤 자식에게는 반드시 지켜내야 할 규범처럼 여겨 마음과 정신에 엄청난 압박감을 주기 때문이리라.

돌이켜 보면 삼십대에 들었던 말 한마디가 뇌리를 떠나지 않아 이따금 멍해지는 때가 있었다. 여덟 살 위인 언니와 대화 중에 느닷없이 언니가 내게 던진 말, “엄마가 너를 낳은 건 나를 도우라고 하는 뜻이었대.” 사춘기도 아닌 삼십대 어른인데도 마음에 파문을 일으킨 한마디였다. 당시엔 그냥 웃어넘겼지만 농담처럼 흘린 언니의 말 속에 어떤 숨은 뜻이 있는지 생각하는 동안 가시 하나가 마음속에 자리 잡게 되어 때로는 찌르기도 하고 또 아물기도 했던 사실을 엄마도 언니도 전혀 몰랐을 게다.

그 말의 진위 여부를 엄마에게 묻지 않은 것은 참으로 잘한 판단이었다고 생각한다. '세월이 지혜를 준다'는 말이 있듯이 나이를 먹어가며 마음에 근육이 강해지고 포용력과 이해하는 마음이 커졌기 때문일 터이다. 또한 설령 큰 상처가 되는 말을 듣는다 해도 마음에 가두지 않으려고 다짐한다. 그것이 심신을 피폐하게 만들고 영혼까지 멍들게 하는 일임을 경험해서다.

장성한 자식들이 제 식구들을 데리고 찾아와 떠들썩하게 모일 때든, 나와 관계 있는 사람들을 만나 대화할 때든 상처 주는 말을 삼가려고 노력한다. 우리의 삶이 있는 곳은 어디서나 치열한 생존이 있는 작은 전쟁터와 같아 말 한마디로 사람을 살리기도 하고 죽이기도 하기 때문이다. 그러니 잘 생각하지 않고 하는 말은 마구잡이로 총을 쏘는 것과 같다고 생각한다.

따뜻한 말만 하기에도 남아있는 시간이 부족하다고 느끼는 요즘이다. 내 강의를 듣는 문우들 중에서도 무람없는 행동이나 말을 하는 이를 가끔 만나게 되는데 차라리 아부성 발언이라 해도 힘을 북돋워주는 말을 하는 편이 더 나을 듯하다. "선생님이 강의 그만 둘 때까지 수강할 거예요." "선생님은 내 노년의 모델이에요."

기분을 상승시키는 좋은 말, 자주 미소 짓게 하는 예쁜 말, 삶에 희망을 주는 지혜로운 말, 그리고 따라 하고 싶은 건강한 말 등을 많이 하고, 또 들으며 살고 싶다. 따뜻한 말들이 홍수처럼 쏟아져 나온들 누가 불평하겠는가. 따뜻한 말 한마디가 연쇄반응을 일으켜 삶의 의욕과 해피 바이러스로 넘치는 세상, 따뜻한 마음으로 이웃을 살피는 사람들이 만들어 내는 행복한 세상을 꿈꾸어 본다.

생명의 놀라운 힘

김소엽
시, 영문 65

아프리카 사막지방에 시체꽃이라는 꽃이 있다. 그 식물은 일단 물가에서 뿌리를 내리고 꽃을 피우는데 그 기일은 불과 일주일 동안 자라서 꽃까지 피우는 것이다. 그리고 시들면서 죽기 전에 종자를 퍼트리는데 짧은 시간에 뿌리를 내리지 못하니까 바람이 불면 몽땅 뽑혀져서 바람 부는 대로 쓸려서 가버린다. 물을 못 마시고 태양볕 아래 하루면 삐쩍 마른 풀이 되어 덤불처럼 이리저리 굴러다니게 된다. 이미 생명은 없고 죽어있는 덤불에 불과한 모양새가 되었다. 누가 봐도 그것은 마른 덤불이다. 그런데 이 시체풀이 이런 모양새로 오아시스를 만날 때까지 기다리는 것이다. 그 엄청난 열기를 견디며 무려 7, 8년을 기다리는 동안 운이 좋게도 바람에 실려서 이리저리 날아가다 보면 오아시스를 만나게 된다. 그러면 이제까지 시커멓게 죽어있던 덤불이 수분을 빨아들이자 피가 돌 듯이 파릇하게 살아나는 것이다. 무서운 속도로 생명에 불을 붙여서 단 몇 일 만에 성장하고 꽃까지 피워서 다음 자손을 번식시킬 꽃씨까지 품고야 마는 참으로 신기하기 그지없는 시체꽃인 것이다. 나는 이 꽃을 보고 생명의 끈질김과 그 엄청난 인내력과 뜨거운 태양 아래에서도 살아 남아 기어코 꽃을 피우고 자손을 퍼트리는 이치를 깊게 생각하지 않을 수 없게 되었다. 그 생명의 생명력에 감탄을 보내지 않을 수 없다.

내가 저녁나절 산책길에서 나는 돌이 공중에 뜨듯이 서 있는 것을 본 적이 있다. 신기해서 왜 돌이 떠 있을까 들쳐보니 그 밑에 새싹이 돋아나고 있었다. 설마하니 그 연약한 연두색 갸녀린 새싹이 돌을 들어 올리기야 했을까 싶어 이상타 생각하면서 돌을 들어 치워주고 간적이 있었는데 이 번에는 가로수 밑둥에 가로수를 보호하기 위해서 씌워 놓은 얼기설기한 철망 한쪽이 들려 있는 게 보였다. 참 이상할 노릇이었다. 아니 저 무거운 철망이 왜 한쪽이 들려져 있을까? 가서 자세히 보니 그 한쪽으로 파릇한 풀들이 철망 사이사이로 솟아올라 있었다. 아니 저 연약한 풀들이 무슨 힘으로 저 무거운 쇠 철망을 들어 올렸단 말인가. 그리고 몇 발작 가다 보니 인도의 콘크리트 갈라진 틈새로도 연약한 풀들이 얼굴을 내밀고 있는게 아닌가. 정확하게 말한다면 갈라진 틈새로 풀들이 올라온 것이 아니고 이 연약한 풀들이 싹을 돋우어 이 두꺼운 아스팔트를 밀어 올리자 드디어 그 생명의 힘에 아스팔트가 갈라지고 만 것이라고 말해야 정확할 것이다.

어떻게 그 여린 새순이 무슨 힘이 있기에 아스팔트를 갈라 놓을 수 있단 말인가. 우리가 일부러 아스팔트를 쪼개려면 망치로 있는 힘껏 내려쳐도 갈라지지 않는다. 이것은 무려 일 톤의 힘을 가하는 것만큼의 엄청난 힘이 가해지지 않는 한 쪼개지지 않는다. 그 여린 풀잎에 그런 엄청난 힘이 들어있단 말인가. 생명의 신비라고 밖에는 달리 설명할 말이 없다.

나는 아파트 6층에 산다. 처음 아파트에 이사 갔을 때에는 나무들 키가 2, 3층 높이에 달했다. 해가 거듭될수록 나무가 자라더니 한 15년이 지나자 나무가 자라서 나의 침실 앞 창문을 빼꼼히 들여다보는 게 아닌가. 나는 너무나도 반가웠다. 나무가 나의 창문에 드리우자 몇 년 지나니 창문을 온통 푸른색으로 뒤덮었다. 그리고 새벽마다 이름 모를 새가 와서 아침을 여는 듯한 아리아를 부르고 갔다. 작년에는 이름 모를 새가 날아와서 하필이면 에어컨 박스와 창틀 사이에 둥지를 지었다. 숲이 앞에 있으니 시원한 그늘이 되어주며 울타리가 되어주니 안전하다고 생각하고 집을 짓고 알을 나은 것 같았다. 그리고 그 새끼 세 마리가 부화되었다. 그 어린 새끼들이 에미가 물어다 주는 먹이를 서로 달라고 입을 벌리고 짹짹거리는 소리가 살겠다고 외치는 생명의 소리 같았다. 나는 생각지도 않은 숲과 새들이 가져다 주는 행복을 아파트 6층에서 경험하며 아예 창가에 티 테이블 작은 것을 옮겨두고 차를 마시면서 나만의 시간을 마련해 놓고 숲과 새의 아리아를 즐기는 시간을 가졌다. 이 시간은 나에게 힐링타임이요 해피타임이기도 했다. 나는 참 행복했다.

털도 안 난 벌거숭이 새끼들이 점점 털이 돋아나고 하루가 다르게 자라나더니 새끼들도 예쁘게 털이 돋고 제법 자라서 날아다니기 시작했다. 가을이 저물어 가던 어느 날 다 날아가 버리고 둥지는 비어있고 아무것도 없었다. 겨울이 오기 전에 아마도 따뜻한 다른 고장으로 새 식구들이 대 이동을 했으리라. 나는 정든 친구를 인사도 없이 보낸 것처럼 섭섭하고 허전했다. 이제는 겨울나무에 내리는 눈이나 바라봐야 할 것 같았다.

나는 다시 만날 날을 기다리며 봄을 맞이 했다. 이제 내 창 앞의 나무는 키기 자라고 몸집이 불어나면서 가지가 더 울창해져서 8층 높이까지 올라갔다. 나는 봄이 지나 숲이 우거질 여름을 다시 기다리고 있었지만 기다리던 새는 종내 오지 않았다. 아니 왔다가 나무가 없어진 것을 알고 그냥 가버렸을 것이다.

4월 5일 식목일이었다. 내가 외출했다 저녁에 돌아와 보니 아파트 옆에 나란히 서 있던 나무 다섯 그루가 다 잘려져 나가고 밑둥만 시커멓게 약을 뒤집어쓰고 있었다. 나는 아연실색하면서 이게 어찌된 일인가 화가 치밀

어 오르는 것을 참고 경비에게 물어 봤더니 하는 말이

"그냥 두면 아파트 무너진대요. 그래서 오늘 다 잘려버렸슈."

다시 돌아보니 우리 아파트에 숲을 이루었던 큰 나무들이 다 베어지고 없었다. 미녀가 아름다운 긴 머리 때문에 더욱 아름다웠듯이 우리 아파트가 조경이 잘되어 이 나무 숲 때문에 아름다웠는데 이 나무를 다 베어 버리다니…. 25년이나 자라서 이제는 아주 보기 좋은 울창한 수목이 되었는데 이렇게 잘려 나가다니 참으로 한심하고 아쉬울 뿐이었다. 그런데 이 나무들의 뿌리가 아파트 밑으로 파고 들어가서 아파트를 들어 올려 버린다는 진단을 받아서 하는 수 없이 잘라 버리고 더 이상 뿌리를 내릴 수 없도록 고사시키는 약까지 뿌렸다는 것이다.

생명의 힘이란 이렇게 무시무시하다. 아파트를 무너뜨릴 수도 있고 돌멩이를 들어 올리기도하고 쇠 창살을 들어 올리기도 하고 7, 8년을 물 한 모금 마시기 않고 삐쩍 마른 시체 같은 풀이 그 갈증을 수년간을 참아내다가 드디어 물을 만나서 생명을 피워 올리기도 하는 참으로 신비로운 생명이여!

나는 요새미티 미국 국립공원에서 8천 미터 이상 상공에서만 자란다는 레드우드를 보러 간 적이 있었다. 3천5백 년이나 된 것부터 몇백 년 된 것들까지 함께 살고 있었는데 아마도 조상 대대로 내려오면서 같은 종끼리 군락을 이루며 사이좋게 살고 있는 것 같았다.

나는 워싱턴 장군이라는 이름을 가진 가장 오래된 레드우드 앞에서 말할 수 없는 숭엄한 경건성을 느꼈다. 그 나무는 말은 못하지만 인류의 모든 전쟁과 죄악을 다 들여다 보고 말없이 서 있는 것이다. 예수님 이전, 로마 시대 그 이전 성서가 씌여지기 시작한 그 이전부터 살아있었단 말인가. 그 나무는 아마도 세포가 다 인류의 패역한 역사를 다 기록하고 있을지도 모른다는 생각을 하니 두려운 마음, 일종의 경외감마저 든다. 생명이란 엄청난 것이다. 생명이란 역사의 기록이며 생명이란 신비롭고 경이로운 것이다. 누구도 생명 앞에 이견을 말하지 말라. 생명이란 하나님께 속한 것이기 때문이다. 식물의 생명도 이러하거니와 하물며 하나님의 형상대로 지음받은 인간의 생명이야 이들 식물에 비교나 할 수 있을 것인가. 생명! 가장 신비롭고 강하고 위대하며 그리고 존중받아야 할 가치인 것이다.

투시 롤(Tootsie Roll)

김창란
수필, 영문 66

올해도 현충일이 되어 호국 영령들을 기억하며 추념식을 했다. 나는 TV로라도 한 시간 가까이 참여했다. 아파트 거실 창밖으로 조기를 내 걸은 건 물론이다. 현충일 행사가 끝나고 "장진호 전투"에 대한 기록물을 방영해 주어서 아주 진지하게 보았다.

얼마 전에 미국에서 다니러 온 여동생 부부와 오산 근처에 있는 '평화공원'에 다녀왔다. 내 동생네는 이름도 모르는 이국 머나먼 한국 땅에서 전사한 앳되고 앳된 미국의 젊은이들을 기억하고 기리기 위해 오지에 있는 그들의 고향을 찾아가 학교에 기부금을 전달한다. 비록 먼 거리지만 직접 운전해서 벌써 40여 개의 주를 다녀왔다. 이번에 한국에 와서 오산을 꼭 가보고 싶었던 것 같았다. 그곳에는 장진호 전투에서 싸운 미 해병대 1사단이 주축이 된 유엔군의 활약을 전시해 놓았다. 그 스미스 부대가 아마 한국전 참전한 유엔군으로 처음인 것 같다. 한국전쟁의 가장 치열하고 결정적 전투 중 하나로는 장진 저수지 전역에서 벌인 중공군과의 사투를 벌인 전투일 것이다.

시베리아에서 불어온 한냉전선으로 1950년 11월 14일의 장진호 일대의 날씨는 영하 37도까지 내려갔다. 당시 개마고원 장진호수 일대는 고도 1000m 산악지대로 낮 기온 영하 20도 밤은 영하 32도로 많은 병사들이 동상에 걸려 죽거나 고생했다. 부상병의 피가 얼어 자연적으로 지혈이 될 정도였다고 했다. 도로는 산악지형에 만들어져 가파른 경사와 골짜기였다. 이미 중공군은 30만 명이 북한에 들어와 있었으나 당시 동경에 있는 극동사령부(FEC)는 16,000명이나 34,000명 정도일 거라고 잘못 추축했다. 지독한 추위와 많은 희생으로 그곳에서 퇴각은 했으나 중공군도 더 많은 인명피해가 있었다. 살인적인 추위와 중공군의 포위를 뚫고 역사상 가장 완벽한 철수였다고 한다. '다른 방향으로의 공격'이라는 정신으로 대부분의 장비와 병력을 철수한 것이었다.

우리가 오산 '평화공원'을 방문했을 때 그곳 전시관에서 웃어야 할지 울어야 할지 모를 에피소드 하나를 들었다.

장진호 저수지에서 영하의 날씨에 적을 만난 해병 제1사단은 탄약이 떨어져 60mm 박격포탄이 필요했다. 이 박격포를 뜻하는 암호명은 '투시 롤(Toosie Roll)'이었다. 무전 교환원은 '투시 롤'이 무엇을 뜻하는 코드인가 알 수 없었으나 긴급한 요청이었기에 명령을 내렸다. 그리고 곧 '투시 롤'이 들어 있는 사탕 박스들이 낙하산을 타고 제1해병 사단으로 떨어졌다. 어처구니없게 탄약 대신 사탕이 떨어졌으나 당시 굶주렸던 병사들에게는 요긴한 영양과 열량을 공급할 수 있었다. 또 따뜻하게 입으로 녹이면 고무처럼 늘어졌다 굳는 '투시 롤'은 총탄을 맞아 구멍 난 곳을 막는 데 아주 요긴하게 사용할 수 있었다.

"이름도 위치도 들어 본 적이 없는 나라, 당신은 그 나라를 위해 목숨 바쳐 싸울 수 있습니까?"

"이동 명령을 받았을 때, 한국이 어디 있는 나라인지 물어보았습니다. 상부에서는 도착하면 알게 될 것이라고만 했습니다."

"1950년 7월 1일 8시 45분 스미스 부대원들을 실은 C-54 수송기 한국으로 출발, 스미스 특수임무 부대의 시계는 1950년 7월 5일 2시 30분에 멈췄지만 그들의 희생으로 대한민국의 시계는 영원히 움직일 것입니다."

그곳 오산의 평화공원에는 있는 기념관에는 '투시 롤' 사탕이 커다란 그릇에 많이 담겨 있었다. 그곳을 방문하는 이들에게 알려주고 맛보게 하기 위해서 인 것 같았다. 관장이 우리에게 몇 개씩 집어 주며 먹어보라고 했다. 나는 먹지 않고 집에 가져와 서재에 있는 책상 위에 놔두고 본다. 이내 새끼손가락 한마디만하고 작은 초콜릿 맛의 캐러멜 사탕으로 그나마 고향의 맛을 느끼며 위로를 받고 허기를 채웠을 혹한 속의 무서운 전쟁터의 병사들을 떠오르게 한다.

한국전쟁이 발발한 지 74년이 되었지만 나는 아직도 고요히 잠든 일요일 새벽에 남침해서 전쟁을 일으켜, 우리나라를 쑥대밭으로 만들어 많은 인명과 재산 피해를 입힌 김일성을 용서할 수가 없다. 성경에 원수도 사랑하라고 했지만 도저히 그럴 수가 없다. 그의 남침 야욕으로 우리 민족은 얼마나 힘든 세월을 겪었고 보냈던가. 우리 가족도 서울에 있는 집을 떠나 1 · 4후퇴 때 추운 겨울날 부산까지 가고 거기서 배를 타고 제주도까지 피난을 했다.

우리나라가 참혹한 전쟁의 잿더미 폐허에서 오늘날 이렇게 발전된 선진국이 되도록 공헌한 수많은 이들에게 감사한다. 또한 젊음을 바쳐 나라를 지켜낸 장병들에게 머리 숙여 감사한다.

올해도 '비목' 노래를 들으며 목이 메인다.

전학 이야기

김행숙
시, 교육심리 66

초등학교 3학년 때였다. 나는 또 전학을 하게 되었다. 아버지가 공무원이라 전근이 잦았기 때문이다. 학교 다니면서 몇 번 전학했던 경험이 있어서 엄마가 갈래머리 땋아주는 동안 나는 잔뜩 심란해 있었다.

이사 가는 곳은 거제도 장승포였다. 어린 내 눈에도 포구는 아름다웠다. 관사는 큰길가에 있는데 길 건너 썰물과 밀물이 들어오고 나가는, 맑은 바닷물이 곱게 펼쳐져 있다. 포구 양쪽 끝에는 등대가 두 개 서 있어서 밤이면 빨간불과 파란불이 깜박거렸다. 그 불빛에 어리는, 두고 온 동무들 생각에 몹시 슬펐다. 아버지가 침울한 나를 보고 왜 그러느냐고 물으셨다.

동무들이 보고 싶다며 눈물을 흘리는 나에게 아버지는 친구 때문이라면 여기서 또 사귀면 된다고 달랬다.

"난 이사하는 것 싫어요. 여기서 애들 사귀면 우리집은 또 이사할 거잖아요?"

"그래야 너 이다음에 커서 어른이 되면 가는 곳마다 친구가 있지."

나는 새로운 동무 같은 건 사귀지 않겠다고 마음먹었다. 학교가 끝나면 집으로 곧장 왔다. 같은 동네에 산다는 부반장이 같이 가자고 불렀지만 못 들은 척했다.

두고 온 학교에서 만나 얼굴 맞대고 조잘대던 애들과 헤어진다는 건 슬픈 일이었다. 그 슬픔이 아직 마음속에 있는데 다른 동무를 만나는 건 옳지 않은 일이라고 생각했다. 더구나 관사에는 쉴 새 없이 방문객이 들락거려서 정신이 없었다.

대문을 나서면 바다가 출렁거렸다. 저녁때면 통통배가 들어오고 밤이 되면 저만치 불을 켠 배들이 드문드문 고기를 잡느라 그 자리에 멈춰 서 있었다. 나는 너무나 아름다운 경치와 그곳에 살던 동무들에 대한 그리움에 마음이 한 뼘쯤 쑥 자라는 것을 느꼈다. 나는 외롭고 우울해서 말이 없어져 갔다

뒷산에서 온종일 뻐꾸기가 우는 날이었다. 안마당에서 깨진 유리조각 하나를 주웠다. 화단에 핀 나팔꽃, 맨드라미, 다알리아 꽃잎을 따다 포실한 흙 속에 꽃방을 차렸다. 그 위에 사금파리를 덮으면 꽃방 속의 꽃들은 신기하게도 시들지 않았다. 다음 다음날까지도 이슬까지 맺혀 싱싱하게 살아 숨 쉬던 꽃잎들…

같이 놀아줄 아이는 없어도 좋았다. 흙으로 덮었다가 다시 쓸어보면 손가락 사이로 빠져나가는 모래흙의 보드라운 감촉. 밤새 꿈속에서도 어른대는 꽃잎 무더기. 아침이 되어 눈 뜨면 마당으로 달려 나갔다. 그곳에 해가 비치고 사금파리 속에서 꽃잎들은 오색의 보석으로 빛나는 것 같았다.

동무들 없이 혼자 노는 내가 안쓰러웠던지 아버지는 동화책 몇 권을 사다주셨다. 세계의 전래 동화였다. 새로운 책을 읽으며 이야기에 흠뻑 빠져들었다. 그 책을 읽는 동안 두고 온 동무를 향한 그리움은 연해졌다. 책을 다 읽고 나자 내 마음은 세상을 향해 열린 듯 한결 푸근해진 것 같았다.

다음날 등교하면서 만나는 반 아이들에게 내가 먼저 인사를 건넸다. 그날 장승포초등학교 3학년 교실은 화기애애했고 집으로 돌아오는 길에 만난 바다는 짠내까지도 정답게 느껴졌다. 이렇게 해서 나의 어린 시절은 흘러가고 있었다.

이때 친하게 지내던 친구 하나는 나중에 대학 와서 다시 만나게 되었다. 그때 우리는 얼마나 반가웠던가! 교정을 함께 거닐며 어린 시절 꿈꾸던 바닷가에서 놀던 추억 등 많은 이야기를 나누었다. 미래의 설계도 같이 하면서 우정을 쌓아갔다. 내가 그곳을 떠나온 동안 일어난 일들을 이야기하며 우리는 깔깔대었다.

내가 초등학교를 다섯 번 전학 다니는 동안 지금도 곳곳에 많은 친구가 있어서 아직도 어릴 때의 마음으로 나를 반겨준다. 지금 와서 생각해보니 아버지 말씀대로 그것은 내 인생의 소중한 자산이다.

GDP가 세계 6위 대한민국

이정자
시조, 기독교 66

6월 4일 경북 칠곡 부모님 산소에 다녀 오는 길에 구미시 박정희로 107에 위치한 박정희 대통령 생가에 들렀다. 20년 전에 처음 들렀고 20년이 지난 오늘 2번째 방문이다. 10년이면 강산도 변한다더니 강산이 두 번 변했으니 당연히 변했다. 20년 전에 갔을 때는 생가와 박대통령 동상만 덩그러니 있었다. 20년이 지난 지금은 박정희 대통령 기념관이 잘 조성되었다.

생가 안채는 한국전쟁 때 소실되고 새로 복원되었다. 박정희 대통령 기념관과 박 대통령 탄생 100주년을 기념하는 숭모공원, 새마을 테마공원 등이 조성되어 있었다.

박정희 대통령 민족중흥관에는 박정희 대통령이 탄 걸로 알려진 벤츠 승용차도 있었고 오랜만에 보는 포니밴도 보였다. 옛날 기억들이 하나씩 떠올랐다. 오로지 가난을 극복하고자 했던 그 의지와 집념이 강했기에 경제개발 5개년 계획을 5차까지 했다. 그 집념과 의지로 열매 맺은 발전상이 하나하나 잘 기획되었고 기록되어 전시되었다.

새마을 기념 공간에서는 새마을 노래가 들려왔다. 작사 작곡이 박정희 대통령이니 시와 음악에도 재능이 있었음을 알 수 있다. 1960, 70년대엔

초하루 아침이면 새마을 노래가 방송으로 울려 퍼졌다. 그리고 집집마다 대문 앞을 청소하던 때였다.

새마을 노래 가사

1절

새벽종이 울렸네. 새 아침이 밝았네.

너도나도 일어나 새마을을 가꾸세

(후렴)

살기 좋은 내 마을 우리 힘으로 가꾸세

2절

초가집도 없애고 마을길도 넓히고

푸른동산 만들어 알뜰살뜰 다듬세

3절

서로서로 도와서 땀흘려서 일하고

소득증대 힘써서 부자마을 만드세

4절

우리모두 굳세게 싸우면서 일하고

일하면서 싸워서 새조국을 만드세

1972년 6월 20일 첫 새마을 노래 음반이 생산됐는데, 제작은 대도레코드가 맡았다. 학교, 면사무소, 직장, 공장 등등 전국적으로 특정 시간대엔 이 노래가 으레 흘러나왔다.

가사는 박정희가 직접 지었으며 처음 새마을 노래가 나왔을 때는 작곡자가 홍연택으로 나타나 있었으나 1973년 이후 박정희 작곡으로 바뀌어 적히기 시작했다. 박정희의 3녀 박근령은 MBC 〈기분 좋은 날〉 2008년 11월 7일 방송분에서 아버지가 작곡한 것이 맞다고 주장했다. 아버지가 멜로디를 붙여 불러서 녹음한 걸 자신(박근령)에게 주고 음표로 만들라고 해서 자신이 듣고 오선지에 옮겼다고 했다. 박근령은 서울대학교 음악대학 작곡과 출신이다.

집집마다 내 집 앞 청소하던 때였다. 지금이야 청소원이 있어서 하지만 그 시절엔 청소원이 지금처럼 청소를 안 한 것으로 안다.

상전벽해(桑田碧海)라 할까 참 좋은 세상이다. 2024년도 IMF 통계기준 GDP가 지금은 세계 6위이다. 일본이 7위이다. 1960, 70년대 어려운 시기를 요즘 젊은이들은 어찌알까?… 유치원 아이들이 견학하는 것이 보였다. 초등학교 고학년이나 중학생들의 견학이 좋을 듯했다. 역사를 알아야 한다. 특히 전근대 역사를 배워야 한다. 좌편향의 잘못된 교육을 해서는 안 되는데 현장 교사부터 좌편향 교사가 많다니 이것이 문제이다. 각자가 알아서 길을 택할 일이다. 다만 현실을 똑바로 보라고만 말하고 싶다. 현재의 북한 실정을 바로 보라고 말하고 싶다.

기념관을 쭈욱 돌아보고 나오며 기분이 좋았다. 오늘날 이렇게 잘사는 우리나라가 자랑스럽기도 하다. 그 초석은 당연히 박정희 대통령이다. 경제대국 6위. 자랑스러운 대한민국! 국민 모두가 각자의 위치에서 자신감을 갖고 감사하는 맘으로 열심히 각자의 길을 가는 대한민국 국민이기를 바란다.

주차장에서 생긴 일

김용희
소설, 국문 71

동네 주민센타 운동을 하는 곳에서 어떤 남자분이 바로 전날 마트의 주차장에서 있었던 애기를 하면서 자신의 분함을 토로하고 싶어 했다. 70세 전후의 은퇴한 분으로 알고 있는데 그렇게 넓지 않은 동네 마트의 주차장에서 젊은이한테 봉변을 당했고 주먹다짐까지 있었다고 했다. 별 생각 없이 장을 보러 마트 안에 들어간 부인을 차 안에서 기다리고 있었는데 좀 떨어져 있는 차에서 하이 빔을 켜고 클랙슨을 울리고 누군가에게 항의를 하고 있었지만 그것이 자기 차를 향한 것이라고는 전혀 생각지 못하다가 나중에야 알게 되었고, 차에서 내려서 고성과 몸싸움까지 있었던 모양이었다. 이분의 분노는 젊은 친구한테 당한 욕설과 무례함에 있었다. 말하는 과정에서 그분은 자신은 젊었을 때 태권도가 몇 단이고, 권투선수였으며, 아직도 체력이 건재함을 강조했다. 자기가 그 젊은 친구를 충분히 제압할 수 있었는데 하지 못한 것에 대한 분노였던 것으로 보였다. 주차장 벽에 젊은이를 몇 번 밀어붙였다고도 했는데 그 정도로는 분이 풀리지 않는 모양이었다.

일부러 몇 사람을 불러 모아놓고 자신이 하루 전에 버릇없는 젊은이한테 당한 이야기를 전달하려고 했지만 아무도 적합한 위로의 말을 해주지 못했다. 그것보다 그분의 말을 귀 기울여 들으려고 하는 사람이 없었던 것으로 보였다. 왜 그분은 그 상황을 우리에게 전달하려고 노력했고, 다른 분들은 전혀 관심을 보이지 않았는지 궁금했다. 뭐 궁금하기보다는 요즈음 보통 사람들의 심리에 대해서 알게 되었다고 할까? 자신의 분한 마음을 말하고 싶어 하는 분이나, 듣는 분들이나 거의 비슷한 세대이고 친하지는 않지만 운동하러 갈 때마다 목례 정도는 했던 사이인데 전혀 서로 소통을 해보려는 의지가 없었다는 것이 사람 관계이구나 하는 생각을 했다. 오히려 그분이 조금은 특별한 성격의 사람이라는 생각까지 들었다. 그런 정도의 일을 겪었을 때 여러 사람에게 말하고 공감을 얻으려고 하기보다는 스스로 분노를 삭이고 잊어버리는 것이 최선이라는 생각이었다.

왜 말을 듣는 사람들의 반응이 시들했을까를 생각해보면 모두 그 현장에 없었기 때문에 그분이 전하는 일방적인 상황 전달을 백 프로 공감하기가 어려웠다는 생각이 우선이었다. 이는 언어가 가지는 한계일 수도 있다. 어떤 사건이든지 영상으로 찍어서 보기 전에는 언어로 상황과 인간의 심정까지는 전혀 전달될 수 없을 것이다. 짧은 시간에 일어난 그 일은 단편영화 한 편 정도로 표현될 수 있을 것이다. 무엇보다 언어의 한계 등으로 전달될 수 없었던 한 사람의 분노는 결국 화자(speaker)의 문제일 수 있겠지만, 청자(audience)의 문제는 상대방의 이야기를 전혀 들으려고 하는 의지가 보이지 않는다는 것이다. 화자의 의사 전달의 부정확함, 개인적 감정의 우선 등 여러 가지 잡음(noise)이 있겠지만 가장 중요한 것은 대부분의 청자는 타인의 말을 들으려는 의지가 전혀 없다. 화자는 청자들이 자신의 얘기에 공감하고 분노해주기를 기대했지만 그럴 가능성은 전혀 없었다.

그분은 많이 쓸쓸했을 것이다. 자신의 이야기에 반응해주지 않는 주변 사람들에 실망하고 그 언짢은 일을 당했을 때보다 좀 더 기분이 나빠졌을 것으로 보였다. 요즈음은 스님도, 신부님도 유튜브라는 매체에 나오셔서 많은 사람들의 답답한 이야기를 듣고 현명한 답안을 제시하는 것이 자주 보인다. 그분도 그런 방법으로 해결하는 것이 낫지 않았을까 하는 생각도 해본다. 이 시대를 살아가는 사람들은 타인의 걱정거리나 분노를 듣고 같이 해결해주려는 노력을 기울이지 않는다. 시간이 아까워서 그러는 것만이 아니라 타인에 대한 관심이 없기 때문이다. 아주 가까운 친구나 가족이 아니라면 관심도 없고, 배려는 더 생각할 수 없는 듯하다. 요즈음은 세상이라는 넓은 바다에서 각자 떠돌며 살아가는 것이 조금도 이상하지 않다. 어찌 생각하면 그분이 살아가는 법이 조금 서투르다는 생각도 들었다. 대부분의 사람들은 그런 문제로 여러 사람들을 모아놓고 해결 방법을 찾지는 않을 것이다. 그분은 해결보다는 위로를 받고 싶었을지도 모른다.

며칠 전 우리 부부도 주차장이 어마어마하게 큰 대형마트에 장을 보러 간 일이 있었다. 그곳에서 사용해야 하는 상품권이 있어서 용기를 내서 갔는데 유난히 공간 감각이 떨어지는 나는 물건을 다 산 뒤에 차를 주차해놓은 곳을 찾아서 200미터는 족히 되는 거리를 무거운 카트를 밀고 움직여야 했다. 남편은 나에 비해서 꽤 나은 편이지만 그날은 별로 도움이 못되었다. 지하 주차장의 설계에 뭔가 문제가 있는 듯했지만 해결 방법은 다음에는 그렇게 규모가 큰 마트에는, 특별히 그 마트에는 결코 가지 않는 것으로 결론을 짓고 돌아왔다. 이 나이가 되어서, 터득한 살아가는 방법이다. 며칠 전에는 10년 전까지 근무했던 경기도에 있는 학교를 운전해서 찾아가야 하는 일이 난감했다. 한두 해 전에 학교 근처 다른 도시에 갔다가 학교를 찾아가 보려고 했지만 주변이 너무 많이 변해서 포기한 일이 있어서 그랬던 듯하다. 학교를 은퇴한 뒤 변모한 주변 공간에 적응하기가 힘들다는 것을 자주 느낀다. 오랫동안 강북에서 살아와서 그런지 강남에서 지하철 밖으로 나오면 현기증이 나고 어느 쪽으로 가야 하는지 알아내는데 시간이 많이 걸린다.

마트 지하 주차장에서 젊은이와 문제가 있었던 분이 오랫동안 기분이

나빴던 것은 사람과 사람의 관계였기 때문일 것이다. 아무리 적응하기 힘들어도 대상이 사람이 아니고 사물이었을 때에는 거기에 맞춰서 살아가는 일에 익숙하다. 물론 주변 환경을 만든 것은 사람이고 구체적으로 안으로 들어가면 그렇게 만든 개별적인 존재가 있지만 그렇게까지 깊숙이 들어가지는 않는다. 은퇴한 뒤에 이 사회에서 갈등 없이 살아가기 위해서는 모든 현상을 빨리 파악하고 대처하는 방안을 찾아야 할 것이다. 사람과는 가능하면 부딪치지 않고, 아는 공간에서, 아는 사람들과, 조심스럽게 살아가기를 다짐한다. 수많은 비난이 쏟아질지도 모르지만 무섭게 변화하는 세상에서 그나마 상처를 덜 받고 살아가는 방법일지도 모른다. 씁쓸하다.

마흔에 간 이중섭

이승신
시, 영문 72

화가 이중섭이 일본 아내와 함경도 원산에서 남으로 내려와 부산에 있다가 한국전쟁이 나자 제주까지 갔고, 피난 통에 어려우니 두 아들과 아내를 일본 친정으로 보낸 후 그리워하다 급기야는 서울 적십자 병원에서 숨졌다는 건 알았으나 그때가 겨우 마흔이었다는 사실은 이번에 확실히 알게 되었다.

국민 화가로 불리우는 그를 떠올리면 그저 측은하고 가엾은 마음이 드는 게 사랑하는 가족도 멀리 떨어뜨려 놓고 자신도 영양실조에다 종이나 캔버스를 구하지도 못한 가난 이미지에 애석하게도 너무나 일찍 생을 다한 것도 한 몫을 한다.

몇 살에 숨을 다했는지는 생각을 못하고 집 가까이 서대문 적십자 병원을 지날 때면 저기서 그 화가가 가족도 못 보고 외로이 갔다지 하며 그를 떠올렸었다.

〈시인에게는 '요절의 특권'이라는 것이 있어 젊음이나 순결함을 그대로 동결한 것 같은 그 맑음이 후세의 독자까지도 매혹시키지 않을 수 없고 언제나 수선화와 같은 향을 풍긴다〉 일본 시인 이바라기 노리코의 말이다.

내가 교토의 동지사 대학을 가지 않았다면 사는 서촌 동네의 잠시 머물었던 그의 하숙집만 알았을 것이다.

옷가지와 책 몇 권만 들고 간 동지사 캠퍼스 한가운데 자그마한 윤동주 시비가 서 있어 늘 지나고 바닥을 닦으며 급기야 그를 연구하다 알게 된, 그가 간 후 그를 흠모하여 일본에 알린 여성 시인이다.

같은 인물의 우수한 작품이라도 길게 장수한 것보다는 요절을 해야 그 순수함과 순결한 아름다움이 영구히 박제되게 된다는 말이다.

27살에 간 윤동주의 죽음은 그야말로 충격적인 요절로 그 대학에 가서야 뇌리에 깊이 입력이 되었다.

허나 100세 120세를 운운하는 이 시대에는 생각하면 마흔도 더구나 이중섭 같은 천재에게는 요절이라고 말할 수 있다.

먹을 것도 그렇게 그리고 싶던 종이도 캔버스도 없던 시대에 작품을 팔아 아이들과 아내를 보려 일본을 가려던 기대로 열었던 첫 개인전도 실패해 가보지도 못한 생각을 하면 마음이 저리다.

그런 생각들을 하며 그의 국내 전시에 빠짐없이 갔고 이번에도 부암동 석파정 서울 미술관의 편지화 전시를 보았다.

지상에 대대적으로 이름 난 거에 비하면 조촐한 전시다.

두 아들에게 글도 종이 주변의 그림도 차별없이 똑같이 쓰고 그려서 보낸 것이다. 미술관에서 큰아들 태현에게 지난해 샀다고 한다.

그걸 편지화라 하여 3점이 있고 손바닥보다 자그마한 엽서에 그린 구상과 기하학적인 6점이 전부다.

그러나 작은 편지지에 그리움이 꽉 찬 사무친 사랑의 말과 빈틈 남기지 않고 사방에 그린 펜화에 색깔을 조금 넣은 즉석의 그림들은 그의 천재성을 발휘하고도 남는다. 그래서 그의 요절이 안타깝기만 하다.

시인 어머니의 편지도 떠오른다.

20대에 대학 졸업 후 워싱턴에 유학을 가자 비싼 국제 전화는 거의 못하던 때 서울 어머니에게서 정겨운 편지가 왔다.

항공편으로 와도 열흘은 걸렸을 것이다.

내가 차 타고 가 부친 편지 생각은 나질 않는데 북쪽 Upstate New York 살 때 눈을 밟으며 한 30분 걸어가 어머니께 자주 편지 부치던 일은 뺨을 스치던 찬 공기와 함께 생각난다.

얼마나 힘들다는 말을 내가 많이 썼으면 '인생은 고해다~'로 시작한 어머니 편지 생각이 또렷이 난다.

어머니가 시인인지도 모르던 때에 내가 보낸 편지는 지금 없지만 어머니의 편지는 미국에서 이사를 다녀도 한국에 귀국할 때에도 들고 온 걸 보면 내게 큰 힘이 되었었나 보다 하는 생각을 한다. 단아하게 정성들여 쓴 그 편지들은 아주 작은 장 속에 지금도 있다.

그 생각이 난 건 20년 전 어머니 갑자기 가시자 일본의 역사 제일 깊은 출판사 고단샤에서 7권의 시집을 출간했는데 그 담당 편집장이 여러 해 받았던 두툼한 편지 박스를 주며 어머니가 지인들에게 보낸 편지들을 책으로 펴보라고 했다.

그러자 귀국해 한 번도 안 열어 본 어머니 편지 생각이 났다. 도우미가 어머니가 밤늦게까지 편지를 쓰신다고 늘 걱정을 했다. 한국 독자는 없던 시절, 빙점을 쓴 미우라 아야코를 비롯한 일본 팬들 편지에 일일이 답을 한 것이다.

편지라~

유명 화가 유명 시인이 아니더라도 누구든 진심을 담아 꾹꾹 눌러 쓰던 그 순수한 시대가 그립다.

미래의 오늘

한혜경
평론, 영문 81

그때와 비슷하다.

오픈 AI에서 챗지피티 프로그램을 선보인 후 나타나는 현상을 보며 기시감이 느껴졌다. 새천년을 앞두고 새로운 세상이 우리 앞에 다가올 거라는 기대와 우려가 교차되던 때, 1999년.

현 기술과 비교하면 우스운 수준이지만, 인터넷이 보급되며 지식정보사회와 세계화로 치닫고 있어 SF 영화에서나 볼 수 있다고 여겼던 세상이 성큼 우리 곁에 다가오고 있던 때였다. 이 놀라운 변화 앞에서 전통적인 삶은 흔들릴 수밖에 없었으니, 이전의 가치관, 윤리와 풍속, 개인과 사회의 문제, 사물과 인간과의 관계 등에 대해 새로운 접근 방식이 필요했다. 특히 문학 동네에 미친 파장이 상당히 컸는데, 지금은 일상이 되어버린 온라인 글쓰기가 등장했기 때문이다.

종이에 인쇄된 형태가 아니라 디지털 형태로 전송되는 글이라니!

그때 하이퍼텍스트는 실시간으로 글을 쓰고, 양방향으로 소통이 이뤄지며, 가상현실을 넘나드는 신천지를 열어젖힌 개벽과도 같았다. 글쓰기의 지평을 한 단계 넓혔다고 환호하는 한편에서는 전통적 문학이 위협받는다고 여겨 불안해하는 이들도 있었다. 자연스럽게 진정한 문학이란 무엇인가, 문학이 가야 할 방향은 어디인가, 본질적 질문을 되돌아보게 되었고, 많은 작가와 연구자들이 다양한 의견을 내었다. 기성작가들이 대체로 변화에 부정적이거나 조심스러웠다면, 젊은 작가들은 변화를 적극적으로 받아들이며 글쓰기의 양상이 '유희적 글쓰기'에 들어섰으므로 앞으로의 문학은 '선지자의 목소리'이기를 포기해야 한다는 주장을 펼쳤다.

이후 이십 년 넘는 시간이 흐르는 동안 기술은 엄청난 속도로 발전했고, 나는 어르신 대열에 들어섰다. 1999년에는 젊은 작가들의 생각에 가까웠다면, 지금은 급격한 변화에 두려움이 앞서는 나이가 되었다. 기계와 기술 이해력이 젬병이라 키오스크 앞에서 늘 버벅대는 처지이므로 더더욱. 알파고니 챗지피티니 신기술이 발표될 때마다, 더 이상 새로운 걸 알고 싶지 않다는 강력한 소망이 솟아오른다. 첨단기술의 혜택 같은 거 필요하지 않으니 멀찌감치 떨어져서 살면 안 될까, 싶은 마음이다.

그런데 챗지피티는 '글 쓰는 인공지능'이라니, 글쓰기를 가르치고 글을 쓰는 사람으로서 계속 모른 척할 수가 없었다. 이미 일본에서 인공지능 프로젝트팀이 출품한 소설이 1차 심사를 통과했다고 하고 국내에서도 챗지피티를 이용한 소설이 나온 상태이니, 궁금증은 더욱 커졌다. 좋은 답을 얻으려면 질문을 정확하게 해야 한다, 구체적으로 질문하는 게 좋다. 한국 관련 자료는 부족한 편이다, 2021년까지의 자료를 기반으로 하므로 그 이후에 대한 답을 얻을 수 없다, 거짓 정보도 그럴듯하게 말한다 등등의 사전지식을 가지고 챗지피티 프로그램을 시도해 봤다.

현재 무료로 쓸 수 있는 서비스는 GPT 3.5를 기반으로 한 것이고 GPT 4.0 프로그램은 유료이다. 나는 무료 버전을 사용했는데도, 첫 느낌은 "우와, 놀랍다!"였다. 글 한 편을 완성하려면 수많은 책과 자료를 찾아보고 글의 전개를 고심하고 문장을 다듬고 하느라 오랜 시간이 걸리는데, 질문을 입력하고 엔터 키를 누르자 거의 곧바로 답이 술술 나왔다. 글의 질 문제를 떠나서 답 나오는 속도가 환상적이었다.

재미가 나서, 챗지피티의 장점과 단점에서부터 챗지피티와 놀기 위한 방법, 글을 쓰는 이유, 좋은 수필을 쓰기 위한 방법, 미래에 대한 예측, 앞으로 문학과 창작의 위치, 좀 더 추상적인 주제로 두려움의 경험과 불평등의 문제 등 골고루 물어봤다. 그리고 답을 계속 요청할 수 있으므로 두세 번 반복해봤더니, 어휘를 다르게 표현하거나 순서를 바꾼다거나 하며 수정한 글을 보여줬다. 미처 내가 생각하지 못했던 부분도 알려줘서 업무에 활용하기 좋다는 말이 충분히 납득되었다.

한국 자료가 부족하다고 했으니, 우리나라 국민이라면 대부분 알고 있을 윤동주와 이상에 대해 물어봤다. 과연 잘못된 답을 그럴듯하게 작성해 내놨다. 탄생과 작고 연도부터 대표작, 문학 스타일과 특성, 한국 문학사에 남긴 의미 등, 관련 상식이 없으면 믿을 수도 있는 천연덕스러운 글이 나왔다. 시험에서 모르는 문제가 나왔을 때 어림짐작으로 이것저것 엮어서 만들어낸 엉터리 답안을 연상시켰다. 만일 윤동주와 이상에 대해 잘 모르는 사람이라면 그대로 믿을 수 있으므로 사실관계를 확인하는 것이 중요하겠다는 생각이 들었다.

수필이나 소설을 창작해보라는 요구에는 일반적인 경험에 의거한 글이 나왔다. 창과 추억, 삶의 본질을 연결해 수필을 써달라고 했더니, 각 단어에서 떠오를 법한 내용을 엮은 글을 보여줬다. 당연히 작가만의 특별한 경험이나 감수성이 녹아있는 글과는 거리가 멀다. 챗지피티를 이용해 쓴 수필의 장단점을 물었더니, 정확하게 단점을 열거했다. 빠르게 텍스트를 생성하고 다양한 분야와 주제에 대한 콘텐츠를 제공할 수 있지만, 내용의 일관성이 부족하고 부정확한 정보를 주며 창의성이 부족하고 윤리적 문제를 일으킬 수 있는 점을 단점으로 제시했다. 인간이라면 칭찬해 주고 싶을 만큼 자신의 단점을 잘 인식하고 있었다.

그 답 그대로 챗지피티가 생성한 글은 작가 고유의 독창적 이야기에서 우러나는 감동이 결여되어 있다. 그렇다고 챗지피티가 쓴 글이 사람이 쓴 글보다 미흡하니 안심이다, 식의 반응은 일차원적이라 할 수 있고 좀 더 근본적인 문제를 고심해야 할 시기인 것 같다. 인공지능이 생성한 표현물의 저작권 문제에서부터 이를 이용한 상업화, 이로 인한 사회 경제적 파장들까지 예측할 수 없는 상황에서, 이 새로운 세계가 앞으로 어떻게 전개될 것인지 기대 섞인 두려움이 엄습한다. 결국 기술을 어떻게 사용하는가가 관건인데, 신기술을 악용하는 '사악한 권력자'가 나타난다면 어떻게 저지할 것인지, 우리가 그 사실을 인지할 수나 있을 것인지 알 수 없으니, 안개가 자욱한 속에 서 있다고 할까.

그럼에도 '지피지기(知彼知己) 백전불태(百戰不殆)'라 했으니, '사람을 위한 인공지능'을 구상하기 위해 관심을 늦추지 말고 다 함께 상상하고 고민해야 할 거 같다. 이 기회에 자신에 대해서도 돌아보면서.

가시

현정원
수필, 경영 84

종업원이 상을 차려왔다. 이것저것 밑반찬도 맛깔나 보였지만 기다란 접시 위에 사뿐히 놓인 긴 갈치는 은백색 거죽이 노릇노릇한 게 보는 것만으로도 기분이 좋았다. 하지만 그 갈치는 보통의 그냥 갈치였다. 가시가 없는 것 같지 않았다. 곧 사장님이 다가왔다. 손에는 수저가 두 개 들려있다. 이제 보니 간판의 '가시 없는 갈치'란 먹기 직전 가시를 발라주는 갈치였다! 길을 지날 때마다 궁금증을 자아내던 '없는'의 정체에 실망한 내가 바쁘게 손 놀리고 있는 사장님께 말했다.

"이제부터는 제가 할게요. 저, 가시 잘 바르거든요."

굳이 사장님의 서비스를 마다한 것은 슬쩍 실망도 했지만 따뜻할 때 발라가며 먹는 게 더 맛있을 것 같아서였다. 물론 내가 생선 가시를 잘 추려내는 것도 사실이었다. 부모님이 해변 마을 출신이라 어려서부터 생선을 많이 먹고 자란 덕이었다.

사장님이 이미 손질해 놓은 살을 한 젓가락 떼어내 남편의 앞접시에 놓아주고, 나도 한 입 맛 보아가며 차례로 등 쪽의 가시를 발라나갔다. 갑자기 엉뚱한 생각이 머리를 스친 건, 배에 있는 가시를 발라낼 때였다. 중앙의 가시는 몸의 형태를 유지해야 하니 또 등에 있는 가시는 그 아름답고 투명한 긴 지느러미를 꼼꼼히 붙잡아야 할 테니, 그 존재의 필수 불가결에 동의할 수 있지만 배의 것은 왜 있어야 하는지 알 수 없었다. 배 가장자리를 따라 촘촘 각기 박힌 그 가늘디가는 가시들을 하나하나 추려내다 부려보는 억지 심사이겠지만…. 하기는 필요 없으면 왜 몸에 붙이고 다니겠는가, 내가 몰라서 그렇지! 적어도 자기를 먹어 삼키는 사람을 귀찮게 하는 효과는 있었다.

그런데 참 예뻤다. 고등어나 꽁치와 달리 매끈하지 않고 오톨도톨한 갈치의 등 가시는 우아하게 물결치는 지느러미만큼이나 내 눈에 어여뻤다. 니트 끝에 짜 넣은 레이스 같다고나 할까. 뱃살에 사선으로 연속해 꽂힌 가시의 모양새도 어찌나 섬세한지, 머리칼만큼이나 가는 바늘에 거미줄처럼 여릿한 실을 꿰어 공그른 선녀 너울의 끝단처럼 보였다.

그런데 얼핏 눈에 들어온 남편의 앞접시가…? 가시를 잘 발라주었건만 내 솜씨를 의심해, 행여 보이지 않는 가시에 목구멍이 찔릴까, 미심쩍은 살을 모두 떼어낸 것이었다.

"여기 이 살, 다 버릴 거야? 진짜 맛있는 건 여긴데?"

남편에게 버림받은 살을 내 접시로 옮기는데 속에서 심통이 일었다. 가시 잘 바르는 손재주를 바라는 건 아니었다. 가시고 뼈고 우적우적 씹어 삼키는 상남자를 바란 건 더더욱 아니었다. 설사 내가 꼼꼼하지 못했다고 한들, 그깟 가시 한두 개로 뭐가 어떻게 된다고…. 하지만 기세와 달리 내 입에선 아무런 말도 나오지 않았다. 튀어나오려던 그 가시 돋친 말이 목구멍에, 기술자를 자처한 건 너 아니었냐는 자책에, 걸린 것이었다.

문득, 남진우의 시 「가시」*가 생각났다. '제 살 속에서 한시도 쉬지 않고 저를 찌르는 날카로운 가시'라는 문장이 맥락 없이 떠오른 것이었다. 새삼 갈치가 누워 있는 기다란 접시를 들여다봤다. 갈치는 이제 윗면의 살을 모두 잃고 중앙의 기다라니 굵은 가시를 드러내고 있었다. 기분이 묘했다.

밥 한 숟가락을 크게 떠서 꿀꺽 삼켰다. 밥과 함께 휩쓸린 말의 가시가 배로 내려가 순하게 옆으로 눕는 게 느껴졌다. 평온해진 나는 조심조심 갈치의 등 가시를 떼어내 접시 가장자리로 옮겼다. 가지런한 잎맥처럼도 보이는 하얀 가시를 잠시 바라보다 중앙 안전지대의 살을 집어 남편의 접시에 올려주었다.

흡족해져 젓가락을 되돌리는데 불쑥 궁금했다. 방금 삼킨 잔가시도 그렇지만 그동안 꿀꺽 삼킨 내 수많은 말 가시의 현재랄까, 미래랄까, 가. 설마 싶으면서도 그것이 뱃속에서 나를 찌르고 있는 건 아닌지, 쌓이고 겹치고 붙다 보면 저기 저 등 가시처럼 하얀 잎맥이 되는 건 아닌지….

*『죽은 자를 위한 기도』, 문학과 지성사, 2000

한국문학번역원 소개

전수용
번역, 영문 76

올해 8월 초 예기치 않게 한국문학번역원장에 취임하게 되었다. 이문회 수필집에 낼 수필의 아이디어가 떠오르지 않아 고심하던 중 회장님께서 이 기관에 대한 소개를 하면 어떻겠냐 하셔서 마침내 글의 소재를 얻었다. 이 기관이 이문회 회원분들의 문학활동과도 관련이 있는 기관이기 때문에, 동료 회원들께 이 기관의 활동에 대해서 알려드리고자 한다.

문체부 산하기관인 한국문학번역원은 1996년 한국문학번역금고라는 이름으로 영문학자이신 문상득 교수님을 이사장으로 하여 출범하였다가 2001년 현재의 이름을 가지게 되고 2005년 법정기관화되었다.

이 기관이 수행하고 있는 사업은 다음과 같다.

1) 한국문학번역출판지원사업,

2) 한국문학을 7개 국어로 번역할 수 있는 번역가들을 양성하는 한국문학번역교육 사업,

3) 그리고 이 사업들의 홍보와 활성화 사업이다. 홍보와 활성화 사업으로는 출판계약을 위한 플랫폼을 운영하는 일, 한국문학의 최근 소식을 담은 간행물을 발행하는 일, 그리고 학술대회, 작가축제 및 작가파견을 비롯

한 각종 국제교류행사를 운영한다.

(1)의 번역출판사업의 범위는 이제 순수문학뿐 아니라, 장르문학, 영화, 드라마, 웹툰, 웹소설까지 확장되었다. 번역사업은 초창기에는 기획사업, 공모사업 위주로 진행되었으나, 현재는 수요자 주도형 지원사업 위주로 진행된다. 한류 붐을 타고, 또 나라의 국민 총생산이 세계 15위권 안으로 진입하게 됨에 따라 전 세계적으로 한국문화에 대한 관심과 수요가 증가하게 되면서, 해외 출판사들이 자발적으로 한국문학의 번역출판에 관심을 가지게 되었다. 이에 번역원은 KLWAVE라는 디지털 플랫폼을 설치하여, 한국 출판사들이 외국어로 번역하고 싶은 작품들을 여기에 올려놓으면, 해외 출판사들이 번역하고 싶은 작품을 선택하여 출판계약이 이루어지도록 하는 매개자 역할을 하게 되었다. 이 플랫폼에는 번역자들의 프로필과 번역작품들도 올라와 있어서, 출판사들은 자신들이 원하는 번역자들을 고를 수 있다. 이런 지원 사업으로 해마다 수백 권의 한국문학 작품들이 해외에 출판되고 있다.

앞으로의 계획은 시장의 폭발력을 방해하지 않고 수요자들의 요구를 충족시키면서도, 세계인들이 한국문학을 체계적이고 균형있는 모양으로 접할 수 있게 하기 위하여, 기획사업을 조금 더 강화하는 것이다.

또 한가지 생각하고 있는 작업은 한국문학에 대한 외국어 담론을 생산하는 일이다. 한국학과 학생들 혹은 한국문학에 흥미가 있는 대중들을 위하여 한국문학의 맥락을 파악할 수 있는 문학사, 시대배경, 문학사조, 작가소개, 작품해설 등이 영어 혹은 다른 외국어로 공급될 필요가 있다. 외국어로 직접 한국문학 담론을 생산하는 것은 번역원의 일이 아니라는 의견도 있을 수 있으나, 번역작업은 언어의 번역인 동시에 문화적 이해의 격차를 좁혀주는 문화의 번역이기 때문에 이런 보조작업은 필수적이다. 애초 문학번역원의 전신인 문학번역금고의 설립목적이 한국문학 해외선양산업이었음을 상기할 때, 한국문학의 해외진출을 도울 수 있는 모든 일은 번역원 업무의 테두리 안에 있다고 생각한다.

한국문학번역원이 제공하는 서비스 중 이문회 회원들께서 이용하실 수 있는 것으로는 국제교류행사 지원이 있다. 작가들이 국제적인 교류모임을 가질 때, 혹은 교류행사를 위하여 해외로 파견될 때 행사의 주최측에서 혹은 참가자가 지원신청을 하면, 심사 후 지원이 가능하다. 이것은 인터넷에서 KLWAVE라는 플랫폼을 찾아 들어가셔서 그중 Grants라는 항목을 클릭하시고, 그중에도 해외교류공모사업을 클릭하여 신청하시면 된다. 공모사업은 연간 4회 시행되며, 1회당 최대 2000만 원까지 지원이 가능하다. 공모사업에 지원하시기 위해서는 회원가입을 하셔야 한다.

이문회 회원들께서 한국문학번역원의 사업에 많은 관심을 가져주시길 바란다.

바람의 푸른 발자국

1쇄 발행일 | 2024년 10월 25일

지은이 | 이대동창문인회
펴낸이 | 정화숙
펴낸곳 | 개미

출판등록 | 제313 – 2001 – 61호 1992. 2. 18
주소 | (04175) 서울시 마포구 마포대로 12, B-103호(마포동, 한신빌딩)
전화 | (02)704 – 2546
팩스 | (02)714 – 2365
E-mail | lily12140@hanmail.net

ISBN 979 – 11 – 90168 – 90 – 8 03810

값 18,000원